今宵美人嬌 下

風 文創 371

糖豆 著

目錄

第三十章

幾艘官舫在河上前行，過往的船隻都小心翼翼地避讓，官舫上頭是湯家的標誌，可再仔細一瞧，船上來來往往的奴僕們全神情緊繃。

這也難怪，湯家目前雖暫且無事，可外頭已傳得沸沸揚揚，不僅京裡人盡皆知，就連地方百姓也都清楚三分了，湯家三老爺這次回京，不是述職，更不是升官，而是回去協助調查的。

湯家延續這麼多載，這回竟偏偏摻合進皇儲之爭，皇上早已立了太子，湯家這又是何必？唉，湯家出了三老爺這個腦子不清的，以後的日子不好過嘍！眾人話雖說得惋惜，臉上笑意卻是掩都掩不住，擺明等著看好戲。

如今正值盛夏，船內悶熱異常，當然，主子們專用的房內早已擺好冰盆。

竹嬤嬤端了些上好的冰鎮西瓜給湯圓送去，現在天熱，吃點無妨。她看起來倒還好，臉上未見擔心，和往常沒什麼不同，但紅裳、綠袖明明年已十五，都是大姑娘了，還是沈不住氣，滿臉憂慮地遙望著遠方京城的方向。

兩人對望一眼。不知到了京裡，情況又是如何。

竹嬤嬤剛進房便看到了紅裳、綠袖的模樣，臉色微沈，小聲訓斥。「妳們倆這是做什麼？難道還要讓小姐來安慰妳們嗎？」

紅裳、綠袖連忙低頭，小聲討好。「嬤嬤別氣，我們在小姐面前自然不敢這樣。小姐練字已練了好一會兒了，嬤嬤快進去吧。」

湯圓練字的時候不喜歡有人在旁邊伺候，是以紅裳、綠袖都在門口候著。

竹嬤嬤也只是想提醒兩人，點了點頭便進去了。

她第一眼看向書桌的方向，卻沒有發現湯圓的身影，繞過屏風往後走去，果然，湯圓正坐在床邊逗將軍呢！幾年過去，將軍外表倒是沒有多少變化，只是性子不像以前那般活潑了。

湯圓側頭看著竹嬤嬤，明媚一笑。「嬤嬤怎麼了，傻站在那裡做什麼？」蔥白柔荑還放在將軍的大腦袋上，手指纖長，襯著將軍的毛色黑白分明。

竹嬤嬤笑著上前。「老奴是瞧將軍精神有些懶散，這天氣這麼熱，牠一身的毛，想必更受不了，只是現在快到京城了，四處都是船隻，也不好放牠下去戲水。」

將軍很喜歡待在水裡，從揚州出發後，沿途船隻較少時，便會放牠下去泡泡。

湯圓伸手拿了一小塊切好的冰鎮西瓜遞到將軍眼前，將軍慵懶地瞅了下，倒是沒有拒絕，一口吃了下去，吃完又懶洋洋地趴回地上，腦袋擱在前肢上，抬眼靜靜地瞅著湯圓，沒什麼活力。

湯圓心裡嘆氣，知道將軍這是想元宵了，蹲在將軍面前，伸手提起牠的大耳朵，附耳小聲道：「過一段時間就能見到他了喔。」手腕的佛珠不經意露了出來，戴了幾年，珠子更加圓潤了。

雖然聽不懂湯圓說什麼，但這佛珠將軍認得，因為元宵也有一串，牠緊緊盯著那串佛珠，見狀湯圓移動手腕逗弄將軍，希望牠能開心點。就算這幾年彼此沒有聯繫，可專門伺候將軍的人一直都在，說不定回京將軍就可以回家了。

竹嬤嬤在一旁也沒有閒著，開始收拾起書桌。這些年湯圓每天練字，雖然這方面竹嬤嬤並不懂，但她至少看得出湯圓越寫越好了。探身看著還在逗將軍的湯圓，見她臉上始終保持著一抹淡笑，也說不上有什麼不對，只是本以為將軍的到來會讓湯圓變得活潑些，不料卻是相反，在那之後湯圓好像越發沈靜？

這些年她每日絲毫不懈怠，行程排得滿滿的。早起先練舞一個時辰，然後才用早飯，接著向夫人請安，母女倆說些家常話後，回房繼續練字直到中午，下午不用說當然還是練字，後來她甚至主動要求學女紅，而晚上就寢前依舊會練舞。這所有的一切她都自己安排好了，態度簡直好過了頭，好像受到什麼刺激似的。

可怪的是，湯圓見誰都有三分笑，不管別人說什麼，就算說的是她，她也只是一笑而過，一點都不在意。

太過平靜了。

自己日日和小姐待在一塊兒，小姐的事她應該很清楚，但她卻至今都毫無頭緒……

湯圓逗完將軍，見牠精神終於好了些便放下心，起身看到竹嬤嬤又在發呆，不由得笑出聲。

「嬤嬤以前還總說我發呆，今日妳是怎麼了？都連著兩次看妳發愣了，難道妳也在擔心回京後的事？」

竹嬤嬤還沒來得及回答，湯圓又接著說道：「紅裳、綠袖畢竟是家生子，所有家人都在湯府，會擔心很正常。」她曾安慰過幾次，但見沒有成效，就不再說了，反正湯家不會出事的。「可是妳也擔心嗎？我不是說了，不用擔心，過好自己的日子就行。」語調輕緩舒心，眼神堅定不移，讓人不禁信服她所說的話。

竹嬤嬤笑著回話。「不是的，只是許久都不曾回京了，在揚州待了這麼些年，現在回來倒有些不適應了。」上下看了看站在面前的湯圓，她欣慰地道：「當初老奴根本就沒想過小姐能變成如今這模樣，比預計的好上太多，老夫人看到也一定會大吃一驚。老奴也算沒有辜負老夫人的期望，帶了一個全新的小姐回來。」

現在的湯圓哪還有當年圓潤的模樣？巴掌大的小臉白皙無瑕，即使沒妝扮都清麗無比，一雙水潤大眼在臉蛋瘦下來後更大了幾分；不過隨著年紀增長，她眼尾微微上挑，這樣的眼形倒與那些魅惑人心的女子相似，可漆黑墨瞳卻是清亮明淨。

明明生得一副妖精模樣，偏偏有著最純真的眼神。

本來夫人和前面兩位小姐的容貌就已十分出色，但湯圓現在可說是青出於藍，更勝於藍，連最重要的體態也透過學舞，真真練出了楊柳小蠻腰，那可不是束腰弄出來的！

可若硬要說，唯一不足的就是，唔，該長的地方還是沒怎麼長……

「也是，妳這麼久沒回京，有些不適應也在所難免，但想必這只是暫時的，我們這次回京，就不會再回揚州，過段時日就好了。」湯圓只答了這句，對於竹嬤嬤的誇讚毫無反應，別說驕傲，連開心都沒有。

說話間，外面傳來一陣喧鬧聲，接著便聽見好些人大喊有人落水了。竹嬤嬤行了個禮就退了出去打算問清楚，湯圓則坐在房內等竹嬤嬤回來。

不料將軍突地站了起來，盯著窗外半晌，而後直接從窗戶跳了出去──

湯圓追到窗邊只聽到將軍的落水聲，不過其實她不大擔心，將軍本身會泅水，而且湯家人幾乎都認得牠，自然會顧著牠的，只是她很疑惑，不懂將軍為什麼會突然跑出去。

礙於女子不得拋頭露面，她僅能將簾子掀開一條縫，偷看外面的動靜。

最先看到的是將軍，牠果然如魚得水，沒有一點不適，反是旁人看牠體形那麼龐大，有些嚇著了，見狀將軍得意洋洋，游得更歡。

耳邊不停傳來自家下人們呼喊將軍的聲音，湯圓笑了笑，再看向他處。已經分不清到底是誰落水，河中有好幾位男子，可也沒有瞧見哪位特別狼狽，似乎都會泅水。所以不是跳水輕生了？

既非關人命，湯圓便沒有繼續看下去的意思了，正想轉身找人讓竹嬤嬤去把將軍給喚回來，至少竹嬤嬤在自己身邊待得久，她的話將軍多少還是會聽，可放下簾子的同時，視線突然掃過一人，令她霎時頓住。

過了好一會兒，深吸一口氣，她又掀開了簾子。這次縫隙較大，若是旁人有心，是能看到湯圓全貌的，可是她現在已經把這件事拋在腦後，一心只想看清水中的一名男子。

他容貌還有些稚嫩，但她絕對沒認錯，那名男子就是上輩子和自己成親的唐少安。

再次見到這個人，心情說不出的複雜。幼時重生，只想著如何改變自己，根本無暇、也不願去回想這個毀了自己一輩子的人，如今驟然相遇，竟只是恍然。

前世她並沒有詢問過唐少安是如何認識父親的，原來是這次，時機挑得真好，在眾人對湯家唯恐避之不及時乘虛而入，展現不懼權貴的模樣，怪不得阿爹那麼賞識他，甚至還把自己許配給他。

想想，也真難為他，自己那副模樣，虧他還能笑眼相對。

平心而論，唐少安是個合格的謀士，見有機會他便抓緊往上爬；可他卻不是個合格的夫君，因他從沒當自己是夫人，而是塊墊腳石，待他羽翼豐滿，墊腳石自然也沒有存在的必要了。

所以這世自己才不敢接受別人的好，都是因為他，他是自己的夫君呢，可是他對自己好居然是要回報的……

唐少安今日也算孤注一擲。自己僅有些偏巧計謀，科舉之路行不通，便毅然決然孤身上京，本以為京裡貴人多，只要遇上幾個，定能當上謀士，迎來出頭之日；但他後來才知道，京裡貴人的確多，可惜，機會眾人搶破頭，根本微乎其微。

沒有人脈、沒有銀錢，他渾渾噩噩地在京裡待了兩年，每日注意打聽周邊消息，關注朝廷大事，好不容易盼到湯家三老爺回京，他一定要抓住這機會！

現在時機多麼好，所有人都在觀望，大多是等著湯家這棵大樹倒了後要來分一杯羹，真是一群不長眼的傻子。明明至今都未有確切證據，且消息一出，他就一直在湯家附近轉悠，就他觀察，湯老爺子每日下午固定會去一家茶樓聽戲喝茶，顯然沒把此事放在心上，肯定只是虛驚一場，否則他哪有那閒心？

一想到此，唐少安更加賣力地在水裡撲騰，默默地往湯家的船隻靠近。

第三十一章

有人正注視著自己，而且並非是單純看好戲。

唐少安一向一心二用，即便做事再認真，也會分神注意周圍的情況。事實上，他早就察覺到了，只是越靠近湯家的船隻感覺就越明顯，令他忍不住想一探究竟，不料一抬頭，就和湯圓的視線撞個正著。

他動作明顯一頓，旋即移開了視線，心跳快得有些異常。

這位姑娘可真美。

明明面上沾了水，視線有些模糊，但僅僅一眼，便令他難以忘懷。

一張素淨小臉，白玉似的，眉黛卻如黑墨，五官精緻，宛如一幅上好的山水畫，那般沈靜溫婉的氣質，一看就知道，是貴女。

湯家大小姐、二小姐均已出嫁，這位……莫非就是還未出閣的三小姐？

大小姐、二小姐早有美名在外，雖然身處揚州，但京裡的人也都知曉，兩位極其出色，唯獨三小姐，關於她的消息真是一點都沒有。原以為是因三小姐較平凡，所以才沒有她的消息，沒想到，她竟是最出色的。

他再次抬頭，簾子已然放下，看不到佳人倩影，一陣失落沒來由地湧上。

要不是現在周圍都是人，他一定會給自己兩巴掌。想什麼呢！大小姐貴為世子妃，二小姐嫁的也是周國公家的嫡次子，若船上那位真是三小姐，這麼出色的美人，怎麼可能跟自己有什麼瓜葛！勉強壓下念頭，現在最要緊的，是得先攀上湯家。

不過話雖如此，湯圓的容貌卻已深深地刻在了他的心上……

唐少安的視線一看過來，湯圓馬上就放下了簾子，不過她並沒有失態，甚至還能笑著吩咐外面的紅裳、綠袖去把將軍喚回來，看兩人出去後才返回椅子上坐好，頓了一會兒，拿起竹嬤嬤替自己調製的果飲抿了一小口，入口酸甜，潤腸調胃，竹嬤嬤的手藝一如既往地好。

恨他嗎？當然恨。

其實現在想來，她不介意他把自己當墊腳石，真的不介意，每個人都有自己的處世方式；只是他不該欺騙她，若他一開始便能向她坦承，兩人各取所需，說不定能相敬如賓地過下去，但這也得怪她太傻，居然真的相信他。

不恨他嗎？也不恨。

如果不是他，自己便不會重生，也不會有現在的生活了。不用在意別人的目光、不用在意是否又有人在暗地裡說自己，這種感覺，真的很好。

既然已從頭來過，她就不會再糾結於上輩子的事，既不想復仇，更不想有任何牽扯，此後，他走他的獨木橋，她過她的陽關道，兩人再無瓜葛。

離湯家不遠的一艘船隻，船上並無任何標誌，看不出是誰家的船，僅能肯定絕不是商賈之流，看那船身全是用上好的黃楊木做的就知道。

元宵放下手裡的望遠鏡，無聲地對著那頭已垂下的簾子說了幾個字——

歡迎回來。

少年已經長成，身形頎長，且容貌還是十分精緻，甚至更顯妖媚，笑起來時相當吸引目光，但卻無人敢直視，因為邪氣也更甚了。

長安靜靜地佇立一旁，微微低頭，心裡也有些恍然。這些年七爺從未打聽過三小姐的消息，本以為他已漸漸淡忘，但現在看來，絕非如此。他偷偷地看了一眼，馬上又低下頭，眼神愕然。

這還是他頭一次看到元宵露出如此柔和的表情，他他、他沒看錯吧，柔和?!若是告訴其他人，肯定會以為他瘋了。七皇子什麼時候柔和過了！

「長安。」

「是，奴才在。」長安低聲回話，沒有抬頭，直覺感到有些奇怪。剛才不是還好好的嗎？現在聲音有些太過平靜，每次七爺語調平靜時，就代表有人要倒大楣了。

元宵弧度分明的下巴一努。「水裡那個穿藍色衣服的，把他的身分、來歷都調查清楚。」

長安聞言看去，點頭表示明白了。

元宵心情甚好地站在窗邊看向河面，漂亮的鳳眼笑意滿滿，只是不達眼底，那看著唐少安的眼神，跟看死人無異。

湯家的甲板上，一堆下人和侍衛站在船邊喊著將軍的名字，甚至還有好幾人直接跳下水準備把將軍拖上來，可是將軍大概是感覺好久沒這麼熱鬧，一點都沒有想上船的意思，在水裡靈活得很，下水的人根本碰不著牠。

湯圓站在窗邊，不停聽見人聲和將軍興奮的叫聲傳來，不禁搖了搖頭。好久沒有看見將軍這般活潑的樣子了，但牠今天實在有點興奮過頭，連竹嬷嬷的話也不聽，若是在別處，自然可以讓牠玩個盡興，可是現在都快抵達京城碼頭了，到處都是船隻，萬一不小心撞到船怎麼辦？

她轉身去內室把將軍專用的小包袱拿了出來，裡面全是吃的。這幾年下來，竹嬷嬷也為將軍做了好多小巧的零食，平日逗著玩時會拿給牠吃。她挑出將軍的最愛——牛肉乾——讓紅裳拿出去給竹嬷嬷。

竹嬷嬷看到那一小包牛肉乾，頓時恍然大悟。她早該想到的，將軍對自己的話總是愛聽不聽，用吃的來引誘牠準能成！她連忙接過打開，捧在手中大聲呼喚。

將軍在水裡玩得高興，竹嬷嬷叫了好久都不理，最後終於大發慈悲賞給她一個眼神，結果視線一下子便定住了，死死地盯著竹嬷嬷手裡的牛肉乾。

竹嬷嬷一看有戲，更加賣力地誘惑將軍。「將軍快回來，回來就給你吃喔！」

將軍不傻，知道一旦上去就下不來了，頗為不捨地看了看四周，可是又想吃牛肉乾，舔了舔嘴巴，一臉猶豫不決。

長安上前和元宵一起站在窗邊看外頭的動靜，仔細打量了將軍一番，發現牠沒什麼不適，膘肥毛順的，在水裡一身黑毛格外發亮，顯然日子過得很好，他笑著點頭。「看來湯小姐把牠照顧得不錯。」

元宵靜靜地看著將軍，這會兒眼底倒是有了些真實的笑意。而後眼珠一轉，看到還泡在水中的唐少安，頓了頓，喉嚨發出了一陣細微的咕嚕聲，頻率忽高忽低的，可卻完全沒人注意到。

將軍躊躇了好一會兒，最後還是吃的占了上風，便決定往回游。竹嬤嬤眼睛一亮，心想總算把這祖宗給哄回來了，不料將軍游到一半竟突然停下，在水裡急轉身，定定地看著其中一艘船。

元宵站在暗處，也不見有什麼動作，只是看了唐少安一眼。

將軍霎時興奮起來，甚至開心得在水裡繞圈，一邊玩一邊往唐少安那群人的方向游去。

「汪汪汪汪！」急促的叫聲，彷彿看到什麼好玩的玩具似的。

見狀幾人紛紛皺眉。這隻狗剛才是從湯家的船裡跑出來的，看船上這麼多人在喊牠，想必定是重要之人養的了，但不知道牠朝這邊過來想做什麼？

看著將軍越游越近，唐少安的眉頭擰得更緊。這隻狗好像是衝著他來的？

他一直都很相信自己的直覺，心一橫，決定待在原處等著。反正不過是條狗，想玩就陪牠玩，若是弄出了什麼事故，更好攀上湯家！

旁人看將軍靠近，反射性地往後游了些，只有唐少安，一臉莫名地看著將軍靠近，彷彿只是好奇。

元宵難得讚了一句。「倒有些小聰明，可惜，選錯了對象。」

他目光犀利，早已看穿唐少安的企圖。這人下水之後，總往湯家的船隻靠去，甚至還神不知、鬼不覺地引著別人一起，現在所有人都對湯家避之唯恐不及，他卻看準了這時機，算他有眼光也有膽識，但他剛才看湯圓的那一眼……雖極力掩飾，仍掩不住他對她的野心。

這一點，絕對不能容忍。

將軍撒歡似地游到幾人身旁，這個嗅嗅、那個瞅瞅，一點惡意都沒有，見牠似乎只是想玩，眾人便卸了防心，陪牠玩鬧，可下一秒，將軍竟轉過頭直盯著唐少安。

唐少安不解，臉上莫名更甚，但也學著其他人試著與將軍玩鬧。

「汪汪汪！」突地將軍更加亢奮，急促地嚎了起來。

這下沒人知道牠想做什麼了，就連竹嬤嬤都停止了呼喊。

而後將軍極其熱情地往唐少安身邊蹭，還小小撲了幾下，明顯是想跟他玩。

唐少安現在倒有些害怕，只是尷尬地笑著不回應。

一旁諸人連忙勸他。

「你莫怕，這狗只是想跟你玩。」

「就是就是，你看牠那樣，不傷人的！」

「而且主人家肯定在旁邊，不會有事的。」

最後一句倒把唐少安給點醒了。是啊，差點把這事給忘了，湯家的人還看著呢！

他謹慎地伸手去摸將軍的大腦袋，將軍並沒有反抗，反而是一臉享受。見狀唐少安的膽子大了些，第一次懷疑自己的直覺。說不定是他想錯了，這只是一隻狗而已，況且自己沒名沒錢，誰會算計自己？想了想，便有些放心地和將軍玩了起來。

似是被唐少安摸得舒服了，將軍更來勁，愉悅地撲向他，狗爪按著腦袋把人給壓進了水裡，嚇得旁人一陣驚呼，可還沒來得及反應，將軍又鬆開了爪子。

唐少安整個懵了，浮出水面愣愣地看著將軍，連臉上的水珠都沒抹去。

旁人哭笑不得。這麼大的狗，玩起來真讓人費勁！

不料將軍興奮不減，在唐少安還沒回過神時，又一爪把他壓了下去。

周圍諸人。「……」

這到底是誰的狗，趕緊弄回去，都快把人給玩死了！

另一頭，湯圓聽完紅珠的話，點頭表示知道了，又站回窗邊偷偷掀開簾子看著外面。如今湯家正處在風頭上，將軍這般鬧騰，確實不太好，京城人多事多，還是把牠先弄回來要緊。

但她並沒有立即行動，而是看將軍又把唐少安來回按了幾次後才止住笑意，溫聲開口。

「再不回來我生氣了。」聲音並不大，只是尋常音量，但湯圓保證，將軍肯定聽到了。

將軍沒有回頭瞧湯圓，只是不捨地看著被折騰到喘不過氣來的唐少安。還沒玩夠呢，可是主人說過，她說的話必須要聽，違背自己的命令都可以。牠嘆了一口氣。人的事怎麼那麼複雜呢？一邊要收拾，一邊又不准。

「汪汪汪！」走了，下次再讓主人撞見，可不會像今天這麼輕鬆了！

見將軍終於停下，唐少安趕忙離牠遠些，面色青白交加，無法保持鎮定。就算他會泅水，但牠力氣太大了，根本就掙脫不開，他竟在眾目睽睽之下被這隻狗羞辱這麼多次，可惡，早晚有一天定要收拾牠！

對於惡意，從小接受訓練的將軍一向很快便能察覺到，本來都轉身離開了，又倏地回頭定定地看著唐少安。

好心提點你，你還對我不滿！

而後在唐少安驚恐的眼神下，對著他游了過去，直接抬起狗爪子——

「啪！」

特別響亮的一聲，唐少安的臉被將軍搧得偏向一邊。他張大著嘴，完全無法反應。

「汪！」將軍這才高興了，興奮地叫了一聲，心滿意足地往回游。

主人說過的，打人要打臉，狠狠地打他才會知道疼！

「哈哈哈——」所有人捧腹大笑，就連竹嬷嬷也不例外。

這人到底是誰？他今後一定出名了，居然被狗賞巴掌！

第三十二章

湯圓蹲在將軍旁邊用大毛巾替牠擦身子，幾名小丫鬟只敢站在一旁看著不敢靠近，模樣一個比一個狼狽，身上、臉上都是水。

剛才將軍上來時直往湯圓這邊跑，丫鬟們想幫牠擦乾卻反被甩了一身水，但這會兒牠蹲坐在湯圓面前可老實了，一點都不見剛才的調皮勁。

湯圓見丫鬟們眼神哀怨，有些哭笑不得。她仔細地把將軍擦得半乾，又讓牠到外面曬了會兒，待丫鬟們帶牠回來後伸手摸了摸，覺得差不多了才罷手，輕輕地敲了下牠的腦袋瓜。

「你呀，真調皮！」

不過她一點都沒生氣，反而滿臉笑意。看著唐少安出醜還挺開心的，而且這樣他應該就沒有臉面到湯家來了吧？一想到這她更高興了，伸手撓撓將軍下巴。幹得漂亮！

紅珠過來時也笑容滿面，看到一臉享受的將軍更是樂得笑出了聲。

「咳，三小姐，夫人說了，已經派人去道歉了，只是還不知道剛才在水裡到底是什麼情況，所以先把人請上了船，反正也快靠岸了，順便載他一程就當是賠罪。」

明明養了好幾年，可這狗依舊這麼好玩，現在居然還會賞人巴掌了！

雖然後來確認過那人並沒有受到什麼實質性的傷害，但是，咳，內傷估計比較嚴重。他們剛剛回京不能太招搖，只求息事寧人，先把人請上來再說。

湯圓自然也明白這個道理，今日將軍羞辱到他純是意外之喜，他因此上船也無礙，反正自己不會和他接觸，他的人生已和她沒有任何關係了。

她點點頭，然後自動坐到了梳妝檯前，等著竹嬤嬤來整理自己的儀容。

鏡裡的人如此陌生又如此熟悉。

馬上就要到碼頭了，多年不見的親人不知道如今變成什麼模樣了，也不知道他們看到自己，又會怎麼想？

「來了、來了！」京城內的湯家人早早就在碼頭等候，看著自家船隻靠近，小聲喊道，聲音有些興奮又有些克制。

湯老爺最先下船，看著自家下人們皆謹慎地站著，開始還不知道原因為何，視線一轉，看到旁邊的人立刻明白了，快步走上前去，躬身請安。

「微臣見過七皇子。」

聽到湯老爺的話，後頭諸人也紛紛下跪請安，而女眷們還沒下來，僅在船上遙遙福身。

湯圓站在柳氏身後低眉請安，長長的眼睫蓋住了所有思緒，沒有抬眼去瞧元宵如今的模樣。

元宵身著皇子的正式服裝，後方隨行侍衛一長列，見眾人請安，他臉上沒有笑意，只是點點頭。

「湯大人請起。」語氣冷淡，一點都沒有熟人相見的熱絡。「湯大人，皇上有旨，請你即刻進宮。」

站在湯圓前方的柳氏，剛才聽到自家夫君請安時心裡就咯噔一下。本來她都忘得差不多了，畢竟這幾年一點消息都沒有，以為沒這回事了，想不到他還掛記著！起身之後，她小心地看了元宵一眼，身子無意識地擋在湯圓面前，孰料第一眼便被他的容貌震住了。

她從來都只聽外頭謠傳，不曾見過本人，她本猜想這位殿下負評連連，聽來氣質就不好，容貌想必也不會太出色，可意外的，他相貌竟如此標致，且渾身散發著一股傲氣，更顯尊貴不凡，讓人不自覺心悅誠服，而非僅僅畏懼他的身分。

沒想到，七皇子居然是這樣的人……

柳氏側過身，想察看湯圓的反應。現在兩人都已長成，之後又將會如何？平心而論，七皇子出色，如今的湯圓也毫不遜色，看起來倒還滿登對的。

怎知一眼看去她又愣住了。湯圓老老實實地低頭站著，面上極其平靜，看不出她到底在想什麼。回過身，再快速地望了元宵一眼後，柳氏非常確定，元宵也沒有看向這邊，連餘光都沒有分過來。

這……這兩人到底是什麼意思？

湯圓見柳氏神情轉變太快，小聲詢問。「娘，怎麼了？是不是哪裡不舒服？」

柳氏一頓，連忙答道：「無事，我只是擔心妳弟弟。」

湯圓的弟弟湯祖佑現在才三歲多，雖然沿途已多加照顧，但小孩子身體弱，即便沒生病，卻也總是沒什麼精神，所以柳氏才沒有抱他出來。

只是湯圓身後並非船艙，柳氏回頭看的怎麼想都是湯圓，這麼近的距離，這麼明顯的藉口，柳氏不相信湯圓感覺不出來，她留心注意，不錯過湯圓臉上一絲一毫的情緒。

但湯圓好像真的沒有察覺，居然還認真地安慰柳氏。「娘不用擔心了，現在已到京城，待會兒替小弟請個大夫，再調養幾日就好了。」

見狀，柳氏無奈點頭，完全不知道該說什麼。再回頭，只見湯老爺已跟著七皇子一行人趕著進宮。

湯老爺一走，柳氏自然就得主持大局，她連忙指揮眾人下船，並讓京內湯家的下人們上來搬東西。

趁柳氏忙碌時，湯圓遙望皇宮的方向，只能隱隱看到隊伍尾巴那群人的背影，領頭的元宵卻是半點也看不到了，腦子裡再度閃過這幾年怎麼都忘不了的一段話——

皇七子元玦，死於大都年曆二百六十一年，年方十九，聖上大悲，罷朝數日。

已知道他會死，死在最美好的年華，害她根本就不敢看他如今的樣子。

這些年日日都有將軍陪伴左右，即使沒有元宵的消息，她也從沒忘記他。她想幫他，可卻毫無頭緒，都怪自己上輩子從不關注這些，就只知道他死了，可是根本不知道死因！

紅裳、綠袖先去整理馬車，即便是自家準備的，還是要把裡面再好好檢查一番，待確認完畢後，兩人對著竹嬤嬤點了點頭，竹嬤嬤才扶著湯圓上了馬車。

厚重的窗簾擋得嚴嚴實實，令行駛中的馬車即使顛簸也看不到外面的風景，但湯圓還是側著臉朝向外頭，表情柔和，竹嬤嬤坐在旁邊看去，湯圓看起來甚至還是笑著的。

可也只是微笑著，一點也不見激動、興奮或不安等其他情緒。

竹嬤嬤笑著開口。「小姐難道不忐忑嗎？這麼多年沒回京了，就連老奴心裡都有些激動呢！不知道老夫人和柳老夫人看到您會是怎樣的表情，一想到她們兩老吃驚的樣子，老奴便覺得與有榮焉啊！」

湯圓這才好似回神一般，轉頭看向了竹嬤嬤，漂亮的眼睛裡閃著微微星點。「為什麼要忐忑？那些都是我的親人，不管我變成什麼樣子，抑或他們變成什麼樣子，這一點都不會改變。」

當然，她說的親人是指湯老夫人和湯國公，見他們兩老她自是不會感到不安，至於其他幾位伯伯伯母、堂哥堂姊並沒有被她歸在親人之列，他們只是有血緣關係而已，見到也不值得激動。

竹嬤嬤面上笑著應了，可是心裡卻沈了許多。小姐幼時一雙大眼如明鏡似的，心裡想什麼一眼就能看出來，可是現在，雙眼依舊澄澈，卻看不透她的內心，情緒也一直是如此平靜無波，彷彿將思緒藏得極深，還是說……小姐根本就無心呢？不，說無心也太過了，小姐對自己一介下人都這麼好，應該不是冷情才對。

那到底是為什麼呢？

湯家的大門早已打開，因三老爺被宣進宮，所以大老爺、二老爺沒有到大門迎接，湯圓和柳氏便直接乘著馬車進門，而後轉坐小轎進了內院。

湯祖佑的精神不太好，柳氏決定不帶他去請安，直接讓奶娘抱著回自己院裡歇息，等著大夫到來。

內院裡，湯老夫人早早就帶人在此候著。本來就只有湯老夫人一人是真心高興，其他人只是臉上帶笑，後來得知三老爺被請進宮裡，這笑容便維持不住了，一個個全拉長著臉，氣氛一點也不像是在歡迎久未歸家的親人。

下了轎子，柳氏見狀愣住了。

湯圓上前幾步扶著柳氏，略微使勁帶著她往湯老夫人面前走。

湯老夫人早已按捺不住，自己迎了上來。一家人總算團圓了！

柳氏這才回神，原地下跪，聲音有些哽咽。「不孝兒媳回來了，這些年都未在老夫人跟前盡孝，是兒媳的不是，請老夫人責罰。」

老夫人向來都是一碼事歸一碼事，現在這情況，她還能真心歡迎他們歸家，這就夠了。

湯圓也跟著下跪，卻是仰著臉微笑看著有些淚意的老夫人。「祖母，我回來了。難道祖母不高興嗎？這是大喜事呢，可不許哭。」

縱然幾年未見，依然可以自然地對湯老夫人撒嬌，絲毫不見生疏。

湯老夫人光看到轎子就激動萬分，加上年邁後已有些看不清，待湯圓走到跟前才發現她變化這麼大，定眼仔細瞅了瞅，眼睛瞪得老大，但還是不忘先彎身扶起兩人。她拉著湯圓的手上下打量了許久，甚至還吩咐旁人把眼鏡翻找出來，戴上後繼續瞧，越看越驚奇。

湯圓止住笑意等著，想知道湯老夫人會說出什麼樣的話。

看了許久，湯老夫人木著臉把眼鏡遞給了旁人，眨眨眼，最後呆呆地對著一旁同樣笑看著的柳氏道：「這真的是我孫女？莫不是被誰掉包了吧！」

這姑娘不說裡子，外在真的十分出色，且氣質淡然，讓人心生好感，根本就不是小時候那個傻乎乎的湯圓。

大夫人、二夫人也詫異地瞪著湯圓。揚州風水真有那麼好？居然能把一個人改變得這麼徹底！

而後面的小輩們還有些懵懂，最大的不過和湯圓同年紀，再大的都已經出嫁了。他們全盯著湯圓發愣，她長得真好看……

從未見過湯老夫人露出這般傻樣，柳氏噗哧一聲，摀著嘴笑開了。

湯圓柳眉一蹙，有些不高興地看著湯老夫人。

「祖母莫非是怕我回來後又會天天去您房裡蹭吃的，所以不認湯圓了？既然這樣，湯圓離您遠遠的就是，不讓您心煩，反正如今在祖母心裡也沒有我，只有小弟了！」俏臉一轉，似是特別生氣，嘴角緊抿，不願再看湯老夫人。

這話一出，湯老夫人真是哭笑不得。她自然關心小孫子的情況，但也極愛湯圓，記得湯圓小時候最愛偷吃她的點心，她總喜歡藏著讓湯圓自己去找，就愛看她吃不到的可憐樣。剛才她只是太過驚訝才這麼說，她清楚柳氏比自己還疼湯圓呢！哪捨得換孩子。她也故作生氣，輕拍了湯圓一下。

「白疼妳了！一回來就跟祖母使性子，罷了罷了，反正妳現在也不好玩，我找妳做什麼，還是看祖佑去好了！」

見湯老夫人扭頭就往裡走，湯圓趕緊上前挽住了她的胳膊，腦袋擱在她肩上撒嬌。

「祖母，我錯了～～」拉長尾音，跟小時候撒嬌的方式一模一樣，不只如此，她還鼓起雙頰，努力扮作以前圓圓的樣子。

「哼。」湯老夫人小小地哼了一聲，倒是沒有掙開湯圓的手，就這麼把人給帶進屋裡了。

後方諸人見狀連忙跟上，而後自是一番見禮。

柳氏早早就備好了見面禮，人還沒踏進家門，東西都已先送到各房去了，皆是揚州的土產和一些小巧精緻的玩意兒，當然，給長輩的東西都是用了心的。

她與後來才進門的幾位嫂嫂和後頭出生的晚輩們打過招呼後，眾人正聊著，此時湯老夫人卻開口讓她先回房。

湯老夫人早看透柳氏的心思，明白她正擔心小兒子的情況，反正人都見著了，便不必多留。

柳氏確實擔心著兒子，可也不放心小女兒。她看了湯圓一眼，湯圓笑著點了頭，湯老夫人也給了柳氏一個眼神。自己好好在這呢，誰敢欺負湯圓？

柳氏心下明白，起身告辭離去。

第三十三章

湯老夫人縱使有千言萬語想和湯圓說，也不能當著眾人的面只和她一人聊，小輩們和湯圓並不熟稔，而且見湯圓一回來，湯老夫人高興成這樣，心裡總有些悶悶不樂，更加不會開口了。

在這之中，最得湯老夫人喜愛的就是大夫人，她上前一步挑起了話頭。

「看妳的樣子，我現在終於明白什麼叫女大十八變了！」又笑著對湯老夫人打趣道：「也不知道揚州的風水是不是真的這樣好，要不然我也把蓉丫頭送過去待待？治治她那個小脾氣，我作夢都想要個像湯圓這樣聽話乖巧的閨女呢！」

湯雲蓉是大夫人的二女兒，和湯圓年紀差不多，在湯圓還沒回來之前她最得寵，因此有些驕縱。

她早就不太高興了，只是這人才回京呢，也不好下人面子，就在一旁裝死；可如今大夫人刻意將她點了出來，又使了幾個眼色，她只能不情不願地站了出來，對著坐在湯老夫人旁邊的湯圓道：「是呢，妹妹比我出色多了，娘既然想，那就讓妹妹當您的女兒吧！」

湯圓仔細看了看湯雲蓉，見她沒有掩飾自己的情緒，可大夫人和湯老夫人都未感意外，就知道她平時也是這個樣子了。

大夫人瞪了一眼不爭氣的湯雲蓉，轉了個話題繼續道：「前兒個你們送回來給老夫人的那尊白玉觀音雕工可真是出色，遠遠看著竟似真的一般，彷彿有著一股佛氣！」
三房送的白玉觀音老夫人很是喜歡，收到就馬上放在自己的小佛堂裡。
湯圓鬆開湯老夫人的手，站了起來福身道：「那尊白玉觀音是爹在千佛寺求的，那裡是揚州最大、歷史最悠久的廟宇，住持也是佛法出眾。爹可是求了兩個月呢！聽說一直都在佛前供養，因此沾染了佛氣也不一定。」
只是一筆帶過，但眾人也知道這東西得來不易。
大夫人還沒來得及說話，湯老夫人便把湯圓拉回身邊坐好。
「我知道妳爹孝順，妳也孝順，妳給我做的那件裡衣我現在也穿著呢，特別舒服，就連家裡專用的繡娘都比不上！妳以後可要常常替我做，就送這一件沒有換洗的，那我還不把白色穿成了黑色？」
湯老夫人笑著打趣也不忘給湯圓做臉，生怕別人怠慢了她、怠慢了三房。這也是明白地告訴別人，自己疼湯圓是有原因的，其他孫女雖然也會做些繡活，不過只是香袋、荷包之類的，做裡衣的可就只有湯圓一個。
湯圓明白湯老夫人的意思，自是笑著應了，祖孫倆又是一陣親熱，旁人都被忽視。
此時湯雲蓉越發地不高興。她剛才確實是故意表露情緒，一來自己本是這樣，祖母也知道的，二來祖母平日看到自己使性子，也會笑罵幾句，那可是她們祖孫增進感情的方式之一，但是今天所有人居然都圍著這個才回來的湯圓轉，連自己親娘都無視她！那湯圓長得漂亮又怎樣，自己是她的姊姊，她卻只顧著跟祖母邀寵！

她越想越氣，最後竟直接開口道：「我可聽聞，你們回京時鬧了一件大趣事呢！現在眾人都在談論那件事，妹妹何不跟我們講講當時到底是什麼情況，那可是妳養的狗呢！」

湯圓搖頭。「我也不清楚，大約是待在船上的時間太長，牠被困得太無聊，一時玩瘋了。當時我只聽到船外的喧鬧聲，還沒來得及阻止牠就跳了下去，我不能拋頭露面，所以真沒看見事情始末。」

說了一大串卻等於什麼都沒說，湯雲蓉聽了更加不滿，皺了皺眉，用教訓的口吻說道：「妹妹這樣就不對了。妳說得沒錯，確實不能出去拋頭露面，但那可是妳的狗，平白無故讓人丟了這麼大的臉，妳總得把事情經過弄清楚，而且你們這房最近事又多，這麼張揚，未免讓人覺得我們湯家自大了些……」

這是在影射三老爺如今在宮裡，還不知道以後會是什麼情況呢！

三老爺還沒進家門就被宣進宮去，這所有人都知道，顯然情況並不好。不過老夫人在這誰敢提？而且看國公爺那邊也是該做什麼就做什麼，似乎一點都不焦急，所以眾人都還存了些僥倖心態，豈料湯雲蓉竟仗著平日受寵，直指出來。

湯老夫人即刻冷了臉，大夫人回頭瞪了湯雲蓉一眼，可湯雲蓉還是直勾勾地看著湯圓。

湯圓仍舊微笑著，輕輕地拍了拍老夫人的手示意她不用擔心，而後站起身，走到了湯雲蓉的面前，沒有發怒，更沒有湯雲蓉預料的尷尬，只是笑著反問一句。「姊姊認為我該徹底瞭解事發經過？想必整件事姊姊都知道了，主角是我的狗，難不成我能和狗對話？」

湯圓確實生氣了。

打從進門，除了祖母，沒人是真心實意地歡迎他們，但這也就罷了，他們雖是親人，畢竟從未相處過，本就沒感情可言，而且自家確實出了些事，甚至影響到本家，有怨言也屬正常。

可湯雲蓉千不該、萬不該指桑罵槐，她想怎麼說自己都可以，就是不能說阿爹，阿爹絕對沒有做錯什麼。再退一萬步來說，就算阿爹真的做錯事，也該是祖父、祖母來教訓，身為小輩，怎能如此說話！

湯雲蓉脾氣也上來了，雖然湯圓一臉平靜，說話嬌聲細語，可她感覺得到湯圓話中隱隱的怒火，但那又怎樣，她說的是事實！

「妳當然不能和狗說話，但那是妳的狗，所有人都看見牠是從湯家的船上跳下去的，難道妳不該管？難道妳沒有責任問清楚？妳是狗主人，牠的一切行為都該由妳負責。」她勾起一抹冷笑。「妹妹才回京，對京裡人的口舌想必沒那麼清楚，我再說難聽一點好了。」

這下連大夫人都冷了臉，甚至想上前教訓湯雲蓉，卻被湯老夫人的一個眼神給制住了。蓉丫頭的性子向來如此，雖是驕縱了些，但她會當場發作，不會在背地裡搞小動作，更重要的是，她想知道湯圓會如何應對。外在改變了，那裡子呢？

湯老夫人和大夫人的眼神交流湯雲蓉一點都沒注意到，此刻她全心只想著要殺殺湯圓的威風。她笑望著湯圓，口氣有些憐憫。

「我們自家人自然清楚，妹妹肯定和那位男子素不相識，可是妹妹要知道，人言可畏，就算人人都道是謠言，可一旦信的人多了，就會成為事實。若是有人亂傳妹妹和那男子其實是有『私怨』，那狗也是妹妹教導這麼做的呢？」在私怨兩字加重了語氣。湯雲蓉本來想說兩人有首尾，最後還是沒有說出口，但湯圓應該也明白她的意思了。

湯老夫人聽了還是沒說話，只是靜靜地看了大夫人一眼，大夫人連忙垂首。回去一定讓蓉丫頭好看！

湯圓張口把在外面候著的紅裳、綠袖喊了進來，直接吩咐。「紅裳，妳去把將軍帶過來。綠袖，妳現在去廚房，找塊大的豬肉，要新鮮的。」

「是。」紅裳、綠袖甚感莫名地領命去了。

屋裡的人也不知道這鬧的是哪一齣。把狗帶過來也就罷了，找豬肉做什麼？還找新鮮的，難道那狗是吃生肉的？

湯雲蓉不解，直接問出聲。「難道妳還要在這裡餵狗嗎！」

湯圓搖頭。「不是這樣的，只是想告訴姊姊，我沒有教唆我的狗做任何事情。她們過來還得花些時間，我們先說說其他的。」

其他的？除了這個還有什麼？

湯圓上前一步，盯著湯雲蓉的眼睛，神色依舊溫婉，可是湯雲蓉卻看出了她眼底的認真和勢在必得，不由得小小後退了一步。

她居然會怕這丫頭？

「道歉，跟我爹道歉，為妳剛才的言行道歉。」

「胡說八道，我何時對不起妳爹了！」湯雲蓉立即否認。剛才她確實口不擇言地影射三老爺，但又沒有指名道姓！

湯圓又上前一步，兩人幾乎貼在了一起，視線分秒不移。「道歉。」

湯雲蓉見湯圓的眼神異常執拗，彷彿只要自己不道歉，她便會這麼重複下去。再次後退了一步，仍不願當眾承認，只好轉頭對著旁邊的大夫人道：「娘！您怎麼都不幫女兒說話，她都把女兒逼到了這分上。我又沒說什麼，哪有人像她這樣逼人道歉的！」有些心慌，甚至不敢看湯圓。

大夫人沒有說話，甚至一個眼神都沒有分給湯雲蓉，擺明是要讓湯老夫人來選擇。而且剛才蓉丫頭已經惹老夫人不快了，這時候若還幫著說話，老夫人怕是也會遷怒自己，對親孫女，再氣總會有消氣的那天，對兒媳卻是不一定。

因湯圓背對自己，湯老夫人並沒有看到她的神情，但從湯雲蓉的反應來看，也能猜出一二了。不由得點頭，對湯圓的表現很滿意。

雖說自家人不該太過計較，但蓉丫頭剛才確實失禮了。她和湯圓再怎麼鬧，也是小輩間的問題，不該牽扯到老三。至於湯圓，剛才蓉丫頭說她可比說老三難聽多了，可她一點都不為所動，只堅持要蓉丫頭跟老三道歉，由此可見，是個實心的丫頭，誰對她好，她都記著呢！

原來瞧著面上好似冷淡了許多，除了最初彼此招呼，除非有人主動攀談，否則她一個眼神都不會分給別人，看來，只是藏得深了些。

湯圓仍定定地看著湯雲蓉，湯雲蓉正想繼續對大夫人告狀時，湯老夫人開口了。

「蓉丫頭，是妳做得不對，快點道歉。」

「我——」

湯雲蓉想辯解，湯老夫人卻不給她說話的機會，直接道：「不然我可生氣了！」

如今雖是大夫人管家，但在湯老夫人面前，大夫人只有聽話的分，湯雲蓉自然也知道這個事實，只是要她當眾道歉，便覺得拉不下臉，雙頰臊得通紅，低頭快速地說了句。「對不起。」然後就站在了大夫人身後低著頭，不發一言，自顧自地生氣。

大夫人拍了拍湯雲蓉的肩膀，發現她還是不肯抬頭，也不理她，只是對湯圓有些歉意地道：「是我的不是，我沒有教好她，湯圓看在大伯母的面子上，饒過她這一次吧！」

大夫人都這麼說了，再不依不饒就真的是不顧親戚臉面，可湯圓卻是搖了搖頭。

「既然已經道歉就行了，湯圓不會放在心上，大伯母真的不必如此說。」

大夫人頓了頓，看湯圓直視自己的眼裡真的不見絲毫怒氣，好像只是單純要蓉丫頭道歉，而不是為了三房找場子，霎時不知道該怎麼接話。看著挺機靈，原來是個實心眼的？

此時外面傳來了一陣陣驚呼，湯圓知道是將軍過來了，連忙出聲呼喚，免得牠興致一來又跑去嚇別人！

結果湯圓還真的猜對了，將軍好不容易上岸，又來到一個新地方，自然好奇得很，但聽到湯圓喚自己，默默收回作勢要去抓丫鬟裙子的爪子，乖乖地跟著紅裳進了屋。綠袖則用托盤裝著一大塊豬肉緊隨在後，因為湯圓指明要新鮮的，所以上面還有血跡。

屋裡眾人也發出了驚呼。這隻狗未免太大了！

將軍因為湯圓在不敢亂來，老老實實走到旁邊坐下，抬著頭瞅著湯圓。

找我啥事？

湯圓可不會被將軍無辜的表情蒙蔽，這些年她也算是看清了，將軍在自己面前裝老實，在別人面前就是個小惡霸，當時在揚州，下人們個個都被牠欺負過，不敢還手連還嘴都無法。難道跟狗爭？全都吃了啞巴虧。

她伸手在牠的腦袋上拍了拍。回去再跟你算帳。

而後轉身對著同樣有些詫異的湯老夫人道：「我只能說那件事發生時我確實很意外，但因為外面的事情自有爹會處理，所以我並沒有過問。而當初將軍跳下船的時候，我身邊只有竹嬤嬤一人，我也不能證明自己沒有教唆將軍。」

湯雲蓉也被將軍的體形嚇了一跳。這這、這完全是惡犬吧！如今再聽到湯圓這番話，不禁一臉困惑。她既然不能證明，那把這隻狗叫來做什麼？不知不覺便忘了方才的事，只顧著盯著湯圓，想看看她究竟打算做什麼，至於其他人也是一樣。

「我唯一能證明的就是，將軍當時真的只是在跟他玩。」

說完湯圓轉身接過綠袖手上的托盤，放在了將軍面前，和將軍一起盯著還在冒著血珠的鮮肉，糾結了一小會兒，拿手帕包著手，捏起肉塊的一角，把豬肉翻面讓豬皮朝上，接著對將軍道：「將軍，拍。」

對湯圓的命令將軍都執行得很徹底，啪地一聲，狗爪子立刻拍了上去。

眾人驚奇。聽聲音如此響亮就知道將軍力氣之大，怪不得明明是位男子，居然被狗壓進水裡都掙脫不開！

可是將軍一臉平靜，顯然根本沒有用力。

湯圓看著托盤裡多了許多血，吞了吞口水，強忍著生肉的味道繼續道：「抓。」

抓?!將軍猛地抬頭看著湯圓。狗也是有尊嚴的，我從來都不吃生肉，噁心死了！而且我只吃牛肉，只、吃、牛、肉！

可是湯圓毫不讓步，只是默默地盯著將軍。

過了好一會兒，將軍拗不過湯圓，十分人性化地嘆了一口氣，再次嫌棄地看了托盤裡的豬肉一眼，眼睛一閉，一爪子狠狠地撓了過去，然後一抬，竟發現爪子抬不起來，稍稍使勁，結果把整塊肉都帶起來了。

將軍舉著自己的狗爪子，傻乎乎地看著還在滴血的肉。

湯圓也愣愣地盯著，早猜到將軍的殺傷力大，原本以為頂多抓出個痕跡來，沒想到爪尖居然倒刺，勾在裡頭。

她吞了吞口水，對著其他同樣怔住的人道：「今日所遇見的那位男子，雖然被將軍搧了巴掌，但他臉上沒有一點傷痕，如果將軍真對他有惡意的話……」

餘下的話不用說其他人便明白了，就連湯雲蓉也快速地點頭。要真有惡意的話，絕對會毀容啊！這隻狗太凶悍了，以後還是離湯圓遠點，要是不小心惹惱了牠，難保這狗不會讓自己毀容……

良久，將軍終於回神，然後一下子轉過頭定定地看著湯圓，意思很明確——

是妳讓我做的，妳快點把它拿下來，噁心死了！

不敢看將軍控訴的眼神，湯圓又拿起了先前那條手帕，想故技重施幫將軍把肉拔下來，可是將軍抓得太深了，光捏著肉塊的一角根本無法施力，她心一橫，改用整隻手捏了下去，勉強壓住心底竄起的噁心感，渾身雞皮疙瘩都起來了，想不到還是拔不下來！

將軍一臉委屈，委屈到連湯老夫人都看出來了，看得她哭笑不得，都快飆淚了。這狗的性子未免太好玩了，怪不得這麼大一隻湯圓還養著，若是自己遇到都想養了！

再看到湯圓一臉勉強，知道她是下不了手，正想開口讓人從外頭找個小子進來，誰知道湯圓竟一咬牙，另一隻手連帕子也不包就握了上去，然後眼睛一閉，使勁把肉塊拔掉，迅速丟到了托盤裡。

一解脫，將軍瞬間站了起來，朝外狂奔洗爪子去了。

嗚嗚嗚，主人這裡太危險了，你快點接我回家吧！

湯圓蹲在地上看著自己的雙手。帕子是絲質的，包了根本沒用，仍是滿手油膩，在白皙肌膚映襯下，沾上的血跡更是顯眼，生肉難以形容的味道直竄進鼻腔，令她頭昏腦脹。

見湯圓一直蹲在地上，紅裳小心翼翼地蹲下來。

「小姐？」莫不是大受刺激了吧！

剛想伸手扶起湯圓，湯圓便自己站了起來，僵硬地看著湯老夫人道：「祖母，湯圓還有事，就先告退了。」

雖然舉著雙手，但還是不忘朝眾人福身。看著挺正常，不過她居然沒等湯老夫人答應便逕自轉身離去，可那步伐不急不躁，身姿依舊優美。

紅裳、綠袖跟在湯圓左右。如果沒看錯的話，小姐的手好像在發抖？

出了湯老夫人的院子，湯圓突然停下，對著紅裳吩咐。「妳快些跑回去，告訴丫鬟準備熱水，我要沐浴。記得，要特別多的熱水。」

「是！」紅裳應了，連忙小跑往自家院子而去。

湯圓仍舉著雙手，腳步飛快，滿腦子只想盡速趕回自己的院子，徹底無視綠袖和周圍丫鬟、婆子們詫異的眼神。

她囑咐要新鮮的肉，是因為覺得那和人臉最像，以將軍的力度，劃出幾條血痕更有說服力，可是她小瞧了將軍的戰鬥力，不對，是太過小瞧了。

真是自作孽，不可活……

第三十四章

御書房內，太子、大皇子、二皇子和元宵並列站成一排，皇上坐在上方。

大皇子成王如今已二十有三，身為長子，雖沒有起到帶頭的作用，但也沒有犯下錯事，一直以來表現平庸。而他的母妃原先只是嬪，即使升上妃位，皇上對他的態度仍是不冷不熱，甚至連母族在朝內的地位也是不高不低，既不會被看輕也不會被重視。

二皇子煥王如今正好二十，長得一表人才，性子則十分傲慢。他的母妃雲妃同樣身居妃位，但卻深得聖寵，且雲家在朝內具有一定勢力，故令他相當自負。而這些年，二皇子的勢力漸漸展露，皇上看在眼裡卻沒有動作，造成他越發狂妄。

至於太子現年十九，身為太子，自當以身作則，因此非常遵守皇上的命令，從來都只有執行沒有反駁，可是，皇上對太子的喜愛卻未增加。他垂首站在下方，和旁邊的二皇子形成了鮮明的對比，但和右邊的元宵差異更大。

大皇子老實、二皇子傲慢、太子穩重，三人的站姿至少都端端正正的，只有元宵一人，側著臉漫不經心地看向了一旁的山水畫，絲毫未見面聖該有的儀態，不過其他三人對此早已習以為常。

七弟一直都是如此，他與父皇兩人相處不似君臣，更像父子。

幾人都不說話，皇上也只是埋首批閱摺子，見狀元宵眉頭一皺。

「啟稟父皇，兒臣想起還有一些事要處理，您注意身子，兒臣先行告退。」

皇上還沒開口，二皇子倒先說話了。

「七弟，如此地沒耐性，將來何以擔當重任？」

元宵行禮後退的動作一頓，上前一步看著二皇子，懶散地道：「二皇兄有所不知，我這人沒有什麼大志向，更沒有擔當重任的資質，這輩子就這樣混吃等死便行，其餘的，皇兄們去忙就好了。」

語氣特別沒勁，站姿也像沒骨頭似的，令二皇子看了心火更盛。這是對待兄長該有的態度?!

「真不知道你的禮儀到底學到哪兒去！縱然你沒有遠大的抱負，但身為皇子，至少也該保持儀態。你看看你，站沒站相，不知道的還以為是打哪兒來的野小子！」

太子和大皇子都沒開口，二皇子倒是說得起勁，但皇上不僅沒打算制止，甚至看起了好戲。這老二也不知道怎麼回事，每次都要去小七那碰壁，十年如一日，都不知道收斂點。

元宵站直了身子，卻沒有正視二皇子，只是斜睨著他，唇邊甚至還有笑意。

「給你三分面子就要蹬鼻子上臉了？」

二皇子臉色瞬間大變，甚至不顧身處御書房，直接怒吼一聲。「元玦！」

元宵掏了掏耳朵。「在呢，沒聾。」

他的悠哉和二皇子氣憤異常的模樣形成強烈對比，皇上甚至還心情甚好地品了起茶，而太子和大皇子依舊不作聲。

「你給我好好解釋，什麼叫蹬鼻子上臉！我是你皇兄，教訓你幾句怎麼就成蹬鼻子上臉了？」

最近天氣異常燥熱，縱然御書房內冰盆已放足，可面聖得穿著正式服飾，一層比一層繁複，這冰盆根本一點作用都沒有。元宵伸手拉了拉領口，懶得再多費唇舌。

「我說錯了？太子和大皇兄都沒開口，你一個人上竄下跳的是怎麼回事？說我沒禮儀，你不也一樣。誰給你這麼大臉面讓你越過太子和大皇兄了？還是你認為如今的你，已經不需要尊重他們？」不給二皇子反駁的機會，元宵接著說道：「還有臉說人儀態呢，你看看你的樣子，跟個市井潑婦有什麼區別？現在是惱怒，接下來是什麼，是不是一哭二鬧三上吊？呵，你這儀態還真是好。」

這是把二皇子比作女子了。太子和大皇子的頭垂得更低，肩膀有可疑的顫抖。二皇子根本說不過七皇子，這是大家自小便有的共識。

二皇子剛想爭辯，皇上卻放下了杯子。

「行了，越說越不像樣，都停了。」

剛才元宵回擊時沒反應，等二皇子準備還嘴才叫停，這心一看就知道是偏向哪邊。可憐的二皇子喲，怎麼就學不乖呢？

二皇子一口氣堵在胸口，但是又不能反駁皇上，只能惡狠狠地瞪了元宵一眼，深呼吸幾口氣，不再說話。

皇上視線掃過幾個兒子，特別看了始終置身事外的大皇子一眼，眼神暗了暗。「朕知道你們年輕氣盛，也從沒指望你們幾個能像尋常子弟那般兄友弟恭，但你們也別忘了，這是御書房，吵吵鬧鬧成何體統！」

皇上生氣誰還敢說話，幾人規規矩矩地站好請罪。

「兒臣知錯。」

不過皇上也沒有真的生氣，接著訓斥了幾句後，突然話鋒一轉。

「你們幾人早已老大不小，老大、老二、老三是時候該添側妃了；特別是你，老七，你也該成家了，老是這麼愛玩！」特意點名元宵。

大都的男子大多十七、八歲成家，但皇子自是不同，一般十五歲便有正妃，元宵馬上就要滿十六了，連個侍妾都沒有，皇上隱晦地提了幾次都被打混過去，這次才直接點了出來。

想起來就哭笑不得，這老七，前幾次為了不成家，連龍陽之癖都鬧出來了！

其他幾人也想到此事，二皇子頓覺機會來了。

「是呢，七弟這麼大的人，不僅沒有正妃，也沒有侍妾，這說出去難免不大好聽，不知道的還以為你……」

餘下之言，只要是男人都懂的。

皇上不打算阻止，總不能讓老七就這麼拖下去吧？

元宵看了二皇子一眼。「不知道二皇嫂可還好？」

二皇子的正妃是朝中重臣的嫡女，家世自然不用說，可是這容貌卻是令人不敢恭維，宮裡人人皆知，二皇妃平日甚至不會輕易出門會客。

「聽聞二皇兄最近甚少去二皇嫂的房裡……」

二皇子眉頭一挑。「你管天管地還管起我的家事來了，先管好你自己再說吧！」面上也有些尷尬之色，草草迴避了元宵的問題。

元宵不客氣地直言。「你以為人人都如你一般，為了擴張勢力怎樣都可以。長相不如我的，娶回來做什麼？我還不如看鏡子呢！」

這話太過自戀，但也沒人敢反駁，七皇子的容貌確實更勝女子。

皇上心頭一喜，這是有戲了？「行了，你們都下去吧，老七留下。」

皇上都發話了，縱然二皇子還有話想說，也只能吞進肚裡，和太子、大皇子一同行禮告退。

幾位皇子走後，皇上又把一旁的奴才全撤下，然後看著仍心不在焉的元宵笑著說道：「來，跟朕說說，什麼叫長得比你好看的？」

他可是從老七才十三歲的時候就開始考慮他的正妃人選，皇子妃的家世大多不差，可老七是自己一手帶大的，縱然選擇有限，還是希望他能找到合意的對象。豈料這小子先前一說就躲，不留半點縫隙，今日看來，原來是心裡有數，不然怎會脫口說出要娶相貌比自己好的？

唔，比老七還好看的？不知道到底是誰家的姑娘。

元宵即刻否認。「誰說的，沒影兒的事，父皇何時變得如此八卦？」

皇上不以為意，只是笑道：「你再不說，朕可就自己做決定了。」

元宵站在下方不發一語。其實現在跟父皇說了也沒什麼，對象是湯家，父皇不會反對。只是那丫頭性子那麼倔，如果父皇下了旨，她絕不會抗旨，但自己若想拿下她的心，就得更費勁了。

必須讓她心甘情願地嫁給自己才行！

皇上始終注視著元宵的神情，自然沒有錯過他臉上一閃而過的勢在必得。

原來還是單相思？老七很聰慧，肯定知道什麼樣的姑娘才配得上自己，點頭道：「好，朕明白了，朕就不再追問，但是你不可以拖太久，十八歲生辰之前你必須給出一個人選，不然朕就真的幫你定了。」說完頓了頓，神色一轉，又道：「如今老二暫時還不能動，你忍著些。」

聽到這話，元宵也嚴肅了起來，卻是揣著明白裝糊塗。

「這話父皇不該對兒臣說，應該對太子說。」

老二強制性地聯繫上一向中立的湯家三房，接獲消息，太子當然不願意，他的人一直彈劾呢！自己得不到的，也不會給老二。而皇上雖然即刻宣了湯大人進宮，卻沒有責罰，反是加賞，所以今天二皇子才會那麼目中無人。

皇上眼睛一睇，不悅道：「你知道朕的意思，朕也知道你的意思，但是朕告訴你，很多時候，不是你不想就可以避免的。」

「父皇，兒臣志不在此。」元宵不想和皇上爭辯，只是彎身行禮。「兒臣還有事，就先告退了。」也不等皇上回應，後退幾步逕自離去。

皇上一臉若有所思。他很瞭解老七，知道他說不願意就是真的不願意，可惜，這件事由不得他。

再想想剛才的事情。他早不說、晚不說，等到湯家回來就這麼巧地露了口風？這世上有太多巧合都不是巧合，再說，老七當初不是去過揚州嗎？

「去查查七皇子在揚州時做了什麼，著重調查他接觸了誰家的姑娘。」直接對著空氣吩咐。

不過他心裡其實已有猜想。老七去揚州是為了湯家的事，接觸最多的就是湯家人，而且現在湯家一回京，老七的態度就變了。

想了想，還沒等人回話又吩咐道：「不必了，直接查湯家三小姐就行。」

湯家倒也合適，只是不知道那三小姐是否配得上老七，是否配得上老七的日後……

「是！」從暗處現身的侍衛，得令離去。

柳氏這邊還在詫異紅裳為什麼會慌慌張張地跑回來吩咐人準備大量熱水，後來問清了事情緣由，在原地笑了好久。這將軍實在好玩！而後還不忘囑咐紅裳，記得替將軍洗澡，畢竟由著牠自己去池子裡泡也不好。

湯圓回來後，足足在水裡泡了一個時辰才出來。紅裳上前替她擦乾頭髮，綠袖為她整理面容，竹嬤嬤則是拿出先前在揚州做的護手膏給她搽手，可一看到湯圓的手又樂了。湯圓面上還好，淡然如菊，只是兩手都被搓得通紅，甚至有些地方都隱隱破皮了，害竹嬤嬤又想笑、又心疼，顫抖著手幫湯圓輕輕塗抹雙手。

湯圓坐在鏡子前，看著身旁三人都是一副想笑又使勁憋著的詭異模樣，深吸一口氣，無奈道：「想笑就笑吧，憋久了對身子不好。」這事如果是發生在別人身上，自己也會笑的。

「咳、咳、咳。」三人不約而同地咳出了聲，臉上的表情更怪了。

湯圓只是無語地看著鏡子裡的三人。

過了好一會兒竹嬤嬤才緩過了勁。雖然方才發生的事情有點出乎意料，但效果卻意外地好呢！

「小姐您不知道，今日一事在下人們之間傳得沸沸揚揚，不過他們關注的重點不是您這件事，而是您一回來就大挫雲蓉小姐的銳氣，大快人心。老奴剛才打聽過，雲蓉小姐平日裡仗著老夫人寵愛，沒人敢與她作對的。」

而且此事一出，眾人也都知道自家小姐養了一隻凶猛的大狗，誰還敢隨意來招惹？

湯圓並未自得，放下了手裡的胭脂才道：「我不是想和她作對，是她不該說父親。」

此時紅珠剛巧從外頭進來，聞言直接向湯圓稟報。

「小姐放心，老爺無事。皇上已經讓老爺在京裡留任，是正三品的戶部尚書！」語氣略微激動。這會兒看誰還敢小瞧三房！

湯圓有些勉強地微笑。阿爹現在雖得到榮寵，可往後還有一大段艱辛路要走。看著紅珠臉上的笑意，再想想她們以後的情緒，她就不想笑了。

紅珠看出湯圓的心情不是太好，有些疑惑卻也識相地沒問出口，只是又提了另外一個話頭。「對了，明日大小姐邀請您和府內幾位姑娘，還有已經嫁出去的二小姐一起到永安王府作客呢，帖子已經送來了。」

本來今日大小姐該回來看看的，畢竟父母返京，當女兒的怎麼可能無動於衷；只是真不巧，她懷孕了，還不滿三個月，實在不宜出門。

現在湯圓當然不會迴避聚會，而且她好久沒看到大姊，確實也想得緊。她點頭應了，臉上終於綻出笑容。

紅珠見湯圓高興，連忙把手裡的一封信遞給她。「這是大小姐給您的信。」

把信拆開，裡面寫的都是一些思念的家常話，湯圓一眼看到最後，然後就頓住了——

大姊說，明日七皇子也會到永安王府。

第三十五章

夏日的天總是亮得早，可湯圓睜眼之際外頭卻只是微微發亮，四周寂靜，丫鬟、婆子們都還沒有起來。

她起身無聲地掀開薄被，見對面的竹嬷嬷睡得正熟，只有將軍懶洋洋地趴在床邊，抬著眼皮看著她，還有些睡眼朦朧。今兒怎麼起早了？

湯圓下了床，蹲在將軍旁邊撓撓牠的下巴，又輕手輕腳地去拿起桌上的水壺給將軍倒了點水，而後轉頭看了依舊熟睡的竹嬷嬷一眼，拿起鑰匙，去了後面的小庫房。湯圓擁有自己的小庫房，逢年過節收到的賀禮，柳氏都是直接交給她，尋常物件湯圓會交給竹嬷嬷，貴重的則是自己保管。

進入了小庫房，她徑直走向裡面一個上鎖的大箱子，打開箱子後，從裡頭拿出一只紫檀木製的小盒子，打開來看，黑色的綢布上躺著半塊玉玦，輕輕伸手觸摸，玉玦也染上了夏季的熱度。

這塊玉玦，她從來沒戴過，一直都被妥貼地收著。

將軍也跟著湯圓進來了。臥室裡有冰盆，這兒可沒有，縱然早上天氣還算涼爽，可是不透風的庫房卻很悶熱，將軍一身長毛，待沒一會兒就開始吐著舌頭哈氣，見湯圓只是愣愣地站在原地看手上的東西出神，伸出爪子碰了碰湯圓。

這裡好熱，我們來這兒做什麼？

湯圓這才回神，低頭看著熱得慌的將軍，對牠笑了笑，又看向手裡的玉玦。

將軍本以為湯圓又要發呆了，結果這次她只是定定地看了一小會兒，便把手裡的東西放回了原本的大箱子裡。

細心地鎖上後，湯圓才蹲到了將軍的面前，摸了摸牠的頭頂，眼神有些迷惘。

「將軍，我到現在依舊不知道情愛是什麼……」

從來都沒人告訴過她，除了有時娘興致一來會請個小戲班來家裡唱戲，聽到戲文時能明白一星半點兒，可是想得越深入卻越不懂。

男女之情到底是什麼？為什麼那些戲裡的情感會讓人感覺如此深刻呢？

自己對元宵是那般深刻的感情嗎？按理來說，絕對不是，他們的相處是那麼短暫，可心裡，總有些不是滋味，不知該怎麼形容。

這些年他一次都沒出現，可自己每每看到將軍就會想起他。而且知道他就是七皇子後，當初分別前的那點不捨漸漸變成了心疼，甚至從最初的一點增加了很多很多……

慢慢的，也不知道從什麼時候起，她變得不願意裝小孩，不願意和他人親近，好像這樣做，自己就和他們沒有多大的關係，若是以後自己或對方出了什麼事，彼此都不會過於心疼吧？

將軍現在很熱，況且牠根本聽不懂湯圓在說什麼，見她又恍神，急躁地咬住她衣服的一角就往外拖。湯圓知道將軍的意思，也不再糾結，再次回頭看了那個大箱子一眼，便和將軍一起離開庫房。

出了庫房，外頭涼爽，心情也跟著放鬆了點。既然知道元宵十九歲有死劫，她會盡可能地幫他，就當……還他小時候的恩，其他的，如今她還沒明白，只能交給時間了。

湯圓回到臥房時竹嬤嬤剛坐起身，側頭看著從外面進來的湯圓，她瞪大了眼，嗓音有些沙啞地問：「小姐怎麼如此早起？怎麼不叫老奴起來呢？」一邊說一邊下床，揉著眼走到了湯圓的面前。

將軍剛才熱得狠了，一回到屋裡就在桌旁打轉，湯圓替牠倒了滿滿一碗水，看牠沒一會兒工夫就喝光，又再添了大半碗。

「昨天妳們收拾屋子累著了，醒得晚些也是正常的，我左右無事，只是到處看看。」

昨天竹嬤嬤和紅裳、綠袖忙到大半夜才睡下，所以今早湯圓起身時竹嬤嬤才沒有察覺，不然以往竹嬤嬤早早就醒了。

竹嬤嬤瞅了瞅外面的天色，發現時辰差不多了，笑著道：「那老奴伺候小姐沐浴吧，今天要去世子妃那邊呢！」

湯圓點頭，又跟將軍玩了一會兒，待竹嬤嬤準備好就去了後面。

這幾年竹嬤嬤日日替湯圓按摩，今天自然也不例外。不過後來湯圓的體態保持住之後就換作另一種方式，用竹嬤嬤自己拿好多花配置成的一種油，塗抹全身，從上到下按摩一遍，讓油徹底被吸收才罷手，因此耗時更久，差不多得花一個時辰。

按摩完，湯圓重新沐浴一番，而後擦乾身子套上裡衣，她低頭聞著自己的手腕。味道比初期濃了許多，卻不會讓人覺得太過濃重，說濃也淡，站在身側香味若有還無，靠得極近才會特別分明。

而且因為有聽竹嬤嬤的話，這幾年她一直堅持著在自己的吃食裡加入各類花卉，從未間斷，有段時間試著在洗澡時不用竹嬤嬤特製的油，一個月後身上的香氣竟還存在，果真如竹嬤嬤所說一般，即使日後中斷，身體也會保有自然的體香。

湯圓沐浴出來時，紅裳、綠袖已在外面等著。紅裳在梳妝檯前把妝扮用的物品全部拿出來放好，綠袖則在整理湯圓要穿的衣裳，站在衣櫃前有些猶豫不決，正巧看到她走出來，就直接問道：「小姐今日是去見大小姐的，而且老爺也確定留任京城，這麼多高興的事，選件顏色鮮亮點的如何？」

她手裡抱著的是一件柳氏讓人送來，湯圓至今從未穿過的衣裳，是今年流行的新款。京城與揚州女兒家時興的玩意兒十分不同，要回京柳氏自然會打聽，甚至在回京前就已全部做好了。

湯圓走到綠袖面前，就著她的手把衣裳展開。好像太過豔麗了？

夏日的衣裳不用厚實的料子，這件選用了青色的薄紗，層層疊疊了好多層，上面繡的是七色的芍藥花，但並非只繡一層，而是由幾層堆疊成一朵完整的花。她輕輕用手抖了抖，花瓣又有了不同的模樣。

竹嬤嬤眼裡滿是驚豔。這衣服穿在身上，走起路來，就好像花瓣正一點一點地綻放似的，肯定特別好看。也跟著開口勸道：「老奴知道小姐喜歡素淨的款式，但如今不一樣，咱們才回京，又是去王府作客，而且其他姑娘們也會去，咱們可不能讓她們小瞧了三房。」

綠袖也使勁點頭，一臉期待。

湯圓猶豫地看著兩人，不知道怎麼的，突然想到了昨天大姊的信。今天，元宵也會在那裡。然後就鬼使神差地點了頭……

見狀紅裳一下走到湯圓面前，目光閃閃。「既然小姐要穿這件衣裳，就不能像往常那般素著一張臉了，衣服華麗，臉上也得盛妝才能相得益彰！」

紅裳有些激動，對著湯圓的臉折騰了許久，等大功告成時，時辰已經有些晚了，當四人來到湯老夫人的上房時，其他姑娘們都早已等著。

湯老夫人看著湯圓踏進房門，以為她是昨天累著了，笑著說道：「不礙事的，你們剛回來，難免有些不適應，起晚了也屬正常。」等到湯圓一走近，湯老夫人瞬間愣住，定定地看了許久，然後傻乎乎地對著旁人又說了和昨天一樣的話。「這真的是我孫女？一晚上的時間又被誰掉包了！」

幾位姑娘今日也都是盛裝打扮，但比起湯圓，真的遜色許多。

湯圓本就膚若凝脂，就算不上妝兩頰也有自然的紅暈，其他地方紅裳都沒怎麼動，只著重在眼睛上，刻意突出她的天生笑眼，眼神略顯嫵媚，雙唇則畫上了明豔的大紅色，白得極致也紅得極致，相互映襯，美得十分大氣。

淡如菊卻豔勝牡丹，矛盾的搭配，卻更吸引人。

去王府的路上，幾位姑娘看過來的眼神或多或少都有些嫉妒，不過對於這類事情，湯圓始終貫徹不聽、不言、不問的態度。待抵達王府，湯慕青有身孕又是世子妃，不可能在門口等著，一行人便由嬤嬤直接帶進了內院。

湯慕青幾年來沒什麼變化，坐在主位上伸長脖子瞅著外頭，屋裡放了幾個冰盆，只是她懷有身孕，放得比較遠，後面站著兩個小丫鬟輕輕搧著扇子。她盼呀盼的，好不容易聽到下人稟報說姑娘們來了，有些激動地站了起來，幾步走到大廳中央。

都是娘家的姊妹，自會笑著打招呼，可是湯慕青左看右看都沒看到湯圓，最後詢問湯雲蓉。「我妹妹呢？」直接無視站在湯雲蓉旁邊的湯圓。

「噗哧！」湯圓一下子樂了。「都說一孕傻三年，以前我不信這句話，現在可信了。大姊肚子裡有了小寶寶，連我都認不出來了？」然後在湯慕青目瞪口呆的注視下，上前輕輕抱住了她。「大姊，是我，我和爹娘回來了，以後咱們能常常相見，不會再分開了。」

容貌相差再大，湯慕青也不會忘記湯圓小時候抱著自己的模樣。她只比湯圓大五歲，但是自己懂事得早，湯圓又是個不省心的，害她天天都掛念著她，久而久之，情分便比湯醉藍重了許多。

「回來就好、回來就好。」她眼眶有些微紅，回抱住湯圓。

家常一番後，其他姑娘暫時先在外面玩著，湯圓則被湯慕青帶到了後面。

湯圓以為湯慕青會跟自己聊聊私密話，自己也正好親口問問她的近況，不料湯慕青卻開門見山，直奔主題。

「我知道妳有好多話要跟我說，我也有好多話想和妳說，可是今日七皇子抽空過來，不能久待，所以妳現在先過去見他，等他走了，我們再聊。」

湯慕青已從自家夫君那兒得知兩人的事了，本來還以為湯圓會不願意，可是今日見到她這般精心打扮，湯慕青便覺得不用再多問什麼了，笑著打趣。

「放心，這事沒有別人知道，妳快點進去吧，他就在裡面呢！」伸手指著後面的一道門。

湯圓覺得湯慕青誤會了什麼，可是又不知道該怎麼解釋，只能點點頭，抬步走到門前，深吸一口氣，推開了房門。

元宵負著手背對著房門，聽到推門聲，轉身看向站在門口的湯圓，面上沒有一點情緒，看來十分冷靜，一步一步地走到了湯圓的面前，伸手一推把門關上，隔絕湯慕青帶笑的視線。

而後他沒有停止步伐，持續靠近湯圓，湯圓不自覺地往後退，最後退無可退，靠在了牆上。長大後的元宵，容貌仍像幼時一般精緻，只是當年還和自己差不多高，如今她卻只能仰視他。

兩人貼得極近，湯圓覺得四周太靜了，所以自己的心跳聲才這麼明顯。

元宵低頭打量湯圓，眼裡有驚豔、有懷念，更有可惜。驚豔的是湯圓現在的模樣，居然如此出色，實在太出乎自己的意料；懷念的是他再也看不到小時候的湯圓了；可惜的是自己沒有陪她走過這段路，無法看到她破繭成蝶的過程。

對上元宵，湯圓一向沒轍，他的眼神晦暗不明，根本就不明白他現在是什麼意思。

「你……」

元宵同時開口，自顧自地笑了，挑眉仔細地看著湯圓的眼睛。「妳就這麼想嫁給我？」

「我什麼時候說過要嫁給你了？」湯圓大感莫名其妙。

「難道不是嗎？妳今日的妝容，若非穿的不是嫁衣，都可以直接抬進府了。女為悅己者容，這我懂的，妳早說嘛，妳早點讓我知道，我今日就可以向父皇稟明，請他為我們指婚了。」

簡、簡直是不可理喻！這人長大了臉皮居然比小時候更厚，不對，這完全是沒皮沒臉了！

湯圓伸手想推開近在咫尺的元宵，使了好大的勁兒都推不動，抬頭正要開口，元宵卻一下子把她緊緊地抱在懷裡，害她身子一下僵住了，回過神來想要掙脫，卻發現根本掙不開半分。

「別動，讓我抱抱。」

低沈的嗓音在耳邊響起，湯圓也不知道為什麼，就真的停止掙扎了。

元宵將頭埋在湯圓的頸肩，深吸了一口氣，湯圓的味道還是和小時候一樣，一點都不討厭，只會讓人想沈淪下去。

「謝謝妳願意來見我，這幾年，我沒有白等。」

第三十六章

湯圓心裡不知作何感想，整個人僵在元宵懷裡，感受到他的體溫和味道，突然間，她想起他的死訊。

這樣的他，為什麼會死？是迫不得已，還是無計可施？

無論是哪種情況，她都不希望這會成真，他的結局不應該是這樣……

她反手回抱住元宵。到底該怎麼辦呢……

湯圓的動作讓元宵呼吸一滯，心跳快得有些異常。這個傻丫頭，現在是在回應自己了嗎？

不料湯圓下一秒便掙脫了他的懷抱，抬起臉來仔細地盯著元宵，丟出了一大串問題。

「這些年你過得怎麼樣？身體可有不適？有沒有按時讓太醫來請平安脈？平日裡沒有出現其他毛病嗎？」只能旁敲側擊，先問過身體狀況再說。

即使現在元宵的確是個毛頭小子，但這也不代表湯圓問幾句他就會頭腦發熱地認為兩人心意相通。他沒忘記這丫頭到底有多蠢，或者該說有多難開竅，而且重點是，湯圓看著自己的眼神滿是擔憂，好像自己真的命不久矣。她是從哪得出這結論的？

他摸了摸下巴。「這是對未來夫君的身體檢查？放心好了，妳未來的夫君我呢，吃好、喝好、玩好，什麼都好，絕對不會讓妳失望的。」說到最後一句時還挑了挑眉，暗示得特別明顯，湯圓再傻也不可能聽不明白。

柳眉一擰。到現在都還沒個正經！

她一把推開元宵就要離開，轉身之際卻被他拉了回來，還是一副玩世不恭的模樣，只是眼底多了些認真。

「好了，我不管妳是從何得知我會死，總之妳放心，在妳沒死之前，我一定不會死的。」

這麼笨的丫頭，如果自己先死了，她還不屍骨無存？

頓了頓又接著道：「當然，凡事都有意外，如果真到了那個地步，確實無力回天的話……」他鄭重地看著湯圓的眼睛。「我一定會先殺了妳，然後自殺。」

留她一人在這世上，做鬼也不能放心，不如一同死去，下輩子還能一起投胎。

說完，他驀地想起了湯圓過往大膽預測柳氏懷孕一事，事實證明，這丫頭確實有當神棍的潛質，後來她真的多了位弟弟。不過心神一轉，他就把這個念頭拋到了腦後。我命由我不由天，就算此事是真，相信也是自己一手策劃，絕不可能是被人逼的，逼他的那個人，一定會死得更淒慘。

嘖，用自殺來逃避現實，那是弱者才有的行為，他？絕對不可能。

他拉著湯圓的手坐了下來。「我知道妳的話確實有幾分可信度，但是，妳相信我，沒人能逼我赴死，妳只要記住這點就夠了。」

湯圓還有話想說，可元宵卻一下子摀住了她的嘴，嚴肅地盯著她道：「把妳想說的話全都收回去，我不需要知道這些，以後絕對不要再提，也別向任何人提起，把這件事徹底忘記，聽到沒有！」

如今更重要的是，父皇那兒已有些苗頭，說不定早已派人調查湯圓。

父皇想利用湯家來收拾老二，湯家現在只是棋子，雖不會被捨棄，但終究會傷筋動骨，湯家的忠心或許可能因此受影響，這點自己明白，父皇更加明白，可他依舊這麼做了，為人子、為人臣自然不能反駁他的決定，況且這事本來就是老二不厚道，父皇只是順水推舟，讓他死得更快一點罷了。

而當初他把將軍留給湯圓，就是為了讓父皇知道，不要做得太絕。

湯圓也想起了小時候，元宵曾在崖邊告誡自己別太張揚，那些話她始終記在心上，除了弟弟這件事，其他的她一概沒透露，甚至連唐少安的事都沒打算干涉。

她小心地瞅了元宵一眼，不懂他為何又不高興了，自是不敢再多說。也罷，就走一步算一步吧，反正自己也不知道該怎麼做。

「那……那將軍呢？將軍牠很想你。」雖有些不捨，她還是把話說了出來。

這些年有將軍的陪伴，平淡的日子增加不少歡樂，但是在將軍心裡，元宵才是牠的主人，幾年下來，就算將軍性子再歡脫，很多時候還是會悶悶不樂，她知道，牠是在想元宵了。

「將軍還是留在妳那兒，我會抽空去看牠的。」元宵還在思考著，聽到湯圓問話，毫不猶豫地回答，說完又想起那傢伙現在膘肥體壯的模樣。「妳別餵牠吃太多，長得太胖，都跟妳小時候有得拚了，明明是條狗，胖得跟頭熊似的，誰家的狗長牠那樣啊！」
將軍跟著湯圓，成天就是吃了玩，玩了睡，睡了吃！那樣子簡直令人不忍直視。
「我……」湯圓張口想反駁，卻不知該如何反駁，畢竟將軍確實肥了一圈。而後她突然一頓，定定地看著元宵。「你怎麼知道將軍現在的樣子？你又沒來見牠。」
元宵愣了下，然後馬上回吼道：「想也知道啊！妳以前那麼胖，將軍跟著妳自然也會變胖，都說什麼樣的主人就有什麼樣的狗，跟著我的時候那麼威風，跟著妳就胖成了豬！」
打死他也不會說自己偷偷去看過，這麼丟臉的事，他絕不承認！
「我哪裡胖了！」湯圓瞬間從座位上站了起來。「小時候的事誰還提啊，我現在一點都不胖！」
元宵看著站在面前的湯圓。嗯，確實不胖，纖纖柳腰，減一分太瘦，增一分太胖，是最完美的體態。可驚豔之色只是一閃而過，快到湯圓無法捕捉到，接著他又不樂意了。
「妳瞧瞧妳現在這模樣，瘦得風都能把妳吹跑了！」
什麼呀！湯圓無言。娘怕她為了瘦身不顧健康，都有請大夫多注意，大夫說了，她身體好得很！
元宵再想到了關於唐少安的報告。嘖，癩蝦蟆想吃天鵝肉，哪邊涼快哪邊去！
「以後不准再穿得這麼花枝招展了！成天穿成這樣，妳想勾引誰呢？這次就算了，不跟妳計較，以後不許穿豔麗的衣裳，也不許塗胭脂！」免得勾引一堆不知所謂的男子，有一個柳雲非就夠了。

湯圓現在連跟元宵說話的慾望都沒有了。這人腦子跳得太快，她完全跟不上，乾脆扭身準備離去。

元宵也沒阻攔，站了起來，打算一同離開，今天事多，他確實不能久待，上前兩步拉著湯圓的手遞給了她一塊牌子。

「妳若有事，派個小廝將我這塊牌子送到城中的景泰酒樓就可以。」

黑色的方形牌子，並沒有什麼特殊的地方，卻覺得有些重。

「你就不怕我出賣你嗎？」

元宵聞言只是一笑。「就妳這腦子，能出賣我什麼？好生收著，不要告訴旁人。雖然我如今沒有離宮建府，但出入皇宮也不會受限制，不論何時，只要有事，都可以來找我。」

現在自己在父皇的眼皮子底下，不能像在揚州時那麼隨意地翻牆了。

湯圓捏緊了手中的牌子。見到元宵後，心裡不停出現怪異的感覺，似高興又似忐忑，而且這次感覺更甚……

「好，我會好好收著的。」

湯慕青並沒有離去，還在最初的那間房裡等著湯圓，順便休息休息。反正都是自家姊妹，前面也有嬤嬤在招呼，不必拘泥那麼多禮節。

湯圓一從裡頭出來就看到了躺在臥榻上的湯慕青，元宵已先行從後門離去。

她輕手輕腳地走過去，瞅了瞅還看不出任何起伏的小腹，輕輕替湯慕青將薄毯蓋好。不過湯慕青沒有真的睡著，只是閉目養神而已，旋即睜眼笑著打趣。

「見過妳的青梅竹馬小情郎了？」

「什麼時候是青梅竹馬的小情郎了？原來大姊嫁人後性子變得這麼活潑，以前的大姊可不是這樣呢，世子爺都不管管的？」湯圓坐在榻邊，伸手幫湯慕青理了理後面的靠枕。

「難道不是？你們倆可是小時候就見過了，聽說，還私下見了好幾次呢！」

因著那次湯圓被元北翼當眾為難，湯慕青對這位世子爺可是很有成見；可她冰雪聰明，知道事情已成定局也沒想過要悔婚，反正就這麼過一輩子就是了。成親後，她在外人面前總裝得好好的，私下卻沒給過元北翼好臉色看，元北翼知道原因，後來實在拗不過湯慕青，就把兩人的事告訴她了。

湯圓不想跟湯慕青辯解什麼，主要是也不好辯解，男女私下見面，在外人眼裡已是大逆不道，況且，自己心裡，好像對元宵是有些感觸的……

她趕緊繞過了這個話題。「大姊今日可是累著了？若是累著了我就先帶其他姊妹回去了，反正都在京裡，等妳穩定了再見也可以。」

「哪裡就這麼嬌弱了？」

湯慕青從榻上起身，走到梳妝檯前整理儀容，湯圓在後面幫忙。

「妳不知道，自從懷孕後，他們連路都不讓我走，害我這三個月都快憋死了。今日妳們來了，我婆婆又去了廟裡上香，正好可以活動活動，真要這麼過十個月，我會瘋的！」

湯圓看著鏡子裡面的湯慕青，說著抱怨的話，臉上卻一直帶笑，顯然過得很好，也沒有再多問，只是低頭幫忙梳理長髮。

湯慕青透過鏡子看著身後的湯圓，眼裡的震驚不比初見少。

小妹這張臉出落得如此明豔，低頭時卻是溫婉至極，眼尾的笑意真真是讓人光看都沈醉，就連身為大姊的她都會看入迷，更別提其他男子了。難道，這就是七皇子的魅力？小湯圓是為他而改變的？

在沒見到湯圓之前，她對這事其實頗有微詞。因為她嫁來這邊後，知道了七皇子是個怎樣的人，她覺得他與小妹的性子實在不適合，可是夫君已經答應要幫忙，只好看著辦了，結果湯圓的變化竟改變了自己的想法。

如今想想，七皇子既然肯主動來見小妹，心裡自然有她的位置。反正都要嫁人，嫁給一個從小就認識的人總比沒見過的強；而且現在小妹這麼出色，兩人看著還挺登對的。

打定主意，她對著鏡子打量了一番。「好了，我們出去吧，其他妹妹們還等著呢。」

湯圓點點頭，扶著湯慕青往外走。

一路上都沒有看到丫鬟、婆子，湯圓知道湯慕青是為了自己的名譽著想，事先支開了眾人，因此也沒有多問，不料在轉角處卻遇到兩名男子，令湯圓腳步一頓，她不知道來人是誰，但看湯慕青沒有驚慌，就退後了一步站在她的身後。

有一位應該是世子爺吧？就不知道另一位是誰了。

果然，湯慕青只是有些詫異地道：「你怎麼回來了？不是說今日有事要晚歸嗎？」

「臨時有點事，回來拿東西。」元北翼先是仔細打量了湯慕青一番，發現她臉色尚佳才笑著答話，然後看向了後方垂首而立的湯圓，自然能猜出她是誰，眼裡滿是驚訝。

當初他也見過這位小姨子，沒想到原來七皇子從小眼光就這麼好，竟能預知她會女大十八變？也不等湯慕青介紹了，直接朝湯圓打躬作揖。

「當初的事，還望小姨子不要記在心上，妳姊姊已經懲罰過我了。」

湯圓抬起頭，這是她第一次見到元北翼的容貌。

五官比不上元宵的精緻，但周身氣質很是溫潤，而且看自己的眼神清明無比，倒是他旁邊那位讓她覺得有些無禮，方才即使低著頭也能感受到有道視線直直落在自己身上。

莫名地不舒服。

她無視了那位無禮的男子，對著元北翼福了福身。「早已忘記，姊夫不必放在心上。」

元北翼還想說話，湯慕青卻瞪了他一眼，直接拉著湯圓往前走了。

「前面還有其他妹妹等著我呢，你晚上早點回來便是。」

元北翼不知道自家媳婦為何要瞪自己，莫名地目送兩人離去後，轉身看見旁人才徹底明白了。這目光死死地盯著，甚至還邁步想追上去是怎麼回事？

「咳。」

蕭遠崢這才回過神來，有些尷尬地看著元北翼。

平時若是看到他這副欲言又止的模樣，元北翼肯定會開口詢問，可今天卻只是定定地看了他一眼，就轉身走了。

蕭遠崢連忙追了上去，一把拉住元北翼，臉色有些微紅，鼓起勇氣問了出口。

「那位姑娘是世子妃的妹妹？是湯家三房的三小姐對吧？」

湯家的小姐們能被世子妃帶在身邊的，想必只有嫡親的那兩位了，那麼，以年紀推算，最有可能的就是還未出閣的三小姐了。

一想到三小姐，他臉不禁顯得更紅。他從未想過，原來真的可以只憑一眼就喜歡上一個人。

美得如此張揚，偏偏氣質淡然如水，想不喜歡都難……

元北翼看著眼前明顯情竇初開的少年，毫不猶豫地道：「確實是三小姐，她也沒有婚配。」沒給蕭遠崢竊喜的時間就接著下了決斷。「我是看在咱倆交情還不錯的分上給你一個忠告，離她遠點，不然到時候我都保不了你。」

還沒來得及高興，蕭遠崢就被這晴天霹靂的信息給劈傻。「為什麼？」

元北翼當然不可能說出元宵的事，一邊是朋友，一邊是兄弟，只能隱晦地提醒。

「相信我，我不會害你，你離她遠點就是了。」說完率先離去。

蕭遠崢看著元北翼的背影，又側頭看向早已沒了佳人蹤影的廊道，低頭摸了摸自己的心臟，感覺都快跳出來了，他第一次有這種感覺，原來一見傾心這個詞是真的……

入夜後，眾人便告辭了，本來湯慕青還打算留湯圓睡一晚的，但是她現在有孕在身，就算湯圓真的在此留宿，姊妹倆也不可能同睡一張床，也就打消了這個念頭，只是叮囑湯圓沒事就常過來玩。

告別了依依不捨的湯慕青，幾位姑娘一起返回了湯家，然後便去正房向湯老夫人請安。湯慕青一直都是湯家重點關注的對象，如今懷孕了更是如此，不僅湯老夫人詢問，就連大夫人、二夫人也都問了幾句，得知她一切都好才放了心。

湯圓陪湯老夫人說了一會兒話才回去自家的院子，此時柳氏正輕聲哄著小弟睡覺。湯圓輕手輕腳地走過去，見小傢伙已昏昏欲睡，眼睛一眨一眨的，沒一會兒工夫就睡著了，待嬤嬤把人抱去了後面，柳氏這才有空與湯圓聊聊。

和湯老夫人一般，柳氏先把湯慕青的情況問過了一遍。身為親娘，問得自然更仔細些，湯圓只差沒舉手發誓大姊真的過得很好了。

「嗯，那就好，我一直擔心著她，成親兩年，現在終於有消息，我這顆心總算是落了一半，現在只盼她能夠一舉得男。」

柳氏自己吃夠了沒有兒子的苦，因此難免憂慮，湯慕青嫁到了王府，勢必也得生下一兒半子才行。

湯圓很清楚，大姊第一胎就是兒子，之後還有對雙胞胎女兒，但她也不敢跟柳氏明說，只是安慰了她幾句，而後便轉移話題。

「那位被將軍摑了一掌的男子現在怎麼樣了？爹爹怎麼說的？」

這一世的情況和上次不同，他丟了那麼大的臉，連阿爹都笑了，要想像上輩子那般投靠湯家沒那麼容易了，不知道這次情況會是怎樣？

第三十七章

「噗哧！」

柳氏一下笑出了聲，看得湯圓一臉莫名其妙。

「妳不知道後面的事有多好玩。雖然將軍確實不是故意的，但我們家總不能什麼表示都沒有，只是妳爹被宣進宮了，這事就先交由管家去辦，也不知道兩人是怎麼談的，最後還是把人給帶回府了，可我沒有過問。」他們的分工很明確，三老爺不過問後宅之事，柳氏也不管外面的事。

湯圓沒有發表看法，這本在她意料之中，他鬧出這番動靜不就是為了攀上湯家，若是上了岸便自行離去，那就不是唐少安了。

「他雖是白身，但管家見他談吐得宜，就讓他在客居那邊的廂房暫且住下了，等妳爹回來再做定論。」

湯府後方還有一座小的府邸，那是專門給湯家幾位老爺的謀士居住的。

不過這才回京，三老爺忙，柳氏也忙，夫妻倆顧著處理府內之事，還得與京裡達官貴人打交道，哪有工夫理什麼唐少安？漸漸的，兩人就忘了這回事，連老管家也沒記得去提醒。

唐少安就這麼在後頭安頓了下來，雖然現在連三老爺的面都沒見到，但是好在人已經進來了，總不是什麼都沒得到。至於水裡的那件事，雖然丟臉丟大了，但時間一長，就沒人會記得。

可是唐少安想得太美好了，他萬萬想不到，將軍居然會跑去找他！

說到這，柳氏又噗哧一聲笑了出來，在椅子上笑得喘不過氣。

見狀湯圓更急不可耐，抓著柳氏的手忙問：「將軍又對他做了什麼？」眼裡也是興致勃勃。

「將軍……將軍又給了他一巴掌！」而且是當著所有謀士的面，聽老管家說，那位少年當時臉都青了。雖然說起來有些不厚道，但是，不能親眼看到那一幕實在太可惜了。

柳氏直接笑倒在椅子上，旁邊的丫鬟、婆子們聽到這事也笑得肚子疼，可是湯圓卻沒笑。

經過這幾年，她自認對將軍已有幾分瞭解。牠性情頑皮，經常騷擾小丫鬟們，但都只是玩鬧，從來不曾傷到她們，可怎麼這次對唐少安就如此反常，而且還有第二次……

腦中一閃，突然想到元宵說將軍現在胖得跟豬似的，他又沒見過怎會知道？最有可能的答案就是，他來過，或者他遠遠地看過，而唯一符合的時機就是回京時的那場鬧劇了，不僅看到了將軍，還看到了唐少安。

柳氏笑了好一陣子才緩了下來，發現湯圓居然沒有附和，好奇地湊上前打量著她的神情。這眉梢怎麼感覺帶了點春意呢？且目光呆滯，顯然在想事情，她是想到了誰，居然會露出這般模樣？

柳氏被湯圓可能有意中人這件事刺激到了，甚至不顧周圍還有別人在場，推了推仍在發愣的湯圓。

「妳在想什麼？」妳在想哪個男子！不對，小女兒什麼時候接觸過別的男子了，除了七皇子就沒有了啊，難道……他們又見面了?!

柳氏腦筋轉得極快，小女兒除了去大女兒那邊就沒去過別的地方，直接低聲問出口。「妳今天除了見妳大姊，還見到了誰？」

湯圓不知道柳氏已想得非常遠了，剛回神就被自家親娘死死盯著，不禁縮了縮身子，小聲道：「還見到了姊夫。」皺了皺眉再道：「還有姊夫的一位朋友，是在路上遇到的，但是並不知道他是誰。」

「還有呢！」

再有就是元宵了，這個名字湯圓實在說不出口，但她不會撒謊也不想騙柳氏，只是抿了抿唇，低頭不敢迎視柳氏的眼神。

完了！柳氏心裡明明白白地浮現出了這兩個字。自己放心得太早了，在碼頭時還以為兩人都忘了呢，沒想到只是假象，這兩人竟然真的見面了，而且還是大女兒幫的忙！

她瞪了湯圓一眼。果然是女大不中留，一個比一個不省心！

湯圓始終不敢抬起頭，好在現在柳氏不打算逼問，時機不對，此事可以先緩緩，待她先問過大女兒再說，眼前還有其他重要的事。

她嘆了一口氣。「明兒妳也要早起，和我一起帶著妳弟弟去外祖家。」這麼多年沒回京，怎麼可能不去娘家看看。

湯圓抬眼瞅了瞅柳氏。這事該高興才是，怎麼娘一臉憂心忡忡呢？

不等湯圓詢問，柳氏又接著道：「我今天收到很多帖子，其他的不提也罷，但是煥王妃的卻不能忽略了，說三日後請我們到府上一聚。」

二皇子正想拉攏湯家呢，就連約的時間也下了心思，知道湯家才回京事情肯定不少，所以把日期安排在三天後，給了些時間讓他們好好安頓。

二皇子那邊越是如此，湯家三房這邊越苦惱，偏偏又不能告訴任何人，只能和自家人商量。

事情始末三老爺已差不多全說給柳氏聽了，柳氏細細斟酌後，決定也讓湯圓知曉，起初她還以為湯圓年紀小可能不懂這些，可沒想到聽完後，湯圓居然不喜不悲，對於自家的命運一副了然於胸的安然。反觀自己，她當然相信自家老爺，可仍不免擔心啊！

如今皇上一心想收拾煥王，授意自家不得拒絕，甚至得靠上去才行，但又不能靠得太緊，畢竟自古皇帝多疑心，若皇上以為他們假戲真做，到時候就真的欲哭無淚了。

湯圓知道柳氏在顧慮什麼，把所有丫鬟、婆子都撤下去後才道：「娘不必煩惱，既然阿爹說現在還不能鬧翻，那咱們赴宴就是了，反正宴會中煥王妃也不能明目張膽地對咱們做什麼，他們不是還想拉攏我們嗎？」

「她怎麼可能對我們做什麼，我是怕她對我們太好了，我們又不能拒絕，到時候傳到皇上耳裡，他起了疑心怎麼辦？」

都說伴君如伴虎，萬一煥王倒了，皇上又要自家連坐怎麼辦？

「娘您多慮了。」湯圓眉眼一彎，笑意滿滿。「咱們去赴宴，不管煥王妃說什麼，照做就是了，反正就算煥王妃明面上沒給什麼，暗裡也會送東西過來的，但到時候也不必拒絕，全部收下，然後讓阿爹送去皇上那兒就行了。反正東西最後是在皇上那邊，有什麼事情阿爹也會向皇上稟報，這樣一來，皇上還有什麼理由懷疑我們？」

柳氏眨了眨眼睛。說得好像挺有道理的？心頭大石終於放下，先前就怕掌握不好分寸拖累了湯家，如今總算把這件事想明白了。她看著眼前的小女兒，放下重擔後，方才的心思又浮現出來了。

「妳老實告訴娘，妳是不是喜歡上七皇子了？」

湯圓一驚，飛快地轉過身背對柳氏，俏臉偷偷爬上了一抹緋紅。

柳氏心裡一跳。不會吧……也顧不得自身形象了，倏地從座位上站了起來，快步走到湯圓面前，彎身死死地盯著她的眼睛。

「妳老實告訴娘，到底是不是？」

就算湯圓現在不像小時候那般天真了，但柳氏還是不願讓湯圓嫁入皇家，總覺得那個地方並不適合小女兒。

可再反對，其實也是徒勞。

如果對方真的請了旨，自家難道還能抗旨？若他倆真能成，兩情相悅總比被押著嫁過去要強吧？

想到這個可能，柳氏的氣勢瞬間蔫了，也不等湯圓回答，又坐回位子上。

湯圓一想到元宵心裡就泛起了漣漪，根本就不敢看柳氏的眼睛，等回神後側頭看向柳氏，發現自家娘親垂頭喪氣地坐在旁邊，嚇了湯圓一大跳，連忙問道：「娘，您怎麼了？是不是哪裡不舒服了？我現在就讓丫鬟把大夫找來替您瞧瞧！」

說完轉身就要去喊人，卻被柳氏拽住。

柳氏嘆了一口氣，把還不明狀況的湯圓按回旁邊坐好，看著小女兒如今姣好的面容，心想以色侍人雖然不是永遠無憂的法子，但是最初幾年想必能保證些榮寵，只要這其間生了孩子，即使日後失寵，有嫡子也算是有指望了……

先前湯圓只是一時著急，現在看著柳氏的樣子還有什麼不明白的，頓了頓低聲道：「我不知道我是不是真的喜歡他，只是，和他在一起的時候心會跳得比尋常快，感覺也是特別的複雜，高興、忐忑都有……」

這是湯圓第一次說出對元宵的感覺，可是柳氏卻高興不起來。這些話如果是真的，那離喜歡也不遠了。她無語地看著湯圓，連勸都沒有理由了，情愛就是這般無奈，根本抗拒不了，如果真能在一起，這樣下去是好的，可世事變化無常，要是最後沒有在一起，自己女兒又該怎麼辦？

柳氏不說話，湯圓也不知道該說什麼，過了好一會兒才抿了抿唇低聲道：「娘，您就那麼討厭他嗎？」

不管別人怎麼說，至少，元宵真的對自己很好，哪怕他的好和常人有些不同。

聽到湯圓的問話，柳氏雖然有些不樂意，但還是好好考慮了一番才回答。

「平心而論，娘並不討厭他。他是七皇子，我們家已是高攀，娘能有什麼理由討厭他？只是他的性子太過強勢，妳的性子又有些軟，所以娘不放心。」

就算湯圓有再多的話想為元宵辯解，但是看到柳氏有氣無力的樣子也不敢開這個口，只是小心翼翼地看著她。

柳氏抬頭看了一下外面的天色，時辰不早了，心裡也煩躁，不想再繼續這個話題。

「娘只囑咐妳一句，他是皇子，很多時候我們也無法反抗，但是妳記得，女子要自愛男子才會愛妳，和他相處時，妳要把握好尺度，別讓娘失望，也別讓旁人發現就好。」

這樣，就算最後兩人沒在一起，只是小女兒心傷，旁人不知道的話，也不是最糟糕的情況。

湯圓想要反駁柳氏卻不給她機會，直接起身去了裡間，只留湯圓一人坐在位置上發愣。

身為元宵的貼身侍衛，長安自是片刻不離地陪伴在元宵左右。

現在天色已黑，元宵還坐在案前處理皇上交代的事務，長安看了也心疼，那些事都是見不得光的，偏偏這是皇上的意思，若主子真的像外面所傳的那般無所顧忌就好了。

過了一會兒，他再次抬頭看向窗外，真的已經很晚了，剛想開口提醒元宵該休息，餘光卻瞥見有人在外探頭探腦，見狀，他看了依舊埋首的元宵一眼，無聲地退了出去。

不久，長安就回來了，站在下方稟告。

「七爺，是關於三小姐那邊的事。」

聞言元宵停下了手裡的筆，抬眼看著長安，下巴一點示意他繼續。

「已查清楚了，唐少安是南山那邊一個小縣的人，此人科舉成績不佳，但是腦子聰明，有些小計謀，在京城待了兩年，沒有謀生的活計，是他家裡供著。他在西街那邊租了個小院，平日裡沒有其他消遣，不賭不嫖，只是愛到茶樓聽戲。」頓了頓又道：「他去的茶樓，就是湯老爺子常去的那家。」

話說到這還有什麼不明白的，這人就是想找個靠山，而這個靠山就是湯家。

元宵無所謂地點了點頭。「那他現在怎麼樣了？」

雖然元宵沒有下令，但長安身為他的心腹，有些事情，不用明說也一定會去辦。今日唐少安又被將軍羞辱了一頓，可他居然還沒打算從湯家搬出來，倒是挺能忍的，只不過長安沒什麼心思跟他耗，就直接把人給引了出來。

「教訓了一頓，趕出了京城，再回來，殺無赦。」

長安答得挺快，可是卻不敢看元宵的神情，頭甚至更低了些。接下來長時間的寂靜，長安根本就不敢抬頭，冷汗也冒了出來，過了好久，視線內出現了一雙黑色的靴子，他不禁小小地退了一步。

元宵看著長安的頭頂，眯了眯眼，突地笑了出聲。

「都說近墨者黑，長安，你跟了我這麼多年，心軟的毛病怎還是改不掉？看來是我心不夠狠，所以你才沒學得徹底嗎？」

長安仍不敢抬頭，只是低聲回答。「奴才是想，那名男子並沒有真的冒犯三小姐，所以只是教訓了一頓。」長安也明白，那種無名小卒七爺是不會搭理的，會讓他如此在意，唯一的原因，只有三小姐。

但是當時，雖然瞧著唐少安看了三小姐一眼，可也只是一眼而已，連神情都看不清，所以才沒有滅口。

「抬頭。」

長安抬起頭，見眼前的元宵勾著嘴角，眼裡晦暗無比。

「記住，以後只要是關於你未來女主子的事情，沒有最狠，只有更狠，不然，那些錯就由你來承受。人既然是你放的，那你就自己搞定。」

「是！奴才記住了。」不過是個無關緊要的人，長安怎麼可能對他心軟，是錯在錯估了湯圓在元宵心裡的分量。現在既然已經清楚，自然就得殺了。

主子不是說了嗎？未來的女主子。

長安也知道主子是饒過這一回了，可是還沒來得及鬆口氣，元宵又接著道：「自己下去暗堂領三十鞭。」

暗堂是由皇上一手調教的，是皇上的暗衛，做的都是見不得光的事情，那些人，一個比一個心狠，他們的刑罰，自然也比常人更狠。在元宵十五歲時，皇上已全數將那些人交給元宵調遣，是送元宵的生辰禮。

三十鞭，是長安所能承受，隔天也能接著伺候的極限。而且去暗堂受罰的人，絕對不允許上藥，只能任由傷口自行好轉。

吞了吞口水，長安真的是悔得腸子都青了，早知道就不當什麼好人，為了一個陌生人，三十鞭，看來一個月是好不了了。

元宵轉頭看向桌上成堆的文案，已經解決了大部分，還剩一些簡單的事情，他摸了摸下巴。反正長安的字跡和自己很像，刻意模仿的話可以到九分像。

他回頭瞅著還在懊惱的長安，突然彎身笑道：「當然，我是一個好主子，你是我的貼身侍衛，我也不忍心看著你傷口流血一個月。你把那些事處理了，三十鞭後自己去取藥。」

聞言長安瞅了案上一眼，點了點頭。他清楚元宵的習慣，這些事情自己應該能夠處理，反正也沒有反駁的餘地，好歹有藥可用是吧？再次瞅了瞅元宵，臉上依舊滿是笑意，不過這次卻是發自內心的，顯然是因為未來的女主子了。也罷，直接低頭詢問。「那皇上問起怎麼辦？」

對別人的推託之詞當然是信手拈來，可對皇上就不行了。

見長安一點頭，元宵就提步往外走了，這時聽到他的問話，擺了擺手。「隨你怎麼說，他要是問得緊，你就說我找他兒媳婦玩去了。」

長安。「……」

攤上這麼個主子，自己一定會短壽的。

第三十八章

四下無聲，丫鬟、婆子們都已入睡，湯圓卻毫無睡意，躺在床上盯著帳頂發呆。

對於元宵，喜不喜歡她還不確定，不過有了好感是真，只是，娘那麼不開心，就連阿爹也不是很贊同，她知道他們是怕自己以後過得不好，其實她也怕，但她怕的是，如果這輩子真的嫁給了元宵，他的死劫，是不是會影響到湯家？

自己的性命倒無所謂，但生在湯家、長在湯家，已得到了太多關愛和包容，她此生無以回報，至少，不能再拖累大家。

可是怎麼辦，她好捨不得元宵……

將軍直接用腦袋把帳子頂開，前肢搭在床邊瞅著湯圓，歪了歪腦袋，表情有些困惑。她明明睜著眼，為什麼不看牠？而且她眼睛紅紅的，樣子好奇怪。伸長脖子，用鼻子頂了頂湯圓的手。

妳怎麼了？

感覺到手被碰了下，湯圓回過頭就看到將軍的大腦袋，臉上是顯而易見的關心，眼眶不禁更紅了些。她捨不得元宵，也捨不得將軍。而後坐了起來，一把抱住將軍，也不嫌熱，把臉埋進了牠的脖子裡。

「你也想走吧？我知道，你很想他，可我捨不得呀怎麼辦……」

將軍知道湯圓是難過了，可是不知道她為什麼難過，只能任由她抱著自己，一動也不敢動。過了好一會兒，窗戶傳來吱呀一聲，湯圓愣住了，將軍則是瞬間掙脫她的懷抱，跑了過去。

元宵來了。

現在是盛夏，離了將軍的毛髮即刻涼快許多，可湯圓卻覺得心裡空落落的。

將軍太久沒看到元宵，把元宵折騰了好久，直到他冷了臉才心不甘、情不願地到角落待著，元宵這才有空去看湯圓，見她只穿著裡衣，一手正揉著眼睛，走上前去詢問。「我吵著妳休息了？」

「嗯，快睡著了。」湯圓雙眼仍微微泛紅，眨了眨眼睛才似回過神一般。「你怎麼過來了？記得你說過，不能像以前那般隨意了。」

元宵並沒有察覺湯圓的情緒，真以為她純粹是被吵醒罷了，自動坐到床邊看著湯圓，認真地道：「我現在很嚴肅地問妳一個問題。」

湯圓只是靜靜地看著元宵。

元宵也沒有拐彎，直接丟出了一枚炸藥。

「妳想當皇后嗎？」

湯圓的反應很出乎元宵的意料。一般人聽到這樣的問題，大部分都會詫異吧？然後要嘛狂喜、要嘛害怕，可湯圓卻只是愣了下，定定地看了自己一眼，然後就低著頭沈默不語，側面看去，還是淡然平靜，一點情緒波動都沒有。

就在元宵百思不得其解的時候，湯圓抬頭了，眼裡竟是少有的尖銳，且說出口的話也讓元宵措手不及。

「我當皇后？也就是說，以後你會坐擁佳麗三千？」

不爭氣！話才說完湯圓就想給自己一個巴掌，她明明是擔心家人受累，甚至想快刀斬亂麻和他分開的，可脫口而出的卻是這番話。

湯圓不再說話，元宵亦不發一語，甚至站起身來低頭俯視著湯圓。

夜已深，屋裡只點了一盞燭臺，有些昏暗，加上被元宵擋住了光線，湯圓總覺得他現在的目光很詭異卻瞧不真切。

兩人無聲地對視。

良久，元宵慢慢彎身，臉一點一點地湊近。湯圓看著元宵靠近，沒有害怕、沒有害羞，也沒有後退，兩人近得幾乎能感覺到對方的呼吸。而後元宵倏地笑了，是發自內心在笑，眼眸閃著光亮，湯圓看得一清二楚。

「妳在吃醋？」

他是真的高興，湯圓這模樣不是吃醋是什麼？這丫頭終於開竅，她已經開始在意自己了！

湯圓垂下了眼簾，不去看元宵的眼睛。

「對，如果我是皇后，後宮無妃這絕無可能；如果我是王妃，你也不會只有我一個。」

並沒有特別大的情緒起伏，語氣淡然，平靜得太過異常。

元宵挑了挑眉。吃醋的女人是這樣？宮裡那些嬪妃，表面一個比一個端莊，私下爭寵吃醋時可真是歇斯底里，怎麼輪到湯圓就這麼平靜了？還沒好好享受這種感覺呢……

雖然有些可惜，但是轉念一想，湯圓從小就傻，甚至不會大聲對別人說話，如今這情況也算理所當然？他撇了撇嘴，又坐回湯圓身邊。

「我老實跟妳說吧，我從未想過要坐上那個位置，那個位置太冷、太高，責任太重，對我來說只是負擔，但父皇希望我能坐上去，他已經開始行動了。」

從小就對那個位置抗拒，但又拗不過皇上，只好陽奉陰違，以前想著走一步算一步，反正也沒有任何牽掛，可現在不同，現在有小湯圓了，倘若自己出了事她又該怎麼辦？如今父皇已得知她的存在，在父皇眼裡，她便和自己是同一條船的了。

所以，他是死在皇儲之爭嗎？若真是如此，一旦元宵倒了，那自己、自己家必定不會有好結果。她死了無妨，可是湯家不能倒，更不能因為自己出事，這點她絕對無法容忍。

不行，不能再這樣下去了……

你死了，我會陪著你死，但是，湯家不能一起。

「妳放心，我不會是皇上，妳也不會是皇后。那個地方那麼髒，要在那兒活一輩子，真是想都不能想。」這些話元宵從未對別人說過，就連長安都不清楚，湯圓是第一個知道也一定是最後一個知道的。他又笑著看湯圓。「而且妳這麼笨，真讓妳當上了國母，妳能處理好後宮之事？那些女人可會把妳吃得連渣都不剩。」

面對元宵的玩笑，湯圓並沒有生氣，吞了吞口水，聲音有些沙啞。「那你打算怎麼做？」

元宵以為湯圓是犯睏了，加快語氣道：「現在時機未到，暫時還不能動，因為朝中的那些事情父皇還沒有清理完，而且我也尚未有能力反抗他，但最多兩年，兩年後這一切就是太子的了。」

是的，這就是元宵的打算，父皇幫自己做的，以後他都會送給太子。

說話間，他勾起嘴角，笑得嘲諷。「這些年太子他實在太會忍，令父皇只顧著收拾老大、老二，獨獨漏了他。」

如今首當其衝的是老二，接著便輪到看著最老實的老大，至於中間最沈默的太子，其實才是最能忍的那個；可惜，父皇忽略他太久，已忽略成習慣了。

這人至今都能坐穩太子之位，怎可能真的是個沈默的？呵～～

湯圓藏在背後的手揪得更緊了些，有些生硬地重複了一遍。

「最多兩年？」才說四字便發現自己說不出口，又把卡在喉嚨的話給吞了回去，沈了沈氣問道：「那太子知道你的打算嗎？」

「他不需要知道，他是個聰明人，到時候該怎麼做不用我來教他；我也不需要他的感激，反正我對那個位置本就一點興趣都沒有。」

他也不怕太子登基後翻臉不認人，既然敢把這些拱手讓人，當然要做好萬全的準備，若非如此，那太子想登基也不是那麼容易的事了……

湯圓一直注視著元宵，自然沒有錯過他臉上閃過的一絲狠戾。他說得容易，做起來肯定艱難無比，稍有不慎便會墜入萬丈深淵。

她不能拖著一家子一同犯險，看來勢必得做出抉擇了。

再不捨，也得捨……

湯圓的臉色似乎更白了些，元宵以為她被嚇到了，笑著打趣。「怎麼，捨不得這些榮華富貴？最糟也不過就是跟著我四處流浪、粗茶淡飯。」

湯圓深吸了一口氣，看著元宵的眼睛，把方才未說的話一鼓作氣問出了口。

「最多兩年？你現在已經快十六了，皇上想必早想讓你娶親了吧？」面上無所畏懼，心卻一陣陣地疼，像針扎，不是很疼，卻也無法忽視。

一點一點的，太難受了。

「妳想現在就嫁給我？」元宵笑著湊近，面上是壞笑，眼裡卻是最真的笑意，如此直率，好像得到了最想要的。

湯圓的心被元宵的喜悅刺得更痛了，微微側頭再次深吸了一口氣。

「如果我現在嫁給了你，皇上不會允許你只有我一個的；而且你也說了，他想讓你登基，湯家是不錯，但仍不足以支撐你。」

湯圓這樣一說，元宵雖然沒有發火，卻是冷了臉色。

「我說過了，最多兩年，父皇當然會指側妃給我，我現在不能夠拒絕，唯一能向妳保證的就是我不會碰她們，等事情成了，便會把她們送走。」元宵說不出我只喜歡妳、我只要妳一人這種話。

事實上，就算湯圓沒有提他也會這麼做，長到現在，連侍妾都沒有，還不行嗎？

湯圓沒有絲毫退讓，甚至看著元宵的眼睛，一字一字說得清清楚楚。

「我不能接受，連表面上的都不能接受！」

從元宵有些怒意的眸子裡，湯圓看見了現在的自己是多麼無理取鬧。

元宵起身，也不看湯圓，只道：「夜深了，妳早點歇息吧，我走了。」而後轉身離去，顯然是一點都不想談論這個話題了。

湯圓看著元宵的背影，眼裡打轉的淚終於無聲地流了出來，她伸手一抹，用更加堅定的語氣低吼道：「如果你做不到，那就不要再來招惹我！」

元宵動作一頓，靜立了一會兒，頭也不回就丟了兩個字。

「作夢！」接著快步離開了湯圓的屋子。

湯圓盯著窗外許久，確定元宵沒有回頭之後，右手撫上了心口。

若這就是情愛，那麼她懂了，可是，她後悔了，徹底地後悔了。

如果一直都不懂，如果從來都沒有遇到元宵，如果自己不知道他的死訊……

那麼，是不是就不會這麼痛了？

第三十九章

竹嬤嬤輕手輕腳地進房，發現一人一狗都還睡著，繼續向床邊走近，準備叫湯圓起床。經過將軍時她動作一頓，瞅了瞅仍趴在旁邊沒有反應的將軍，感到有些疑惑。以往一進門將軍就會睜眼，今兒個怎麼睡得這麼死？不過這念頭也只是一閃而逝，或許將軍昨日在外面玩瘋了吧。

她伸手輕輕推了推湯圓，還沒開口湯圓就已睜開眼，眼神絲毫不見剛醒時的困倦，且不用竹嬤嬤幫忙，便自己掀開薄被坐起身。

竹嬤嬤一邊伺候一邊打量著她的臉，見她眼下微微泛青，眼裡也布了些血絲，關切地問：「小姐昨天沒睡好？是不是天氣太熱了所以睡不著？」

湯圓扭了扭脖子和腰，活動了一番才笑著道：「是呢，這天越來越熱，晚上總是睡一會兒、醒一會兒的，確實睡不好。」

她走到鏡子前仔細端詳自己的臉。唔，眼下的烏青確實重了些。

「今天要去外祖家，幫我上點妝吧，免得外祖父他們看了擔心。」

紅裳一聽說湯圓今天也要上妝，興沖沖地準備了好多東西，把整個梳妝檯都擺滿了，綠袖也挑了好幾套湯圓從沒穿過的衣裳，一臉亢奮地等著湯圓。

湯圓沐浴出來時就看到紅裳、綠袖的雙眼都在發光，不禁挑了挑眉。她們在激動什麼？

綠袖一把拉過湯圓，讓她站在床邊，床上已放了好幾件衣裳，一件比一件鮮亮。

「小姐，您想穿哪件？」也不等湯圓回答，直接拿了件大紅牡丹繡金雲紋的展開在湯圓面前。「這件怎麼樣？雖然是去年做的，但沒有過時，而且京城這邊也沒有這款式呢！」

綠袖手裡拿的這件是先前在揚州做的，因兩地的流行不同，所以也不存在過時一說，或許在京城反而還算新穎。

「今天是去見柳家的親戚們，小姐要穿得漂亮一點才好。」

「是呢！奴婢也準備了好多簪花，一定把小姐打扮得漂漂亮亮的，讓所有人看到小姐都眼前一亮！」紅裳也在旁邊幫腔。

湯圓看著眼前的衣裙。確實漂亮，牡丹繡得十分細緻好像活的一般，她伸手碰了碰，嘴邊含著微笑，就在綠袖以為湯圓已同意的時候，湯圓卻是搖了搖頭。

「收起來吧，今天只是見自家親戚，並不需要盛裝打扮。」

她想起元宵那天說的，要她別打扮得太好看。

「姑娘──」

紅裳、綠袖還想再勸，湯圓卻不給她們說話的機會，自顧自地走到衣櫃旁，隨手拿了套繡著點點鵝黃小雛菊的素白衣裳出來。

「這套看著挺好的，就這套吧。」

無視了紅裳、綠袖欲言又止的模樣，湯圓自己動手在臉上搗鼓。於妝容上並沒有過多著墨，只是把眼下的烏青遮了遮，看著不太明顯就罷了手，根本可算是素顏了。

竹嬤嬤幫著湯圓梳頭，瞄了眼紅裳和綠袖委屈的模樣，不禁失笑。她手裡的動作不停，沒一會兒工夫就梳好了，看著梳妝檯上的各色珠釵，想了想後開口。

「小姐既然選了那件衣裳，這些簪子倒不大相襯了，不如我們從外頭院子裡摘些花來配如何？」

見湯圓點頭，紅裳、綠袖又找到事情做，便興致勃勃地跑去摘花了。看著兩人奔去的背影，竹嬤嬤無奈搖頭。這兩個也是大姑娘了，性子仍這般不穩重。她側過身想與湯圓閒聊，卻一下子頓住了。

小姐雖是看著兩人離去的方向，嘴邊也有一抹笑意，可眼裡卻沒有任何情緒。她還沒來得及張口詢問是否有心事，湯圓已坐直了身子，笑著打量鏡中的自己，好像剛才看到的是錯覺一般。

「嬤嬤，妳怎麼了？」湯圓透過鏡子看見竹嬤嬤若有所思的模樣。

竹嬤嬤眨了眨眼，搖頭。「老奴沒事。」頓了頓又道：「將軍現在還睡著呢，可是小姐昨晚和牠玩太久了？要不要現在叫牠起來？」下意識地把剛才的事藏在了心裡，不管怎樣，主子不想說的，當奴婢的不該多問。

湯圓側過頭望向還趴在床邊的將軍，似乎是嫌太吵了，兩隻爪子搭在了耳朵上，瞧著還有些委屈，好像別人都不讓牠好好睡覺似的。她搖了搖頭。

「讓牠睡吧，睡飽了自然會想吃東西，餓著誰也不會餓著牠的。反正，說不定過幾天牠就回家了……」最後這句聲音很低，只有湯圓自己聽得清。

柳氏今天很激動，坐在馬車裡不停地整理自己的儀容。她本來要帶小兒子回娘家去的，可是昨晚小兒子有些發熱，今早看著仍沒多少精神，雖然有些遺憾，還是把他留在了家裡，反正現在他們已回京城，見面方便多了。

湯圓拉了拉柳氏的手，親自替她整理衣裳。

「從未見過娘這麼心急的樣子，就連阿爹那次因公數日不曾返家，娘都沒如此心切，現在這模樣要是被阿爹看見了，不知道會不會吃醋呢！」

柳氏反手拍了拍湯圓的手。「好的不學學壞的，居然敢笑話娘了！這些話該是妳這種未出閣的姑娘家說的嗎？看我還不告訴妳爹，讓他收拾妳！」

湯圓晃了晃腦袋，吐了吐舌頭。「阿爹才捨不得呢！」

「是，妳是妳爹的貼心小棉襖，我啊，就該靠邊去。」柳氏優雅地翻了一個白眼，吃起湯圓的醋來了。

湯圓撲進柳氏的懷裡撒嬌，母女倆親親密密地靠在一起說話，很快的，馬車抵達柳府。

柳府正門大開，柳老將軍親自站在門口等候，後方跟著一長串的小輩，不知道的，還以為是接聖旨呢！

柳氏和湯圓一下車便看到了眼前的陣仗，快步走到柳老將軍面前，直接跪下。

「爹，我回來了。」

柳氏只說了這一句話就泣不成聲，湯圓也跟著道：「外祖父，湯圓來看您了。」

柳老將軍把柳氏和湯圓一起拉了起來，眼裡也泛著淚光，卻繃著臉開罵。

「哭什麼！老夫還好好的呢，沒死，不准哭！」

聽到柳老將軍中氣十足的吼聲，柳氏真是哭笑不得，他一向如此，一開口就讓人說不出話來。她抹淨了淚，跟後面的哥哥還有姪子們見了一面，才不贊同地看著柳老將軍道：「爹何苦站在外頭，弄這陣仗，外人看著不好。」

柳老將軍脖子一梗。「老夫接自己的女兒，誰敢說三道四！」

不單單只有柳老將軍是這副模樣，湯圓瞅著舅舅和哥哥們，全如出一轍，不僅是體型像，就連表情也一模一樣，一看就知道是親生的，怪不得別人都說柳家人全是直腸子，還是特別直的那種。

不過，怎麼沒看到雲非哥哥？

見柳氏被自己噎得說不出話來，柳老將軍的視線便移到了湯圓身上，上下打量了好久，最後點了點頭。

「嗯，妳娘把妳照顧得很不錯，妳外祖母在裡面等著呢，快進去吧。」雖然面目依舊嚴肅，但語氣卻已儘量溫和。

從小到大都是如此，對哥哥們，外祖父總用吼的，對自己只會用說的，外人看來或許只是尋常，但一對比就知道了。

湯圓看柳老將軍和舅舅、哥哥們皆一身軍裝，知道他們接下來準備前往軍營。

「外祖父，中午回來陪湯圓吃飯好不好？」她上前一步離得更近了些，歪著腦袋對著柳老將軍撒嬌，如兒時一般，一點也不懼怕柳老將軍渾身的氣勢和威嚴。

小孫女的聲音清清冷冷卻是一身嬌俏，衣裳上的小雛菊和鬢間的蘭花都不如她臉上的笑容美。柳老將軍在心裡猛點頭，這些年他擔心著她，害怕她還跟小時候一樣，如今看來，小七的話沒錯，湯圓確實變了。

不過柳老將軍並沒有說話，只是嚴肅地點了下頭，隨後便吩咐眾人出發。

湯圓和柳氏站在一起目送著柳老將軍一行人騎上馬浩浩蕩蕩地離去，忽然間，湯圓唇邊的笑意停了一下。

柳家這一群人站在大門口，模樣一個比一個蠻橫，就連下人看著也比別家的凶惡些，往來民眾全遠遠避開了，根本沒人敢明目張膽地指指點點。

對於周遭的目光湯圓沒放在心上，只是剛才突然察覺到了一種特別的視線，她從小就對這些十分敏感，非常確定不是看熱鬧的，心裡隱隱有個猜想。

會是元宵嗎？

空了一晚的心又漸漸加速跳動，臉上不自覺地染上了一抹緋紅。

她抿抿唇，回頭看了一眼。雖然隔得有些遠，還是看清了，不是元宵，是昨日在王府碰到的那位世子爺的朋友。她垂下了眼簾平靜地轉身，挽著柳氏的手進了門。

都下定決心了還在期待什麼？說了那麼多無理取鬧的話，已經沒有轉圜的餘地了……

直到柳府的大門重新關上，圍觀眾人都已散去，蕭遠崢仍站在對面癡癡地望著，身邊的小廝等了許久，終於忍不住推了推他。

著。

「爺，咱們該去軍營了，再不去就得遲了！」他們大清早的提前出門就為了在這兒等

蕭遠崢一下子回神，激動地看著小廝。

「她剛才回頭看了我一眼是不！」兩手極用力地抓著小廝的雙臂。

小廝愣了愣，老實地道：「小的可不知道，小的不敢看呀！」

這他雖然不知道，但身為蕭遠崢的貼身小廝，還是知道一些事情的，比如，自家主子從昨日開始魂不守舍，就是為了湯家三房的三小姐、柳家幾位爺的妹妹。

蕭遠崢並不是真的想聽小廝回答，放開了他又癡癡地笑著，一看就知道是思春了……

柳將軍都去軍營了，自家爺還在這兒思春！小廝直接把人用力一拉，小聲道：「爺您忘記了嗎？那可是柳家幾位爺的妹子，現在不能靠近那位姑娘，咱們可以走迂迴戰術，先和那幾位搞好關係再說！」

快點走吧，真的來不及了！

蕭遠崢神情一頓，神智終於回來了，仔細思量小廝的話。對呀！現在貿然地衝上去肯定會唐突了佳人，而且往後也沒什麼機會靠近她，今天只是碰運氣，沒想到還真撞上了。

「我沒記錯的話，柳七爺和我是在同一個營裡對吧？」

柳家人都在軍營，但分布在各個營裡，平日雖見過也知道誰是誰，卻沒有深入交流，只是點頭之交。

小廝仔細想了想，然後點頭。「嗯，那位確實是七爺。」

得到答案，蕭遠崢翻身上馬直往軍營的方向奔去，小廝見狀也上馬追了上去。

目標確定，先搞定柳雲非，然後再搞定他妹妹！

第四十章

柳家人臉上都是真心實意的笑容，與前日見到的湯家人成了極大的對比。

柳氏在外面剛剛止住的淚意又瞬間決堤了，她鬆開了湯圓的手，快步走到柳老夫人面前，抓著柳老夫人的雙手直接跪下。

「娘，女兒回來了。」

湯圓也是心中激動但未到柳氏這程度，稍稍觀察了下眾人。柳老夫人頭髮已花白，但面色紅潤，而周圍幾位舅母團團圍上，並沒有大伯母她們看著親近卻刻意留了距離的生疏，她暗嘆了一口氣。武將和文臣的後宅也是有區別的，男主子沒有那麼多的彎彎繞繞，女人的日子也能過得清淨些。

湯圓跟著跪下。「外祖母，湯圓回來看您了。」

柳老夫人還抓著柳氏的手，見狀忙要去扶湯圓起身，有人卻比她快了一步。

過了這麼多年，幾位舅母的容貌湯圓實在記不清了，當年離京時她不過才剛剛開始記事，但印象中，幾位舅母都特別疼自己。

上前的這位直接把湯圓拽了起來，仔仔細細地上下打量著她。當年走的時候還哭哭啼啼、像團子般的小丫頭現在已然長成，沒有過多妝容，只襯了素雅的鮮花便能讓人過目不忘。明明開始是讚嘆，最後竟是要哭不哭地道：「我就想要這麼個閨女，為啥就不到我肚子裡！」

柳家第三代全是男丁，沒一個姑娘。

「噗哧。」柳老夫人被逗樂了，看著外孫女一臉茫然，趕緊地為她解釋。「這是妳小舅母，妳小七哥哥的娘。妳別理她，她成天想要閨女想瘋了，偏偏生了三個都是帶把的！」

柳老夫人仍記得呢，湯圓幼時和小七關係最好，還有，以前的那個玩笑話。見小兒媳如今這模樣，看來並不反對，不過柳老夫人卻是歇了心思。當年會如此提議，純粹是覺得湯圓太過懵懂，不知分辨人心，這樣的姑娘，嫁到再清白的人家只怕也會過得不如意。可湯圓現在看來已不像幼時那般天真，容貌又是如此出色，想必她的事已不需要自己操心了，她和小七，就順其自然吧。

「見過小舅母。」湯圓連忙彎身行禮。

一番禮讓後，湯圓看著眼前的小舅母，年紀三十有餘，保養得尚好，眼角細紋比柳氏還少一些，心裡一頓。也該如此，柳家有一家規，三十無子才可納妾，如今第三代全是男丁，所以柳家爺們沒一個納妾，小舅母雖想要女兒，但這也只是個念頭，不至於因此發愁。

小舅母是真的稀罕閨女，拉著湯圓的手沒放下過，一雙眼都恨不得長在湯圓身上了，旁邊的大舅母、二舅母見狀倒是不樂意了，一左一右地把人擠開，分別拉住湯圓的左右手打量著她，眼神和小舅母其實差不多。

大舅母為人穩重，只是上上下下看著湯圓，眼裡的讚賞沒停過。二舅母的性子大約活潑些，對著正和柳老夫人敘舊的柳氏道：「妹妹妳是怎麼養女兒的？真是萬萬沒想到湯圓會變成現在這個樣子！」
雖然有女大十八變這一說，但是也有三歲看到老這句話。
當初湯圓離開的時候如一個團子，她猜想她長大後雖不至於和小時候一樣圓潤，但應該也是眉眼彎彎、有些微胖，一看就知道很可親，也很討老人家喜歡的福氣相，可現在的湯圓，倒真配得上那句——
窈窕淑女，君子好逑。
她看著一旁還想擠過來的小舅母，挑了挑眉，意有所指地道：「現在某人的算盤只怕沒這麼容易成功了。」
其實三位妯娌的關係不錯，加上柳老夫人一向公正，而且宅內也沒有妻妾鬥爭，平日相處亦如姊妹。只是她們也想要女兒啊，但生不出來也只能聽天由命；不像這位，懷小七時簡直魔怔了，到處打聽生女偏方，到頭來還是一場空，本以為她已經放棄，沒想到竟是把主意打到出嫁的小姑子身上去了！
明明自己和大嫂也是有兩個兒子的，那為什麼當初的玩笑話會落到小七頭上呢？年紀相近這是一個原因，但最主要的，是當年老夫人剛點出話頭，小嬸馬上就開口了，毫不猶豫地就把才幾歲的兒子給賣了！
湯圓也聽出二舅母的意思了，低下頭裝羞澀不發表言論，不料又被人一把拽了過去，抬頭一瞧正是急於推銷自己兒子的小舅母。
「湯圓剛才在外面沒看到妳小七哥哥吧？他不是故意不見妳，知道妳們回來時他可高興了，可是昨天軍營裡有事，他連夜出任務去了。但妳放心，他說過今天中午一定會回來吃飯，都是自家人也沒什麼好避諱的，你們小時候感情那麼好，幾年沒見肯定有很多話想說，到時候舅母讓你們單獨聊聊！」

此話一出，根本是司馬昭之心，路人皆知了，湯圓羞紅了臉不敢看別人。

剛進門柳氏只顧著和柳老夫人說話，分神見湯圓被團團包圍，知道幾位嫂子只是好意自然沒管，但這話一出就有些過了，當初兩邊確實曾談過此事，可又沒正式下定，只能算玩笑話。

而且她雖是傾向讓湯圓嫁到柳家，但也不會強迫湯圓，更別說，現在還有個七皇子等著呢！這話要是傳到七皇子耳裡，不知又得鬧出什麼風波來！

知女莫若母，即使多年沒見，柳氏的情緒柳老夫人一下子就感覺到了，而且她也覺得這話太過了點。

「行了，都別在這兒站著，她們好不容易回家一趟，連口熱茶都沒喝上妳們就嘮叨個沒完！」橫了三個兒媳婦一眼，領著柳氏逕自往屋裡走了。

知道柳老夫人不高興了，二舅母不好意思地看了小舅母一眼。只是說說玩笑話，沒想到竟惹得老夫人不高興了。小舅母對玩笑話並沒有放在心上，但總覺得有些尷尬，不是因為周圍奴僕們都在看著，而是怕湯圓多想，她好像表現得太過急切了。

見狀湯圓伸手扶著小舅母往裡頭走，一邊走一邊道：「我確實好久沒見過雲非哥哥了，也不知道他是不是還和小時候一樣那麼愛欺負人。」又抬高了些音量，對著走在前方的柳老夫人道：「到時候外祖母可得在旁邊看著，免得他又耍渾！」

既給了小舅母面子，又給了柳老夫人臺階下。至於為什麼稱呼從小七哥哥變成了雲非哥哥，這會兒倒是被眾人給忽略了。

柳老夫人笑著應了，心裡有些安慰，小丫頭如今也懂說話的藝術了。

小舅母不禁緊緊地抓著湯圓的手，眼睛一刻不停地黏在湯圓身上，腦中只有一句話——

小兔崽子，你要是不把這媳婦給老娘娶回家，你也不用回來了！

「哈啾！」剛剛結束任務趕回軍營的柳雲非鼻子一陣發癢，連著打了好幾個噴嚏，他摸了摸鼻子。「誰又在背後罵老子了。」說完轉身打量著周圍幾個好友，毫不猶豫地道：「說！是不是你們兩個！」

如今長成的柳雲非比小時候更加魁梧了，但卻不像一個軍人，反而一身匪氣，再配上他現在凶神惡煞的模樣，簡直就是占山為王的山大王；不過，這裡是軍營，根本就嚇不了人，更何況是柳雲非的好友？

其中一個方臉橫眉的直接哼了一聲。「誰有工夫在背後罵你，有那心思，我還不如想想美嬌娘呢，想你這廝做什麼？平白浪費腦子！」也不看柳雲非變得更難看的臉色，逕自擺手離去。「累死老子了，我回去睡覺。」

三人昨晚一同出任務，雖說熬夜是常態，但出任務回來都可以歇息一陣，不用馬上訓練。能偷懶為啥要去訓練？腦子進水了才去！

另一人打了個哈欠，擺了擺手也走了，連個眼神都懶得分給柳雲非。

這廝也不知道是怎麼回事，昨晚熬夜出任務精神始終亢奮，直到現在連一點睡意都沒有，若是平常他可能還會打趣幾句，可是昨晚在外蹲了大半夜，蹲守倒沒什麼，只是餵了一晚的蚊子還不能動，他早就沒耐性了，這會兒只想洗澡、睡覺，放他自己一人去發瘋吧。

這兩人可以去休息，自己卻不能，柳家的人可都在軍營呢，就算明言規定可以，當著外人的面祖父不會怎樣，可回家絕對免不了一頓揍，柳雲非僅能老老實實地往訓練場的方向趕去。

也不知道小丫頭現在是不是已經到家了？自家老娘是不是把人給嚇著了？

身為兒子，柳雲非知道自家老娘有多想要個閨女。事實上，小時候他也有些叛逆，要不是自家老娘隨時提著他的耳朵警告自己不許欺負湯圓，他也不會沒事就去惹哭她。

說不定，剛才是小丫頭在想自己呢？想到這個可能，柳雲非笑得更開了些，吊兒郎當地前行，一看就知道心情特別好。

蕭遠崢從外頭進來時就碰上了笑容滿面的柳雲非。嘿，未來的大舅子看起來心情不錯，此時不去更待何時！連忙幾步竄到了柳雲非的面前笑著打招呼。

「出完任務回來了？現在還要去訓練？」

一個營裡的，自然知道柳雲非昨日被指派任務，他以前從沒放在心上，雖然柳家在軍中的勢力是一家獨大，不過自己純粹是來鍛鍊的，以後走的也不一定是從軍這條路，故從未想過要刻意結交，但如今不同了，這人可是自己未來的大舅子！

一想到這，蕭遠崢更關切地道：「你整晚沒睡，現在又要去訓練，何必這麼拚命呢？柳老將軍不會怪罪的，還是快點回去休息吧！」

柳雲非停住腳步，冷著臉盯著蕭遠崢好久，把人看得不自在了才不耐煩地開口。「有事就說，別在這兒跟老子裝親近，老子跟你不熟！」

蕭遠崢雖和柳雲非沒有交情，但也知道柳家人都是直腸子，跟他們說話，最好的方式就是直截了當。但是，這種事該怎麼開口？難道明說我看上你妹子了，你幫著撮合撮合唄？

他實在說不出口，只是站在原地看著柳雲非欲言又止，希望他能自行領悟。

柳雲非眉毛挑得老高，更是覺得莫名其妙。這廝腦子進水了？扭扭捏捏跟個娘兒們似的！突地感到一陣惡寒，大熱天的雞皮疙瘩都冒出來了。他直接扭頭就走，連話都不想跟他多說。

「哎哎——」蕭遠崢連忙上前幾步把人攔住。這、這第一次見面，怎麼就得罪了未來的大舅子呢！

「到底什麼事，忙著呢，趕緊說！」雖然柳雲非很想揍這人一頓，畢竟打架在軍營裡是常有的事，基本上沒人管，可沒人管指的是別人，自家幾個是重點觀察對象，被祖父知道可不得了。

為了這麼個腦子進水的人，自己得再挨一頓揍，不划算！

看柳雲非是真的不耐煩了，蕭遠崢也不再磨蹭，本來脖子一梗就想明說，但話到嘴邊想起了佳人的模樣，臉不禁開始發紅，最後又拖拖拉拉了一陣，在柳雲非的耐心徹底用完時小聲地說了句。「那個……你跟湯家三房的三小姐感情怎麼樣？」

「啥？」柳雲非是真的沒聽清楚，伸手掏了掏耳朵。好像跟小丫頭有關？

話已說出口就鬆了一大口氣，這會兒再提高音量，快速重複了一遍，視線一刻也沒離開柳雲非的臉。只是……這未來大舅子的神情怎麼那麼詭異？不僅瞬間變得面無表情，而且那眼神分明是想揍自己一頓，到底是怎麼回事？他抓了抓頭。他沒說什麼奇怪的話啊，只是問感情好不好，又沒明說看上對方妹子了。

柳雲非現在總算徹底明白，原來是看上自家小丫頭了。嘖嘖，一個七皇子還不夠，又來一個愣頭青！收拾不了七皇子，我還收拾不了你？他底下拳頭握緊，面上卻笑了出來。「你問她做什麼？你什麼時候見過她了？」

若是方才那兩位還在，一定會非常同情蕭遠崢，每次柳雲非露出這個笑容就意味著有人要倒楣了。可惜，蕭遠崢和柳雲非不熟，沒多想便老實交代了。

「上次去永安王府辦事，剛好遇上了去看世子妃的三小姐。」頓了頓又接著補充。「然後就是今天早上，三小姐去柳家的時候，在大門口遠遠地瞧了一眼。」說起湯圓，蕭遠崢的臉更紅了些，不好意思地摸了摸腦袋，甚至不敢看柳雲非了。

柳雲非咬牙。怎麼辦，拳頭好癢，現在就想把這個人大卸八塊。

「我們感情是不錯，那是我妹妹，從小一起長大的。」

從小一起長大的？聽到這蕭遠崢的眼睛都發亮了。本來只是想先碰碰運氣，沒想到一下子就撞到了真佛！

看到蕭遠峥激動的神情，不用細想就知道他在想什麼，柳雲非側過頭，深吸一口氣把心裡的念頭強壓了下去，再回頭已笑得眼睛都看不見了。

「這會兒不方便細說，中午我得回家去，不然這樣，晚上出來喝一盅？」

直接找個沒人的地方將他往死裡揍！

蕭遠峥哪有不應的理？拍了拍胸脯豪氣地道：「好！我請客，想吃什麼隨便說。」

柳雲非笑著應了，轉身往訓練場的方向去。不行，得先發洩發洩，不然控制不住就在這兒揍人，被祖父發現了自己也不好過。

蕭遠峥追上，跟在柳雲非身旁不停地套近乎，不管蕭遠峥說什麼柳雲非都笑著點頭，旁人見了倒覺得奇怪，這兩人什麼時候有交情了？

待晨練結束才是早飯時間，蕭遠峥仍跟在柳雲非屁股後頭，端茶送水殷勤得很，不知道的還以為柳雲非是蕭遠峥的祖宗呢！

不過其他人反而都離柳雲非特別遠。不知道這人今天怎麼了，昨晚出任務，一晚沒睡精神還那麼好，晨練時把對練的幾個人全揍趴了，下手極狠，估計得躺上幾天呢。

發洩一通後本來以為會好一點，但柳雲非一看到近在咫尺的蕭遠峥，拳頭又開始發癢了，此時眼睛一瞥，看到從外面進來的人，也不等對方走近，直接站起身來走了過去，途中腳步一頓，對著後方一臉茫然的蕭遠峥挑了挑眉。

「跟上。」總不能讓他一人心煩是吧？

來的不是別人，正是長安。

如今柳雲非看到長安已見怪不怪，那是因為彼此熟了，這幾年隔不到兩天某人就要來找自己打一架，還能不熟嗎？他對著長安點了點頭，逕自往外走去。

長安也沒心思說話，直接當後面跟著的蕭遠崢是空氣了。

柳雲非大跨步向前走後，忽覺不對勁，回頭一瞧。長安這小子發生什麼事了？走路姿勢怪異，且走得有點慢，簡直是小碎步了，怎麼幾天不見，一個個都成了娘兒們？他不爽地道：「嘖，難道你家主子真有龍陽癖，還對你下手了？兔子還不吃窩邊草呢，他竟真下得了手！」

長安昨天挨了三十鞭，又幫著處理了好多事情，睡覺也只能趴著睡，渾身不舒坦；即便上了藥，後背還是鮮血淋淋，也綁上了繃帶，雖不至於行動不便，但是步子過大還是會牽動到傷口。

柳雲非這話算是大逆不道了，可是長安這幾年時時看他倆打架，也懶得再糾正什麼，反正也沒用，乾脆無視柳雲非，繼續小步小步地走。

在後頭跟著的蕭遠崢更是滿頭霧水。怎麼連龍陽癖都說上了？

此時元宵站在軍營外的一個小樹林裡，聽見腳步聲，回頭一瞧，除了長安和柳雲非，還外加了一個？

等幾人走近，也不讓他們請安，直接開口嘲諷。

「怎麼，打不過還帶幫手？」瞥了蕭遠崢一眼，完全沒放在眼裡。他今兒心情特別不爽，也不想跟柳雲非耍什麼嘴皮子，扭了扭脖子便道：「來吧。」

情敵相見，分外眼紅的情況只出現在元宵剛來找自己的前幾次，後來柳雲非也習慣了，習慣他沒事就來找自己打架，反倒對他有些刮目相看。

這人沒耍陰謀詭計，就只是打架，打完就算了，而且自己是在軍營長大的，他一個深宮的皇子，身手竟和自己不相上下，雙方輸贏都有，誰也沒占到什麼便宜，真讓他徹底改觀。

察覺元宵心情不是很好，但是呢，柳雲非最擅長的就是火上澆油了。他看了冷著臉的元宵一眼，下巴點了點蕭遠峥。

「我以為，你今天最想跟他打。」

元宵紆尊降貴地望向蕭遠峥，只一眼就又看回了笑著的柳雲非，不說話，眼裡一片冷意。

柳雲非也不賣關子了，開門見山地道：「這人剛才向我打聽湯圓。」

這下元宵明白了，也笑了，和柳雲非臉上的笑容如出一轍。

他摸了摸下巴。「我們好像從來沒有合作過？」

柳雲非點了點頭，深以為然。「我正有此意。」

一直被當作空氣的蕭遠峥一愣，心裡發寒，後退了一小步看著兩人逼近。

這兩人要做什麼?!

第四十一章

正午時，果然所有身處京城的柳家人都回來了，柳氏自然都準備了見面禮。可是，她送出去的還沒有湯圓收到的多，不僅是舅舅、舅媽還有七個表哥，大家給的見面禮都很豐厚，看得柳氏都怔住了，吶吶地開口。

「再多帶她來幾次，嫁妝都不愁了。」

而且這還只是湯圓一個人的，小弟的那份回家時才會送到馬車上，來的時候就兩輛馬車，一車裝人、一車裝東西，回去時估計得翻倍了。

柳氏一直都知道幾位嫂子特別喜歡女兒，當初大女兒、二女兒在京裡出嫁，娘家出了不少力，添妝也很豐厚，只是沒想到，沒嫁的這個得到的更多。

湯圓看著自己腕上的一對鐲子，這是小舅母直接套在她手上的。是一對白玉貴妃鐲，上面沒有任何雕飾，整對鐲子溫潤無比，似天然而成。

小舅母拉著湯圓的手對著陽光瞧，不住地點頭。湯圓膚色白皙，這對白玉鐲子戴在她的手上最合適不過。

「這對鐲子原本是我的嫁妝，但卻不太適合我，一直都收在庫房裡。本來我今日給妳準備的是一套碧玉的頭面，只是看到了妳就想到這鐲子，現在看來，早就該給妳了，妳才是最適合它的。」

這話倒是事實，小舅母的面容較具英氣，膚色也比常人暗一些，戴白玉鐲子是不太相襯。

長者賜不能辭，湯圓只是低頭裝羞，沒有接話。

早上柳老夫人雖然沒有指名道姓地點人出來，但眾人也知道她對此事不太高興，這會兒小舅母又說這種話，心意是好的，就是太好了點，意思未免太明顯，不過也沒人敢再打趣什麼，只是好笑地看著兩人。

就連中午才返家的兄長們都明白話中之意了，一個個雖仍繃著臉，但也偷偷地打量站在最後的柳雲非，心思不言而喻。

柳老夫人確實心裡不高興，但畢竟當初是自己提議的，這會兒也不好說什麼，可她不會強求湯圓或女兒答應，一切隨緣，順其自然為好。

見小兒媳讓湯圓感到不自在了還不自知，看向在後方站一排的自家小子們道：「你們妹妹還沒看過咱們家長什麼樣子呢！這一上午她就在這兒聽我這個老婆子念叨了，左右你們現在還不用去軍營，領著妹妹到處逛逛吧；可別欺負她，少了一根頭髮就讓你們的爹收拾你們！」

小舅母聽到柳老夫人的話，眼睛一亮，瞪了瞪在後面裝死的柳雲非，還不快點給老娘把握住機會！又甜笑著對湯圓道：「柳家雖不像揚州那般風景如畫，但也是獨具一格。妳好好跟哥哥們去逛逛，想吃什麼、想玩什麼直接打發小丫鬟來告訴小舅母，小舅母一定給妳準備得妥妥貼貼的！」

湯圓笑著應了，而後跟柳氏說了聲就隨哥哥們出去了。

此時已是盛夏，七個哥哥都已習慣風吹日曬，可他們瞅了瞅湯圓，見她細皮嫩肉的模樣，好像大聲點就會把她給嚇著似的，沒有商量，直接把人領到了湖邊的小亭子裡，小丫鬟們快手快腳地把裡頭佈置好了。

幾人坐在亭子裡，你看看我，我看看你，最後視線一致看向了柳雲非，大表哥最先有動作。

「我想起還有點事情，先走了。」說完快步離去。

其他人也跟著一個個告辭，最後只剩下湯圓和柳雲非。

柳雲非好笑地看著幾個哥哥擠眉弄眼地走了，再回頭看向同樣哭笑不得的湯圓，心裡的感嘆不一般。

這下他終於明白蕭遠崢為什麼會只見了湯圓一面就動心，她是很美，可是，總覺得少了些什麼……

「我娘一直都是那樣，沒有嚇到妳吧？」

剛才在廳內他並非故意裝死，只是自家老娘自己清楚，如果當時他搭腔了，娘肯定會激動得說出更嚇人的話，就算老夫人在場都壓不住，湯圓也估計會被嚇回去。

湯圓搖頭，手裡握著丫鬟剛端上來的冰鎮梅子湯，小小地抿了一口，雖是盛夏午後，但後面是湖，周圍又有樹蔭，倒並不覺得酷暑難耐。她端坐在位置上看著如今的柳雲非，並未開口說話，有些許拘謹。

柳雲非現在長得很是魁梧，不說話時沈著張臉也挺嚇人，不過湯圓拘謹並不是因為害怕，而是不知道該說什麼。兩人再好也只是幼時，而且這親戚關係又隔了一層，並不能像親兄妹那般無拘無束。

柳雲非看出了湯圓的拘謹，突然有些尷尬地摸了摸腦袋。

「我沒騙妳，我娘她真是想女兒想瘋了。我爹曾告訴我，當初我娘實在接受不了沒有女兒，我兩歲的時候還被她穿了小裙子呢！」

「噗！」湯圓正在喝梅子湯，差點噴出來。

她上下打量柳雲非，實在不能想像他穿裙子的樣子。

湯圓一笑，雙眸亮晶晶的，好像要把人給吸進去。柳雲非總算知道剛才為什麼會覺得不對勁了。

說實話，他雖然還沒有娶媳婦，但為了應酬也見過不少美人，相較之下，現在的湯圓真的很美，但這種美該怎麼說呢，像是一幅缺乏靈性的畫，毫無生氣，她太過沈靜，甚至讓人以為她無欲無求。

她怎麼會變成現在這個樣子？

不過面對湯圓他無須隱忍，直接問了出口。

「妳對現在的生活還滿意嗎？」

湯圓眨眨眼，有些不明所以，頓了頓才答道：「滿意啊，所有人都很好。阿爹的仕途已不用擔心；有了弟弟後，祖母和娘也不再有嫌隙；至於大姊，她現在懷孕了，大姊夫看來對她很好；雖然沒看到二姊，但每次來信，字裡行間也不像強作歡喜。嗯，真的很滿意了。」

「那妳自己呢？妳對自己還滿意嗎？」

「我自己？」湯圓愣愣地重複了一遍。

不管滿意與否，生活就是這樣，身為女兒聽阿爹的話，嫁了人聽夫君的話，所有人都這麼說也是這麼做的。而且婚嫁之事本就是由父母做主，爹娘對自己很好，往後的生活他們肯定會替她盡可能地安排到最好，她唯一能做的，就是別讓他們傷心，別讓他們失望，做他們想要的小女兒，至於其他，她沒有足夠的勇氣和決心，做不到孤注一擲，就只能任其擱淺了……

不過這些全在一念之間，湯圓微笑看著柳雲非，反問：「難道你覺得我現在這樣不好嗎？還是你想念當初那個胖胖的小湯圓？」

湯圓巧笑倩兮，柳雲非卻笑不出來。湯圓迴避了他的問題，或者說，她並不想跟自己說這些事。本來還挺期待與她見面的，等了那麼久，和七皇子打了那麼多次，沒有輸給他，卻輸給了湯圓的態度。

柳雲非不說話，湯圓也不再開口，兩人都靜了下來。

過了好久，柳雲非嘆了一口氣，直接道：「今天早上七皇子來軍營找我了。」

聞言湯圓倏地抬頭，定定地看著柳雲非，眼裡全是她自己未曾察覺的關心。

見狀柳雲非心中更加酸楚。把小時候的糗事說出來只能逗她一笑，可不過提了一句七皇子，她就有這麼大的反應，這就是他們之間的差別。

「他跟你說了什麼？」雖然面上依舊沈靜，語氣卻顯得急不可待。

柳雲非笑了笑。「他沒說什麼，只讓我轉告妳，讓妳去煥王府赴宴時離煥王遠點，最好不要碰到，不管是偶然還是有預謀，能避就避。他現在還不能對煥王做什麼，妳碰上他，有點麻煩。」

湯圓嘴角緊抿，微微垂下了頭，突然覺得眼睛有些酸澀。昨晚她明明說了那麼過分的話，他為什麼還要擔心自己呢？而且還讓雲非哥哥帶話，這某種程度上已算是拜託了吧？那麼驕傲的一個人，居然會這麼做……

柳雲非看著湯圓蔥白的指尖不自覺地握到泛紅，突然間，他釋然了，看來這輩子自己確實與她無緣。大丈夫要能屈能伸，不該執著於兒女情長，更何況是一個心不在自己身上的人。

失落、失望、傷心都有，卻被柳雲非打包好了丟在心底最深的一個角落，再也不打算觸碰。

湯圓還在想著元宵，不意頭頂被拍了一下，抬頭便見笑得特別燦爛的柳雲非。

「小丫頭不要愁眉苦臉的，外面的事交給男人張羅就好。雖然他說了這番話，但就算真碰上煥王，如果他不能護妳周全，那他就不是七皇子了，這不過是句囑咐，別想那麼多。而且不管怎樣，哥哥都在，隨時都會幫妳。小時候讓妳哭了那麼多次，我總要補償啊，不然爹又要揍我了，說我沒做好一個哥哥該做的事。」

今日，是去煥王府赴宴的日子。

雖然世人都以為湯家三房和煥王的關係很好，但這次也有許多世家夫人受邀，並非單獨宴請自家。

柳氏心裡不停地想著到了那邊會是什麼情況，一時忽略了坐在旁邊的湯圓。過了好久，她稍稍掀開簾子看了看外面，已經差不多快到了，回頭想提醒湯圓，才發現小女兒雙眼無神地盯著車窗，可隔著簾子，根本就看不到外面。

一般年輕姑娘此時會是什麼神態？柳氏自問，如果自己在湯圓這年紀時去王府作客，就算沒有興奮也該有些忐忑，可湯圓沒有任何情緒，即使那雙天生笑眼令她看起來像在笑，可目光卻是呆滯，不知道為什麼，她突然就想到了枯水這個詞……

下一秒，她搖了搖頭趕緊把這個想法甩開。小女兒只是安靜了些、懶散了些，怎能這麼想！

柳氏搖頭的動作喚回了湯圓的注意力，她轉頭看向仍有些心神不寧的柳氏，伸手替她理了理衣襟，微笑道：「娘不必過於擔心，現在阿爹情勢正好，煥王府的人不會對我們做什麼的。」

柳氏張口想否認。這些事情湯圓都看得清了，柳氏又怎會看不清？她擔心的是小女兒，總覺得她現在的狀態很不好，可是，又說不上是哪裡不好，只能點點頭，把想說的話給吞了回去。

「已經快到王府了，準備準備，該進去拜見了。」

湯圓點頭，也整理了下自己的衣裳。

抵達煥王府，湯圓第一個感想是——很大。

進了王府後又換了小轎前往內院，湯圓對府內景致沒有興趣，可這段路未免太長了，坐上轎子都過了小半個時辰才聽到外面的婆子們說到了。下了小轎後，她站到柳氏身旁，才有心思打量周遭環境。

這只是內院一處轎子的停放處，左右看去，停了好幾輛小轎，站著好些早一步抵達的貴人們的丫鬟、婆子。柳氏和湯圓跟著一位嬤嬤往裡頭走，至於紅珠一行人也在此處等候。三人進入迴廊，繞過抄手遊廊就到了王府的正廳，還未進門便已聽見裡頭傳出的笑聲。

湯圓略微落後柳氏一步，跟著她走了進去。

「給煥王妃請安。」兩人一同福身行禮。

話音剛落就有人應了。

「快些起來，都是自家人，拘泥這些做什麼！」聲音來了，人也到了，煥王妃走到下方扶起柳氏，拉著她的手說得親密。「也是我的不是，大熱天的還讓妳們跑這一趟，但誰讓妳們在揚州待了那麼久呢？姊姊別怪我就是了。」

柳氏笑了，有些謙虛地道：「當不得，我們早該來拜訪了，只是剛回京事情多，還讓王妃您親自下帖子，實在過意不去，請王妃千萬不要放在心上才好。」

一來一往地禮讓寒暄，其他夫人、小姐們也笑著打諢，過了好一會兒，煥王妃才把注意力放到站在一旁始終沒說話的湯圓身上，待看清了湯圓的容貌，心裡一咯噔，面上卻沒顯露半分。說實話，她跟柳氏說了這麼久，這其中固然有拉攏的意思，但還有另一層，就是想冷落湯圓。

自己容貌不佳，全憑著好家世才取得煥王妃的位置，她很清楚，皇子自然不可能只有一位妻子，可是昨天聽王爺話中未盡之意，竟是想要湯家三房的三小姐做側妃。雖是側妃，那也是上得了皇室宗譜的，如果她的孩子或者她自己以後出了什麼事，側妃也是可以抬為正妃的，更別提對方還家世相當，且是王爺想拉攏的人了。

這丫頭一身雅致的月牙白繡蘭竹衣裙，沒有配戴特別貴重的珠寶，只為了襯托衣裳上的碧綠蘭竹而插了一支水綠簪子，臉上甚至脂粉未施。

素淨卻清麗至極。

而且剛才冷落了她這麼久，居然不急不躁，沒抬頭看自己和其他人半眼，面上還隱隱笑著，這麼能忍，她怎麼能放心？王爺最喜歡的就是她這種類型，絕對不能讓她進來，絕對不可以！

煥王妃深吸一口氣把心裡的煩躁壓了下去，似才看到湯圓一般，小小地驚呼一聲，鬆開了柳氏的手，改拉住湯圓。「我不知道原來姊姊還有位這麼漂亮的姑娘，竟現在才注意到！」

湯圓這才抬頭看向煥王妃。

京裡眾所周知，煥王妃容貌差，和煥王的感情也不怎麼樣，雙方不過是利益結合罷了。湯圓今日一見，果然如此，但她並非是容顏醜陋，只是國字臉配橫粗眉，竟似男子一般，濃重的妝粉和繁瑣的服飾也蓋不住。

湯圓只是看了煥王妃一眼，而後旋即低下了頭，不僅臉色羞得緋紅，就連耳尖都泛著粉色，模樣害羞至極。

柳氏笑道：「我這個女兒，也就看著是好的。她性子太靜了，認生得很，見到人多就不敢說話。」

煥王妃一點都不在意，拉著湯圓的手不曾放下，一邊招呼柳氏入座，一邊拉著湯圓讓她坐到自己旁邊，眼神從未離開，又讚嘆地看了好一番才道：「在家裡都愛做什麼？可有什麼喜歡玩的？」

「也無特別偏愛，只是比較喜歡練字。」湯圓抿了抿唇，答得有些小聲，說話間雖朝著煥王妃的方向，卻是微微垂下了視線。

見她實在太害羞，煥王妃也不確定她是否真是如此，眼珠一轉便想起昨晚煥王說的話。罷了，就試一次，反正今日只是試探，如果真的發生了什麼，她也絕不會讓這丫頭進王府！

她笑著把手裡的茶端給了湯圓。「這天氣熱，先喝杯涼茶潤潤喉。都是自己人，熟悉後就不覺得害羞了，在這裡不要煩惱，當在自家玩就好。」

湯圓抬眼看著眼前的茶杯，直覺不妙，心跳得有些快，動作沒停趕忙伸手去接，可還沒接到，煥王妃就鬆了手——

第四十二章

煥王妃驚呼一聲，手裡拿著帕子不停地在湯圓染髒的裙子上擦，面上焦急。

「是我手滑了，妳沒事吧？」不等湯圓回答，又對旁邊的下人怒斥道：「還愣著做什麼？趕緊帶姑娘下去換身乾淨的衣裳！」

眾人本就注意著兩人，見狀紛紛起身，柳氏也快步來到湯圓跟前。

湯圓站起身，整張臉都已發紅，身子甚至微微發抖。

「是湯圓的不是，浪費了王妃的一番好意，請王妃責罰。」

太過驚慌失措的模樣，就連旁邊的夫人們看了都覺得可憐。

「別說了，王妃不會怪妳的，快下去把衣服換了吧。」

「是呀是呀，雖是夏天也得注意著點，別感冒了。」

湯圓低聲應了，轉身就要隨著嬤嬤離去，可才走兩步便停住了，猶豫了一小會兒又回身走到煥王妃面前，雙手緊緊抓著自己的衣襬，深呼吸的動作也十分明顯，似是特別地不好意思，看著煥王妃說得小心翼翼。

「不知可否讓湯圓的丫鬟也跟著幫忙？我真的……真的不太習慣別人近身……」後面一句說得非常小聲，但周圍的人都聽清楚了。

居然害羞到這個地步，就連近身之人也必須是自己的丫頭才行，不過這無傷大雅，姑娘嘛，總有些嬌氣，又不是特別難的要求，還說得這麼小聲。幾位夫人們聽完倒是笑了，不過都是善意的。

煥王妃動作一頓，略略掃視四周，有些勉強地笑著應了。

湯圓這才安心，抿了一抹笑容出來，跟著嬤嬤離去。

丫鬟們待的地方離這兒很近，湯圓剛到後頭，紅裳、綠袖就已經趕過來了。兩人看湯圓模樣有些狼狽，可有嬤嬤在又不敢詢問，只是緊緊地跟在湯圓身側。

嬤嬤把三人領到了一間客房內。

「姑娘暫且在這等等，熱水正在準備，姑娘先沐浴一番，奴婢這就去給您找衣服。」

等嬤嬤離去，湯圓面上的害羞也跟著消失不見，她嘆了一口氣，看著自己的衣裳，癟了癟嘴。真可惜，本來還挺喜歡這件衣服的，早知道就不穿這件了，而後看著還在狀況外的紅裳、綠袖。

「什麼都別問也什麼都別說，回家再告訴妳們詳情。記得，待會兒不管發生什麼，在我回正廳之前，妳們倆都要寸步不離地跟著我。」

據元宵所說，這定是煥王的意思，很顯然，待會兒肯定會來個偶遇之類的。

該來的總是會來，既然避不掉，那至少不要是兩人單獨相處，有兩個丫鬟在場，可證明自身的清白，煥王想做什麼，也會有些顧忌。而且剛才煥王妃的神情頓了下，想必她沒有料到自己會有此招。

「是。」紅裳、綠袖同聲應了。

不久，來了一群小丫鬟，齊齊行完禮，把沐浴所須的物品全準備好後，便退了下去。

紅裳、綠袖伺候湯圓沐浴更衣。

在別人家自然不可能像在家裡似地折騰一個時辰，湯圓只是草草梳洗一番就出來了，綠袖正服侍湯圓穿裡衣，紅裳看著手裡的外裳卻犯了愁。

這衣服沒其他毛病，就是這款式……

湯圓穿好裡衣發現紅裳站在一旁發愣，走上前去一看，也明白了。

衣服很漂亮，特別漂亮，可卻如青樓女子穿的一般冶豔。盛夏時一般姑娘們穿的衣裳依舊繁瑣，但料子多是薄紗，一層一層的，既美麗也不會太過悶熱。而紅裳手裡的這件同樣是薄紗，可是只有一層，在室內不太刺眼的光線下都是透明的，在外面更不用說了。

湯圓此時終於確定了，煥王妃確實對自己不滿，初時感覺到的冷落並非自己誤會，但礙於煥王的意思，她又不得不把自己弄到後頭來，只是……送這樣的一件衣服來，是該誇她聰明，還是說她蠢呢？

若真把這衣服穿出去，誰都知道她的不滿了。

不對，煥王妃怎麼可能這麼傻，她是料定自己絕對不會穿了？

湯圓回頭看看自己換下來的衣裳，月牙白的裙襬染上了大片茶漬，根本遮掩不了，如果自己不穿王府準備的這件，那麼就得穿原本的出去了，這樣一來，就不是她處事不合宜，而是自己不領情了。或者……這也是種試探，試探自己剛才在廳內的羞澀是不是真的，如果真害羞到了那個地步，旁人若問起怎麼沒換衣裳，必然是說不出原因的。

綠袖也看到紅裳手裡的衣服了，皺了皺眉沒有說話，心中恍然大悟，為什麼前幾天把老爺留京任職的消息說給小姐聽時，小姐並不是那麼開心了。世人都道兩家關係好，就是這麼個好法嗎？

「不然奴婢現在馬上去讓家裡送一套衣服來，反正隔得也不是太遠。」她想也不想，性急地道。

湯圓搖頭，不贊同綠袖的提議。自家離這裡確實不遠，快馬加鞭的話很快便能送過來，可是這衣服是在沐浴完後才送來，表示煥王連時間也掌握好了，再拖延下去，令眾人久等，只怕會被指責不懂禮數。

她看了紅裳、綠袖一眼，抿了抿唇道：「紅裳，把妳的裡衣脫下來。」

柳氏雖然擔心湯圓的情況，但也不能當面提出來，只能附和著眾人，眼神時不時地往後面瞧。

一名丫頭上前附耳說話，煥王妃聽完點了點頭表示知道，抬頭便見柳氏樣子有些坐立不安，挑了挑眉笑道：「姊姊在擔心什麼，難不成我還能把妳家姑娘吃了？」

柳氏低頭回話。「王妃不知道，那丫頭從小就不愛出門，性子特別靜，不懂與人交流，所以有些擔心。」

柳氏也感覺到不對勁了，今天帶小女兒過來恐怕不是一個好的決定，早知道就讓她裝病了，這裡不僅有煥王妃，還有王爺呢，要是出了什麼事，自己就真的無顏面對小女兒了，更別說還有個七皇子呢！

煥王妃點點頭，安慰道：「雖然妹妹的兒子現在才兩歲，但到底也為人母了，能體諒姊姊的心情，不過孩子大了總要讓她自己處理一些事情的，姊姊不可能永遠將她護在羽翼之下，現在尚且在閨閣還好說，那以後出嫁呢？難道姊姊還能跟著她嫁過去不成？而且這是在王府呢，姊姊不必憂心！」

這番話說得有理，周圍的夫人們全跟著附和，柳氏有苦說不出，只是笑著應了，可她心裡的擔憂更甚，卻不敢再表現出來，只是打起精神和眾人繼續說笑。

湯圓換好衣服領著紅裳、綠袖往外走，嬤嬤早已等在門外，見三人出來，看到湯圓的裝扮瞳孔縮了縮，然後彎身道：「現在日頭出來了，來時的那條路日頭正毒，奴婢帶姑娘走另一條有樹蔭遮擋的。」

湯圓點頭，示意嬤嬤帶路，紅裳、綠袖跟在湯圓身後不發一言。

湯圓一路低首，連打量周圍景致的心情都沒有，只是看著腳下的青石路板；反正再怎麼避，這「意外」也肯定會發生，只能見招拆招了。

剛來時不過幾步的距離，這會兒總覺得越走越偏僻了，就連路過的丫鬟也看不到幾個，兩人心下終於明白湯圓剛才所說的寸步不離是何意思，紅裳還好，只是離湯圓更近了些，綠袖卻是面上都看得出怒氣了。

這煥王府到底是什麼意思！

她腳步一頓，直接對著前面帶路的嬤嬤道：「敢問嬤嬤還有多久？我們家姑娘已經走累了。」

綠袖一出聲，一行人霎時停住了腳步，嬤嬤回身看著湯圓有些不好意思地道：「姑娘，這原也是王妃吩咐的，說不要曬著您，所以奴婢繞了些路，雖然偏僻些，但都是日頭曬不到的地方，還請姑娘稍安勿躁，再一會兒就到了。」

這話說得漂亮，而且也算是事實，剛才一路走來，雖路途較偏僻，但都有樹蔭遮擋，確實沒有被太陽曬到。

湯圓笑了笑。「我這丫鬟有點急躁，還請嬤嬤不要放在心上。」

綠袖還想說些什麼，湯圓見狀拉了拉她的袖子，隱晦地搖了搖頭。

「姑娘想多了，這原本就是奴婢的職責。」嬤嬤指了指前面不遠的假山。「穿過那裡就快到了。」

湯圓順著她指的方向看去，那是一片在湖心的假山，連接假山和湖岸的是木製迴廊，周圍一個丫鬟、婆子都沒有，想必，那位王爺就在裡面了。

果不其然，剛進入假山沒多久就遇到了在裡頭乘涼的煥王。不說其他，這裡還真是個乘涼的好去處，外面是湖，頭頂爬滿了綠油油的爬山虎，陽光隱隱照射進來，不會顯得陰暗，且進入假山就覺得一陣涼爽，心裡的煩躁也去了幾分。

那嬤嬤似是非常驚訝，呆愣了一會兒馬上跪地請罪。「奴婢不知王爺在此，還請王爺責罰！」

紅裳、綠袖也跟著下跪，湯圓福身行禮。「見過煥王。」

原本就是故意在這兒等著的，煥王當然不會責罰，只是虛應了幾句就讓幾人起身，然後直直地看向湯圓。早先那些話不過是隨口說給王妃聽的，其實他只是想看看，到底是怎樣的人，能讓凡事不上心的老七念念不忘。

當初會取名紅裳不是沒有緣由的，紅裳一直都喜歡紅色，剛巧這兩天她有些受涼，身子不舒服，雖沒嚴重到需要吃藥的地步，但綠袖還是按著紅裳穿上了厚裡衣，裡衣依舊是她最喜歡的紅色。而湯圓今日穿的是綢料的白裡衣，雖不透明，卻有些貼身，幸好兩人身形差不多，換著穿倒沒那麼顯眼。

煥王妃送來的薄紗繡著百蝶穿花圖，原本瞧著不太明顯，如今湯圓身著紅色裡衣一襯，那些蝴蝶倒似活了一般，加上湯圓膚色白，與紅色相映之下更顯得膚若凝脂，至於頭上那支水綠簪子，因顏色不搭，湯圓索性不戴了。

不施一點粉黛，也沒配戴任何首飾，就這樣，煥王便移不開眼。

可他也不說話，就這麼看著，湯圓微垂眼簾沒有抬頭，卻感覺越來越不自在，皺了皺眉再次福身道：「王妃還在前面等著，臣女就先行告退了。」

煥王沒有理會湯圓的話，反是對著帶路的嬤嬤道：「妳先下去。」又吩咐後面的紅裳、綠袖。「妳們也下去，本王有些話要單獨跟妳們小姐談談。」

嬤嬤應了，直接退下，紅裳、綠袖卻一起跪到了地上，沒有離開湯圓左右。

湯圓抬頭看向煥王，朱唇輕啟。「不知王爺是什麼意思？」

煥王幾步走到湯圓的面前，滿臉輕佻，可是說出來的話卻讓湯圓怔住了。

「不讓妳的丫鬟們退下，妳不怕她們聽見不該聽的？還是說她們都知道妳和七皇子早有聯繫呢？」

湯圓知道人不可貌相，雖然眼前的煥王一副漫不經心、無所謂的態度，卻是料定了她不會拒絕，只是笑看著，等著自己的反應。

湯圓低頭對著紅裳、綠袖吩咐道：「妳們到外面等我。」

「小姐……」紅裳、綠袖齊齊抬頭，擔憂地看著湯圓，仍跪著沒有馬上行動。明知這煥王不安好心，她們怎麼可以在這種時候離開呢！

湯圓明白她們未盡之意，笑著搖了搖頭。「去吧，我一會兒就出來，沒事的。」

兩人還想再勸，但看到湯圓不容置疑的臉色，對望一眼，不甘願地離去了。她們就在出入口等著，若是裡面發生了什麼事，就算違背小姐的意思，也會衝進去的！

煥王饒有興致地打量著湯圓。不可否認，她的確很美，但老七就是著迷於她這張臉？他沒有錯過她低頭安撫兩個丫鬟的神態，從容自信，沒有一絲驚慌，這倒有些好玩了……

他笑著上前兩步，在湯圓面前站定。

「姑娘好像一點都不懼怕本王？」微微彎身湊近，鼻翼動了動，臉上沒變化，卻湊得更近了些。

湯圓後退了一步。

「王爺請自重，現階段得罪湯家，對王爺而言並沒有任何益處。」

煥王根本就沒有在聽湯圓說話，自顧自地點頭。

「原來還是個香美人～～」

他負著手繞著湯圓走了一圈，目光毫不掩飾，肆無忌憚得像在評估商品，最後又回到湯圓面前站定。

「老七的眼光確實不錯。」他很滿意地點頭，而後下巴微揚。「怎樣，有沒有興趣當本王的側妃玩玩？雖是側妃，但本王的側妃可不比老七的正妃差，他不過就是仗著父皇寵愛罷了，有朝一日，本王一定讓他全數還回來。」

這個有朝一日，自然就是指皇上死後了。世人都知曉煥王的心思，就連在湯圓面前煥王也沒有掩飾。

湯圓突然不氣了，就連剛才的煩躁都沒了，腦中只有一句話——

槍打出頭鳥。

煥王現在的處境，顯然就是秋後的螞蚱，蹦躂不了多久，偏偏本人一無所知，甚至還洋洋得意。面對這種人，連生氣都沒必要，反正他早晚都要死的。

湯圓再次欠身。「王爺話說完了嗎？臣女只是事出突然，須在後院叨擾一下，王妃和眾位夫人都還等著呢，實在不能久留，也不敢再耽誤王爺的時間。」

湯圓發誓，她本意只是想離開，絕對沒有其他的意思，結果眼前這位顯然是想多了。

「難道……妳想當本王的正妃？」煥王一臉恍然，不等湯圓回答又繼續道：「這也可以，反正湯家家世也足夠了，不過現在本王還需要王妃母族的支援，等事成後，怎樣？」一副本王都這麼有誠意了，妳還不趕緊投懷送抱的模樣。

「臣女告退。」湯圓不理，只是福了福身，轉身便要離去，煥王卻一下拉住了她的手腕，她腦筋還沒轉過來，手已用力掙脫，擰著眉頭不悅地道：「王爺請自重。」

湯圓從沒變過臉色，始終一臉平靜，現在雖努力維持，但微擰的眉頭卻洩漏了她的情緒。見狀煥王不樂意了，他的態度這麼好，她竟敢擺臉色給他看。

「呵。」煥王氣笑了。「本王一向很自重，想要什麼、想做什麼，明說就是，妳有什麼資格勸本王，妳和老七的那些齷齪事又哪裡自重了？妳一個姑娘家，不自愛也就罷了，偏偏當了婊子還要立牌坊，誰給妳這麼大臉面？湯家？還是老七？告訴妳，本王想要的東西沒有得不到的，不管是湯家還是老七，都保不住妳。」

說他盛怒似乎有些勉強，若非他一臉陰狠，那語氣和態度甚至還是笑著的。

湯圓也沒有退讓，心下繞過千百個思緒，面上仍未顯露半分，抿了抿唇笑了。

「如果王爺堅持，臣女自然不敢反抗。」不等煥王高興，又接著道：「到時候王爺迎娶一具屍體，想必會是一樁盛事。王爺先不用說臣女敢不敢，要阻止一個人求死，王爺絕對是有心無力；王爺也不用說什麼臣女死了湯家得陪葬這種話，臣女雖然不夠聰明，但也會把湯家的責任撇得乾乾淨淨。」她笑容更開了些。「比如……借用王妃之手如何？王妃肯定很樂意幫忙的。」

煥王皺眉，籠罩陰霾的黑眸狠狠地注視著湯圓，咬了咬牙，最後竟提出一個莫名其妙的問題。

「老七到底有什麼好，讓妳寧願赴死都不願到本王這裡來？他除了父皇的寵愛還有什麼！權力、金錢他一樣都沒有，他只是父皇養的寵物而已！」

聽起來煥王好像對元宵特別不滿？他對自己有興趣，似乎也只是想從元宵手裡搶走什麼？

果然，下一秒煥王越發煩躁，音量也提高了不少。

「從小到大都是如此，只要是老七看上的，本王就必須讓著他。為什麼！他哪樣比得過本王？父皇為何眼裡只有老七，他那麼喜歡老七乾脆讓老七當太子啊！可惡，如果父皇把給老七的全給了太子，本王絕對沒有任何怨言，但是老七他憑什麼？就憑他死去的母妃，他就可以理所當然地得到這一切嗎？」

煥王連這種大逆不道的話都說出來了，令湯圓更加肯定。

他，這是在忌妒元宵。

聽他提及元宵的母妃，湯圓就想起家裡收著的那半塊玉玦，以及那個吻……

她微微搖了搖頭，輕吸了幾口氣，把心裡不知名的情緒隨著呼息吐出，抬眼看著仍處於暴躁之中的煥王。

「王爺慎言，對已故之人，還是尊重些，別輕易談論得好。」

湯圓一出聲，煥王的思緒就轉到了湯圓身上。

「妳還敢說妳和老七沒做過什麼齷齪事？我說他母妃關妳什麼事，妳這麼急做什麼，又不是妳的母妃！」晦暗不明的雙眼不停地掃視湯圓全身，嘴巴一咧。「呵，沒了清白也好，破了身子也罷，本王不在乎，只要是老七想要的，本王就一定要得到！」

他邊說邊靠近湯圓，湯圓退無可退，後背已抵在了石壁上。

「妳說，要是本王碰了妳，老七還會不會要妳？」

第四十三章

「王爺最好想清楚您在做什麼，王妃還等著臣女回去呢！」湯圓口裡的話不停，手也持續在後方的石壁胡亂摸索，終於抓到了一塊碎石，緊緊地捏著。

煥王好像魔怔了，根本沒把湯圓的話聽進去，只是一味地湊近。

「老七那人，再貴重的東西，只要有一點點的缺陷他就不會再要了；那麼人呢？本王要是碰了妳，妳說，他究竟會不會要妳？本王真的很期待呢……」

煥王越靠越近，湯圓眼睛一閉，舉起手裡的碎石直直朝煥王的腦袋砸了過去——

她不留餘地使盡全力，不料卻落空了，睜眼察看，意外竟看到不知從哪裡冒出來的元宵。

方才不怕嗎？這肯定是假話。上輩子她並沒有經歷過這些，只知道吃喝玩樂，表面看著平靜，心早就跳到了嗓子眼，卻不敢跟娘說，還得照顧紅裳、綠袖的情緒，一切都只能自己扛著。

可這個時候，被自己氣走的元宵居然從天而降了……

她心跳依舊急促，這次卻不再是害怕，而是驚喜，驚喜到了頂點，已快不受控制了。

元宵還維持著手刀的姿勢，煥王則倒在地上不省人事，看來是直接被劈暈了。湯圓還沒回過神，怔怔地舉著手裡的石頭，元宵也沒搭理湯圓，低頭看著倒地的煥王，然後，毫不留情地一腳踹了過去——

湯圓眼睜睜地看著煥王在地上滾了幾圈，可元宵仍未解氣，見他又走上前去想再踹幾腳，湯圓連忙過去把人拽住。

「你別這樣！」

元宵自己說過，現在還不能動煥王，他這麼做，不是在給自己找事嗎？應該趁著煥王還沒醒來趕緊離開才是，反正沒人看見，而且煥王還不會跟湯家鬧翻的。她張口想讓元宵離開，元宵卻一下子瞪大了眼。

「妳在關心他?!」他反手一把抓住湯圓的手腕。「我費這麼大的勁兒混了進來，妳居然只關心別的男人！」

湯圓張了張口，連說話的力氣都沒有了。

元宵，你把將妻子捉姦在床，並且被始亂終棄的棄夫形象表現得真是淋漓盡致。

她嘆息一聲，扶額道：「我沒有關心他的意思，是你自己說的，現在還不能動他。你聽話，別在這鬧了，這裡是煥王府，你快些回去吧。」

還挺慶幸，至少煥王選的地方足夠隱蔽。只是，他就這樣被打暈了，醒來後該怎麼解釋？

湯圓只對元宵說了一句後又暫時把他擺到一旁，目光注視著地上的煥王，見狀，元宵大爺的臉更臭了……

現在煥王勢頭正盛，哪怕元宵暗中布有自己的勢力，要神不知、鬼不覺地混進來也絕非易事，而且父皇還等著用煥王把老大給釣出來，這人的確動不得；可他不顧一切，千辛萬苦地跑進來，結果這丫頭竟然只顧著看別的男人？這廝有什麼好看的，他哪有自己好看！

湯圓低頭瞅著暈過去的煥王，不停思量著後續事宜，把站在一旁的元宵徹底忽略了。下一秒，她眉尖一挑。煥王身上怎麼多了一隻腳？力氣之大，暈過去的人還發出了一聲悶哼。她抬眼一瞧，看到面無表情的元宵再度伸腳，這次一腳踩在了煥王的臉上，還用力蹍了蹍，好像對他的臉特別不滿意。

湯圓過了好一會兒才反應過來。

「你幹麼呢！」用力推了推，想把人推開，結果紋絲不動。

湯圓的舉動讓元宵怒氣更甚，他齜牙笑了，然後更加用力地在煥王的臉上蹍踩。湯圓無語地看著煥王的臉被踩得一團漆黑，再次使勁，還是無法撼動元宵分毫，咬了咬牙，一下子撲進了元宵懷裡——

這可是湯圓第一次投懷送抱，元宵動作一頓，不自覺地放開了煥王的臉，展開雙臂輕輕摟著湯圓。

「妳、妳怎麼會……」突然這麼乖巧呢，前幾天不是還拒小爺於千里之外嗎？

看元宵終於把腳移開，湯圓鬆了口氣，未料心裡一放鬆，便感受到元宵看似瘦弱，實則非常結實的肌肉線條，霎時僵住了。

剛才是一時情急，結果她好像把自己逼到更緊張的地方了……

她不知所措，雙手環在元宵的腰上，跟個木頭似的，動也不敢動。

元宵感受著軟香在懷，雖面無表情，心裡卻傻樂了好久。過了好一會兒，他才發現湯圓根本沒回話，微微鬆開了些，低頭想看湯圓的反應。

湯圓察覺到元宵的動作，直接把臉埋進了他的懷裡。從未想過自己居然會做出這種傷風敗俗之事，娘若知道一定傷心死了！

娘，湯圓對不起您，湯圓墮落了……

元宵只看到她羞紅的耳尖，忍著笑意，沒笑出聲，嘴巴卻已咧到耳朵後面去了，胸口的振動不小心洩漏了他的情緒。

這丫頭前幾天還讓自己那麼傷心，完全不知該從何下手，而今卻柔順地依偎在自己懷裡，女人果然是個麻煩，不過，他還挺喜歡這個麻煩的，更加用力地抱緊了湯圓。

湯圓感受到元宵胸膛的振動，臉色更是緋紅，令她害羞得想逃離，可元宵又死死地把她按在懷裡，力氣很大，甚至微微泛疼，不過她沒抗拒，其實也不想與他分開。

兩人都沒說話，只是靜靜地擁抱彼此。

此時在出入口等候的綠袖已等得心急，跺了跺腳，不管不顧地想衝進去察看，紅裳見狀連忙一把拉住她。

「妳幹什麼！」

綠袖掙扎了下沒掙開，瞪著紅裳低聲吼道：「我們在外面等了這麼久，妳都不擔心小姐嗎？小姐待我們這麼好，要是她在裡面出了什麼事，我絕對不會原諒自己的，只能以死謝罪，既然早晚都是死，我寧願小姐沒出事的時候死！」

話音剛落就想往裡面衝，紅裳連忙使勁把人拽住。

「妳聽我解釋，我怎麼可能不擔心小姐呢？我們都是一起長大的，我與小姐的情分不比妳少！妳冷靜點，剛才小姐讓我們出來，臉上並未表現出害怕，想必是有自己的打算，我們這樣衝進去，萬一壞了小姐的事怎麼辦？而且，剛才小姐擺明就是想支開我們，難道妳沒發現嗎？」

這才是紅裳阻止綠袖進去的原因，雖然她也急得不得了，但是剛才煥王說的話毫無掩飾，真想不到竟又牽扯上另一位皇子，小姐就是聽到那句話才讓她和綠袖離開的，顯然煥王是抓到小姐的把柄了！

綠袖神情一頓，也想起了方才煥王所言，愣了好一會兒才開口問：「那我們怎麼辦，就這麼一直等著？」

紅裳低頭思索了一陣，深吸口氣，提高了些音量，對著假山喊。「小姐，您好了嗎？夫人在前面等著呢，咱們該過去了。」

紅裳的話打斷了還在假山裡抱著的兩人。

湯圓趕緊離開元宵的懷抱，也微微提高了音量回話。

「我無事，一會兒就好。」

聲音聽起來沒有問題，外面的紅裳、綠袖終是鬆了口氣。

元宵低頭看著空落落的懷抱，有些不爽。好吧，那是她的丫鬟，不能動。

紅裳莫名地抖了下。這大熱天的，怎麼忽然覺得有些冷呢？

現在時間緊急，湯圓指著仍昏倒在地的煥王道：「他怎麼辦？你打暈他就算了，還把臉弄成這個樣子，等他醒來該怎麼解釋？你進來時有把一切都打點好嗎？」

元宵撇了撇嘴，說得無所謂。「不用擔心，這就是個豬頭，我知道怎麼處理。」而後神情一頓，眼睛瞪得老大，不可置信地看著湯圓。「妳剛才主動抱我，就是為了不讓我繼續踩他是吧？」

湯圓眨了眨眼睛。好像是這樣，但也不是這樣啊！忽然間，她竟不知道該怎麼解釋，也瞪大了眼睛，當場愣在原地。

湯圓不說話元宵就當她是默認了，臉色青一陣、白一陣，最後又變成了棄夫模樣。

「我就說妳怎麼突然變得那麼主動了，原來又是為了他！他有什麼好的，他除了比我老還有哪裡比得上我？妳別忘了，他有王妃、有兒子，後院還有一堆鶯鶯燕燕，妳就別去湊熱鬧了！」

湯圓覺得自己真的完全跟不上元宵的思維，剛才的感覺一定是幻覺，一定是，她怎麼會覺得這個傢伙可靠呢！

湯圓的沈默更加激怒了元宵，他氣得臉色脹紅，上前一步抓著湯圓的雙肩，斬釘截鐵地道：「我告訴妳，妳生是我的人，死是我的鬼！妳這輩子、下輩子都不准想別的男人，看一眼都不行，連我死了都不行，我死之前一定殺了妳！」

紅裳、綠袖在外面側起耳朵努力偷聽，元宵沒有控制音量，聲音隱隱傳了出去。兩人對望一眼，彼此都從對方的眼裡看出了疑惑。

是不是吵起來了？不過，這聲音好像跟煥王不一樣，聽起來更年輕些？
難道裡頭還有其他人？
不管了，繼續開口呼喚。「小姐、小姐──」
「我馬上出去。」湯圓對著外面應了一聲，然後側頭盯著元宵放在自己身上的雙手，俏臉沒有任何表情，只是慢慢地把視線移到了元宵的臉上，盯了許久，直到他開始不自在了才開口。「你再無理取鬧，我就真的生氣了。」
元宵臉上的怒氣一下子消失得無影無蹤，他眨了眨眼，瞧了湯圓一會兒後，默默地鬆開了手，眼神飄移，不敢對上湯圓。
湯圓懶得搭理元宵，低頭自顧自地整理了下衣裳。「既然你說你會處理，那我就先走了，我娘還在前面等著呢。」
說完轉身就要離去，可元宵卻拉住了湯圓的手腕，湯圓回頭，不解地看著他。
見元宵一臉欲言又止，湯圓倒有些詫異了，他無論做什麼不都一直是理直氣壯的嗎？這會兒倒也不急了，轉過身等著聽元宵到底想說什麼。
湯圓臉上的微微笑意，讓元宵更加無所適從，都不敢看她的臉了，他深吸了一口氣，有些小心翼翼地問：「妳……妳剛才的舉動，我可以理解為，妳也對我有意嗎？可妳上次態度明明如此堅決，怎麼突然就自己想通了？」
沒有錯過元宵眼底的期盼，這是她第一次從他眼中看到這麼戰戰競競的情緒。湯圓收起笑容，一顆心彷彿快要跳出來一般，身心全都在雀躍呼喊，自己都快控制不住了。

湯圓不回答，元宵便自己下結論。

「我不管，反正妳抱都抱了，妳要對我負責！」

不過如果他能看著湯圓的眼睛說這句話，會更有說服力的。

湯圓莫名覺得有些心疼，他應該更加肆無忌憚，而不是現在這個模樣。她上前摟著元宵精瘦的腰，仰頭直視著那雙漆黑瞳眸，點了點頭。

「嗯，我也喜歡你。至於怎麼會想通……」頓了頓，聲音更加輕柔，近乎纏綿。「是你給了我勇氣。」她眼眶微微泛紅，看著傻住的元宵，再次強調。「是你今天的舉動給了我勇氣，給了我信心，讓我有了想和你一輩子走下去的衝動。」

元宵的雙眼一時閃過太多情緒，不敢置信、驚訝、喜悅等統統都有，下一瞬間，他驀地把湯圓摟在懷裡，頭埋進她的頸窩，緊緊地抱著，一句話也沒說。

湯圓也不再說話，只是把元宵摟得更緊。

娘，是女兒不孝，我實在捨不得他，他生也好、死也好，我都想陪他走一回，沒有嘗試過，我真的不甘心……

第四十四章

煥王妃早知湯圓不會這麼快回來，縱然心裡萬分不喜，但那是煥王的決定，她不能違抗。在湯圓離去後，參加宴會的人陸續到來，煥王妃忙得不可開交，完全不提湯圓久未歸來一事，其他人自然也不敢提起。

柳氏早已坐立不安，覺得小女兒在後面肯定發生了什麼事，幾位夫人看柳氏的眼神還有些可憐。就在柳氏即將按捺不住之際，外面終於有了動靜。

「湯家小姐換好衣服了。」小丫鬟進來稟告。

煥王妃像這才想起似的，拍了拍自己的腦袋。「瞧我這腦袋，都把這事給忘了，還不快快把人請進來！」

小丫鬟應聲去了，隨後湯圓走了進來，似乎更加膽小了，只是低頭請安，連抬頭都不曾。

煥王妃面上維持著笑意，心裡卻不太高興。原本送那件衣服就是想看這丫頭會怎麼辦，最好能出醜，但現在好像是錦上添花了。就算很不想承認，但也只能說，美人就是美人，不管有沒有華麗的配飾，仍如此耀眼奪目。

同時，她在心裡不斷地猜測著她和王爺發生何事，口裡的話也沒斷。

「在後面可還好？嬤嬤們可有刁難妳？沒關係，有什麼不高興的，儘管告訴我就是。」

不等湯圓回話，煥王妃朝外看了一眼，回頭有些猶豫地詢問身旁的丫鬟。「我隱約感覺湯家姑娘去了挺長時間的，怎麼現在才回來？」

「湯家小姐大約去了小半個時辰。」丫鬟馬上彎身回話。

「怎麼會這麼久？我不是吩咐過了，到後頭鄰近的隔間就行嗎？」說完逕自對著外面吩咐。「去把李嬤嬤給我叫進來！」

李嬤嬤就是剛才帶路的那位嬤嬤，她進來後只說是自己自作主張帶湯圓繞了遠路，這時間倒也對得上，眾人聽了之後都明白了，怪不得那麼久才回來呢！

煥王妃讓人退下後，又看著湯圓開口道：「可累著了？那嬤嬤也是好心，妳別放在心上，估計是看妳身子弱，這大熱天的，日頭又毒，犯了暑熱可就不好了。」

這話說得真巧，單單一句就把奴才的自作主張歸結到湯圓的身子上。

其他人打量著湯圓，不禁贊同地點頭。這姑娘看著弱不禁風，要是被日頭曬了，說不定會暈過去，如此也是好事。

煥王妃的目的已經達成，自己不高興，這丫頭也別想高興。看著柳氏有些不滿，面上也佯裝不悅，對著眾位夫人道：「姑娘家本就嬌弱，這也屬正常，妳們可別想太多了！」

柳氏死死揪著自己的帕子，心下暗暗決定，日後再也不帶小女兒到這破王府來了，更不要小女兒嫁給七皇子；如今不過一場宴會而已，幾句話就讓所有人都認為小女兒身子孱弱，若真嫁給七皇子，那些後宅之事絕不只如此，小女兒不知還得蒙上多少不白之冤呢！

柳氏心裡的打算湯圓自然不可能猜得到，這會兒她的心思已不在此處，滿腦子只想著要趕緊離開，煥王還暈著，雖然元宵說他會處理，可照他那天不怕、地不怕的性子，指不定會再幹出更驚人的事！

她暗地裡狠狠地掐了自己一把，讓臉色更加蒼白了幾分。

「臣女實在身子不適，想跟王妃告個罪，先行返家了。」說話間還有些搖搖欲墜。

「怎麼了？」柳氏倏地站了起來，幾步走到湯圓身旁扶住她，關切地詢問。

湯圓特別地不好意思，眼眶甚至微微發紅。「是女兒不爭氣，走幾步路就覺得喘不過氣來，這會兒竟覺得胸悶異常，實在是很不舒服。」

柳氏不明所以地看著湯圓。這話……這話不就坐實了身子不好的污名！

煥王妃也走到了湯圓的面前，雖看她神情不似作假，連虛汗都冒出來了，心裡仍不會輕易相信，不過面上功夫倒是做得挺足。

「這是怎麼了？愣著做什麼，還不快去請太醫！」

縱使柳氏心中有千百個不樂意，她也清楚不能請太醫過來，因為湯圓本來就是裝的。但她沒有馬上否認，而是低頭好好看了湯圓一番才道：「不勞王妃費心，我這個小女兒向來如此，從小就身子弱，現在這情況只須休息一陣，再服下平日大夫開的溫補方子即可，實在不必煩勞太醫。」

她心頭淌血，這下湯圓真成了病秧子了……

「這怎麼行呢？年紀輕輕落下病根可就糟了，有病就得治，好好服藥，徹底根治了才行！小孩子不願吃藥看病也是常理，可妳這當娘的，難道還不知道事情的嚴重性嗎？這種事怎麼能由著她的性子呢！」煥王妃口裡的話不停，手裡的動作也沒停，她走到湯圓身邊，甚至打算親自扶她去位子上坐著。

湯圓就著柳氏的手，艱難地朝煥王妃福了一禮。

「說來也不怕王妃笑話，臣女小時候身子不好，祖父也曾請了好多位太醫來看診，甚至連太醫院的院首大人都來過，可是所有太醫結論都一樣，說臣女這是在胎裡沒養好的緣故，身子要比尋常人弱一些，嚴格來說，根本算不上病，只是容易疲勞，只能好好養著。」

這些也是實話，湯圓小時候身子確實不好，不少人都知道，只是時間久遠，除了一些親戚，其他人不過聽聽就忘了。

一串話說下來好像讓湯圓更加疲倦了，她臉色又蒼白了幾分，可卻沒有停下繼續說道：「王妃也知道臣女近日才回京，不瞞王妃，一回京祖父便請了太醫替臣女把脈，太醫的話還是和以前一樣，說臣女身子還算不錯，就是比尋常人弱了些，好好養著就是了。」眼眶更紅了幾分，低頭說得很是黯然。「臣女也不想這樣的，只是奈何身子實在不爭氣。祖父年紀大了，臣女不想因為這點事情讓他老人家再擔心……」

話都說到這個地步了，煥王妃若還堅持留人，就未免太過了，而且還得擔上讓國公爺擔心的罪名。

煥王妃被湯圓堵得說不出話來，心下認定，這人表面看著良善，其實都是裝的！她深吸了一口氣，憂慮地道：「也是，是我思慮不周，既然妳堅持，那就快些回去歇息吧，身體好些就打發人給我傳個信，免得我擔心。」

湯圓應了，轉身告辭，柳氏應付了幾句後也跟著走了。

上了馬車離了王府後柳氏才冷了臉，對著湯圓低聲呵斥。

「來時我囑咐過妳，不知道怎麼說話就別開口，端著小姑娘的害羞就可以了，妳方才那些話肯定會傳出去的，妳知不知道女兒家的名聲有多重要？這些話傳了出去，今後還有誰敢來求娶妳！」

小女兒雖不常出現在人前，但光憑湯家嫡女的身分，沒回京之前就有許多人來打聽了，只是柳氏沒鬆口而已。

現在倒好，誰還敢來！

湯圓上了馬車後面色旋即恢復正常，揉著剛才自己掐的腰間軟肉，聽了柳氏的話並沒有放在心上，反正，她已確定心意了……

耐心等待柳氏教訓完，她才把先前發生的事情說了出來，不過還是瞞住了元宵的部分，只說是自己拿石頭把煥王敲暈了。

「那兒沒旁人，我也不敢張揚，便帶著紅裳、綠袖趕緊走了。」

柳氏自聽到湯圓提及煥王時就怔住了，直到湯圓說完都還沒回過神來，過了好一會兒，她抓著湯圓仔仔細細地打量了一番，確定女兒沒有任何不妥後才開口咒罵。

「我就知道他們沒安好心，可是沒想到居然禽獸到這地步！」她氣到眼淚都流出來了。

「是娘不好，是娘沒用，明知道是個圈套，卻還是不得不讓妳一人獨自面對。」

湯圓連忙用帕子替柳氏把眼淚擦乾。「娘別擔心，我這不是好好的嗎？我知道剛才那樣說會有什麼後果，可是，那也是情非得已，我實在不想再待在煥王府了，回去娘記得告訴祖父一聲，阿爹那邊肯定也要說的，如今煥王還在假山那兒暈著呢，也不知道他接下來會怎麼做。」

「他敢！」柳氏眉頭一皺。「就算他是王爺又如何，咱們湯家也不是吃素的！」她冷笑出聲。「找這麼個隱秘的地方，妳不敢張揚，他同樣也不敢。不用擔心，給妳爹和祖父通個氣就行了。那破地方以後別去了，我就不信，他敢光明正大地到湯家撒野！」

柳氏又咒罵了煥王和煥王妃好一陣才住了口，而後摸了摸湯圓的頭髮。

「只是苦了妳了，還不知道那幫小人會怎麼傳呢……」

湯圓絲毫沒放在心上。「娘不必擔心，娘曾說過呀，日子是自己過的，別人怎麼看都不重要，只要自己問心無愧就好了。謠言只是謠言，過不了多久就會隨風散的。」

待回到湯家後，柳氏就囑咐湯圓先去休息，其他事情全交給她處理。

湯圓點頭，看著柳氏去了湯老夫人的正房。

紅裳、綠袖早就裝了一肚子疑惑，這會兒回到家便想問了，可湯圓卻不給她們詢問的機會。

「吩咐下去，我要沐浴。」

她看見身上這件衣裳就覺得煩躁，一回到自己院裡就把衣服脫了，紅裳去準備熱水，綠袖連忙取來家常衣服給湯圓換上。

今日湯圓不在，竹嬤嬤左右無事，便找其他人嗑瓜子聊天去了，此時聽聞湯圓和夫人這麼早就回來，心下詫異，直覺肯定有事，連忙趕回湯圓院裡，一進屋就看見綠袖在伺候湯圓更衣，而褪下來的那件並不是早上穿的。

「這是怎麼回事？」她上前一步詢問。

綠袖本來就是個藏不住話的，加上她也想問清楚在假山那兒到底發生了什麼事，也不看湯圓，一骨碌地把所有的事都告訴了竹嬤嬤，而後直接問道：「小姐，煥王為什麼會說您和七皇子早有聯繫呢？」

自己和小姐一塊兒長大，什麼時候有七皇子了。

竹嬤嬤知道的比紅裳、綠袖多一些，以前她只是不知道對方是誰，沒承想居然是七皇子，怪不得小姐以前曾向自己打聽過七皇子的事呢！

湯圓坐在梳妝檯前沒有說話，突然覺得手邊有些癢，低頭一看，是將軍睡醒了，正拿大腦袋蹭自己。她笑著彎身替牠順毛，看牠舒服得眼睛都瞇成了一條線，笑容更開了些，而後緩緩開口回答。

「將軍就是七皇子的狗。」

不僅竹嬤嬤和綠袖愣住了，就連剛從外面回來的紅裳也傻了。

其中竹嬤嬤反應最快，她快步走到門口將紅裳拉了進來，把門關上，而後走到湯圓的面前站定。以前小姐不肯說，她以為小姐是不願接受對方情意，所以才不想談，但現在為什麼肯說了？而且這些年，小姐待將軍極好，所有人都看在眼裡，那麼，是不是可以理解為小姐對七皇子也有意呢？

今天受到的驚嚇實在太多，不僅是七皇子，還有煥王的所作所為，這明顯不僅僅只是小倆口之間的事了，已參與到皇子的糾紛當中。竹嬤嬤搖了搖頭，把混亂的腦子清了清。

「那……小姐，您打算怎麼做？」

湯圓其實也不知道該怎麼對三人說明自己一點都不擔心，反正煥王早晚都要敗，今天發生的一切根本不必放在心上，正犯愁之際，外面傳來了小丫鬟的稟報聲。

「小姐，紅珠姊姊過來了。」

三人先將此事暫時放一邊，竹嬤嬤快手快腳地幫著湯圓整理儀容，紅裳、綠袖跑去開門迎客。

紅珠回來後已聽說了在王府發生的事，不過此時她臉上卻滿是笑意，看得紅裳、綠袖一臉莫名。這一上午過得心驚膽顫的，紅珠姊姊怎麼還有心思笑呢？

紅珠也不賣關子，直接道：「咱們剛從王府出來，王府那邊就出事了。有消息傳出，說煥王喝多了不小心墜湖，幸好小廝們及時發現，趕緊把人給撈了起來，聽說撈起來的時候仍滿身酒氣呢！」

聽到這消息，湯圓腦子只飄過兩個字——

果然。

就元宵那性子，肯定不會這麼輕易算了的，幸好自己走得早，不知道現在那邊亂成什麼樣了。

若煥王和煥王妃要懷疑自己也沒關係，反正有阿爹和祖父在，她也不會再主動出現在他們面前了，以後即便遇到避無可避的情況，也會是在眾目睽睽之下，絕不會像今日這般獨處。而就算煥王最後還是查到了元宵頭上，那又如何？元宵現在不能動煥王，煥王同樣也不敢對元宵出手。

這個悶虧，煥王吃定了！

第四十五章

不僅紅珠心情愉悅，其他三人也覺得解氣，至於煥王為何好好的會酒醉墜湖，這就不在她們的考量範圍內了，反正，她們走的時候煥王可沒事。

綠袖直接呸了一聲。「活該！」

有些粗俗，紅裳和竹嬤嬤卻沒有阻止，她倆甚至也想這麼做呢！

送紅珠走後，三人還不想放過湯圓，雖然沒問出口，不過三雙眼全殷殷地盯著湯圓，等著她的回答。

湯圓依次看了紅裳、綠袖和竹嬤嬤一眼，這三人都是自己的心腹，有些事情她們確實也該知道。她低頭思索了好一陣子，理清了思緒才開口。

「今日之事妳們不用擔心，我就明說了，雖然在外人眼中，我們三房和煥王在同一條船上，但那些都只是表象，事實並非如外界所認為的那般，我們純粹是迫不得已。」

竹嬤嬤心中略知一二，所以並不覺得詫異，受到打擊的是紅裳和綠袖。當初聽聞老爺留職，她倆還如此狂喜，現在才明白，一切不過是鏡花水月……

紅裳頓了頓，對湯圓道歉。「小姐，奴婢對不起您，當初還以為真的是好事呢……」

怪不得小姐和夫人一點都不高興，想來是早就知道了吧。

湯圓只是點到即止，這件事，她們知道個大概就行了，了解太多並非好事。

「妳們沒有錯，不知情的人都是這麼認為的，而且這樣反而是好事，別人才會深信不疑。」她笑著安撫道：「總之，妳們該幹什麼就幹什麼，該笑就笑、該鬧就鬧，不必因此改變態度，那樣別人反而會起疑。我不能跟妳們保證什麼，但是妳們得相信我爹，他不會做出糊塗的決定。」

湯圓擺明不能細說，紅裳、綠袖雖在竹嬤嬤的教導下也知道些事情了，但那僅限後宅，前朝之事她們哪裡分得清，而且湯圓又說得模糊不清，兩個聽完仍有些困惑。

竹嬤嬤接過湯圓的話道：「這些事我之後再詳細跟妳們解釋。」

兩人瞧了湯圓一眼，又看了看竹嬤嬤，點頭應了。

「小姐，咱們接著說說七皇子的事吧。」

湯圓瞅了竹嬤嬤一眼，看出了她打算問個明白，知道今日逃不掉了，不禁低下頭，俏臉染上了緋紅，簡單用幾句話交代了大概。

「我和七皇子在揚州時就認識了，曾在永安王府接觸過幾次，現在……我喜歡上他了。」

被人夜闖閨房，而且還不止一次，這種事情湯圓真的說不出口，索性全推到永安王府身上去。

竹嬤嬤和紅裳、綠袖三人一臉無語。小姐，您這概括能力也太強了點……怎麼認識的、怎麼喜歡上的，這些一點都沒有說啊！

湯圓的嬌羞只維持了一小會兒，隨後不知道想到了什麼，臉色一下變得黯淡。她揮了揮手道：「我不想瞞妳們，可我自己現在也不知道該怎麼說，甚至不知道該怎麼辦，只能走一步算一步。妳們記得，這事千萬不可告訴旁人。」

「奴婢們當然不會四處宣揚。」竹嬤嬤有些莫名。

湯圓頓了頓，更加黯然。「我的意思是，連娘也不能說。」

這會兒綠袖的腦子轉得飛快。既然將軍能到小姐這兒來，說明老爺和夫人其實知情，但是看小姐的神情，好像並不是那麼如意。

「難道夫人或者老爺不同意嗎？」她想也不想地直接問道，一臉不可置信。那可是七皇子欸，這麼好的親事，老爺、夫人還有什麼好不滿意的？

湯圓就是在煩這個，她不想失去元宵，也不想讓爹娘為難，更不想害到湯家，可她根本就不知道該怎麼辦，聽綠袖這麼一問，她甚至無法回應，腦子越來越亂，臉色也白了幾分。

竹嬤嬤看得分明，趕緊出聲替湯圓解圍。

「好了，這事咱們不說了，等小姐理清再聊吧。熱水準備好了，我去伺候小姐沐浴，妳們倆該幹麼就幹麼去吧，切記今天之事別說與旁人知曉就是。」

綠袖還想再問，可看到湯圓的神情，又瞅了瞅變嚴厲的竹嬤嬤，只能吶吶地應了。

湯圓現在的狀態已被竹嬤嬤調理得很好，無須像以前那樣得做完整套既繁瑣又累人的程序，只須好好保養就可以了。

她一邊替湯圓按摩，一邊小心地開口詢問。

「小姐，您打算怎麼做，或者說，您打算什麼時候告訴夫人？」

湯圓坐在水中，原本無神地看著水面的花瓣，竹嬤嬤的話一出，令她身子一下變得僵硬。竹嬤嬤的手慢慢移到湯圓的後腦勺，輕輕地按著，待察覺到湯圓放鬆了些才接著開口。

「其實老奴對此事只是一知半解，所以也不能夠給小姐很好的建議，但是呢，就老奴看來，小姐實在不必過分憂心。相信小姐不告訴夫人，自然是有原因的，老奴也不會多問。不過小姐有沒有想過，即使小少爺出生了，夫人最疼的也是您，母女之間是無話不說的，或許找夫人談談，就能很好地解決了。」

老爺和夫人不同意，竹嬤嬤大概猜得到是什麼原因。湯家又不是賣女求榮的人家，而且兩位是真把湯圓捧在手心呵護，自然不願她嫁到那樣複雜的環境。但是，為人母，怎麼可能強得過女兒呢？

事實上，湯圓早就想跟柳氏好好談一談了，可是，問題並非這麼簡單。她與元宵的事當然可以說，但元宵的死訊呢？這個是絕對不能提的，而且到時候，又該怎麼辦？

她想法始終不變，既然不能回報湯家，至少也不能拖累才行。

不過她也不想竹嬤嬤擔心，揚起微笑望著她道：「嬤嬤不用擔心，我只是一時腦子混亂，不知道怎麼跟娘開口，等我想好了就會跟娘說的。」

竹嬤嬤點頭，心下暗暗決定，等小姐和夫人說了之後還是不行的話，自己再出面好了。

將軍怕熱，一身長毛讓人看著就覺得躁熱。湯圓先前還動了想幫牠修剪毛髮的念頭，可是剪刀剛拿在手裡，將軍就一臉驚恐地跑了，後來牠甚至只要看到剪刀就不肯近身。

但她也不敢餵將軍喝冰水，偏偏牠又饞得很，入夏後天天都在冰盆前趴著，稍不注意牠就舔起來了。湯圓打也打過、罵也罵過，可是完全沒用，只要自己一不在，根本沒人管得住將軍。最後只好將冰盆放在很高的架子上，連奴僕們要更換都得踩著梯子上去。將軍轉悠了幾天，發現確實舔不到了，又不敢把架子弄倒怕湯圓生氣，最後蔫了，更不樂意活動。

湯圓蹲在將軍旁邊逗弄了好久，發現牠根本提不起勁，最後甚至轉過身趴著，直接拿大屁股對著自己。湯圓好笑地看著將軍，看牠渾身散發怨氣，站起了身悠悠地往桌邊走去。

「看來，將軍今天晚上是不想吃西瓜了呢～～」

每晚的冰鎮西瓜是將軍在夏天唯一能嚐到的甜頭，湯圓才不相信牠聽不懂。

果然，還沒走到桌邊，將軍就已竄了過去，蹲坐在桌前吐著舌頭討好地看著湯圓。

西瓜、西瓜！

湯圓慢條斯理地走過去，拿起一塊竹嬤嬤已經仔細去過皮的西瓜，手舉在半空，低頭看著底下越發著急的將軍。

「還敢跟我耍脾氣不？不讓你吃冰是為了你好，你還跟我耍脾氣；要是鬧肚子，難受的也是你。」

將軍根本就沒心思理會湯圓在說什麼，眼裡只有西瓜、西瓜、西瓜！見湯圓一直舉著不動，讓將軍徹底造反了，直接飛身一撲，把湯圓手裡的西瓜叼在了嘴裡，然後一不小心，沒控制住，連帶著把湯圓也撲倒在地。

太久沒被將軍撲倒，湯圓來不及反應，好在將軍都有控制力道，並不覺得疼，她伸手推了推將軍讓牠起來，這傢伙還趴在自己身上呢。可將軍沒動靜，她撐起腰，發現將軍如木頭似地望著窗戶的方向。

她順著看過去，只見元宵站在窗外，冷冷地瞅著將軍。

湯圓還來不及說話，將軍突地跳了起來，彷彿逃難似地奔了出去。

元宵看著將軍飛奔而去的背影，冷哼一聲，走到湯圓面前，一把拉起她。

「有沒有傷到哪兒？妳太縱容牠了，這狗也跟人似的，不教訓就會上房揭瓦。」

將軍躲在門口瑟瑟發抖。嗚，剛才主人看自己的眼神好像在看狗肉火鍋……

這話聽起來很正常，可是，那手是怎麼回事？

元宵在湯圓身上左拍拍、右拍拍，著重拍的部位就是將軍剛才撲過的地方。

「噗哧。」湯圓一下笑了出來。「這幾年將軍一直跟著我，我不知道摸過牠多少回了，你再怎麼拍也沒用；而且將軍是你自己送過來的，不是我主動要養的。」

元宵動作一頓，小心思被湯圓察覺了也沒惱，脖子一梗。「反正妳離牠遠點！妳是我的，只有我能碰，別人看一眼都不行，將軍也不行！」

湯圓吶吶地靠在元宵的懷裡，羞紅了臉。這人怎麼那麼霸道呢？

好在元宵只是抱了抱就鬆開了手，獻寶似地把他帶來的一個方形盒子遞給了湯圓，拉著她坐到桌邊。「打開來看看。」

湯圓依言打開方盒，裡頭裝著一疊紙。她疑惑地看了元宵一眼，元宵也不答話，起身把床邊的燭臺拿了過來放到桌子上，藉著燭光，湯圓終於看清了。

的。

厚厚的一疊，全是房契、地契，不僅是京城附近的莊子、良田，還有一半是揚州那邊的。

「為什麼要給我這個？而且，揚州那邊的你買這麼多做什麼？」

元宵咧了一個大大的笑容出來，像是討賞的孩子。

「妳不是在揚州生活了很久嗎？而且那邊也是我們認識的地方。揚州那麼美，妳當初這麼懶也不怎麼出門，白在揚州生活了。等以後我們成親，隨時都可以抽空去小住。」又湊近了幾分。「到時候妳想去哪兒我都陪妳。」

湯圓看著元宵近在咫尺的笑臉，心更軟了些。這也算是自己的遺憾，當初還答應過紅裳、綠袖說要帶她們看遍揚州的，可瘦身前是自卑，瘦身後是懶怠，結果答應她們的統統沒有做到。

不過這些念頭只在轉瞬之間，而後她又被元宵現在的模樣給逗樂了。他雙手撐在椅子上，彎身向前，討好地看著自己，跟將軍討食的表情一模一樣，果然，什麼樣的主子就有什麼樣的狗。

湯圓只顧著在心裡偷笑，元宵等了許久都不見她有反應，瞬間不高興了。

「喂喂，妳有點表示好不好，妳這樣我很尷尬耶！」而後馬上開始遷怒。

長安那個傻子，不是說女子都喜歡這些嗎？說什麼給她最好的，就是把自己的一切都給她。可湯圓的反應和他說的不一樣啊，這會兒不是應該感激涕零地投懷送抱嗎？

湯圓俏臉一冷，把手裡的一疊紙直接丟回了盒子裡。「你給這些，是認為湯家給不起我嗎？雖然你身分尊貴，但我們湯家也不會讓人小瞧的。」

世家女兒的嫁妝都是從出生就開始準備，湯圓的就更不用說了。湯家在揚州待了那麼久，怎麼可能沒有置產，湯圓的那份早就買好了，地契柳氏已全交給湯圓自己保管，每年莊子裡的人也會向湯圓親自報告。照柳氏的話來說，反正這些遲早是她的，提前適應也好，所以湯圓還真不缺這些。

元宵張大了嘴巴，看起來傻乎乎的，他萬萬沒想到湯圓居然會是這種反應，立即感到委屈，先前得色的模樣已消失無蹤。

他一下站起了身。「妳知道我沒有這個意思，我只是想給妳而已，難道我送妳東西也有錯嗎？」

湯圓抬眼瞅了瞅元宵，見這傢伙一臉委屈，且全身都散發著「我生氣了妳快來哄我」的氣息，心裡樂翻了天，使勁控制想要上揚的嘴角，瞥了元宵一眼，小聲地哼了哼，便轉過身背對他。

元宵也不說話了，走到了湯圓的面前站定。

湯圓低頭看著元宵的黑色靴子，小臉冷冷的，心中卻是不停地猜測著他還會說什麼。

元宵站了好一會兒才期期艾艾地開口。「那、那妳喜歡首飾珠寶嗎？這些年父皇賞的各種寶石我全都給妳留著呢……」不等湯圓回答又接著說道：「不過妳只能在家裡戴，不准戴給別人看！在家裡隨便妳想怎樣，在外面妳給我老實點！」

「噗哧，哈哈哈——」湯圓這下真的憋不住了，直接趴到了桌子上笑得不能自已。這元宵怎麼那麼好玩，明明是在賠罪，最後還敢說這些，這麼彆扭的人，當初怎麼會認為他不好親近呢？

元宵終於反應過來了。「好哇，妳居然敢騙我！」

湯圓仍趴在桌上笑個不停，眼淚都笑出來了。

元宵臉色脹紅。生平第一次想討好女子竟得到這番待遇，可又不能對湯圓做什麼，只好一屁股坐回了椅子上，背對著湯圓，隨她笑吧！「哼！」

湯圓笑了好久才止住，抬頭看見元宵背對著自己，伸手拉了拉他的衣袖。

「生氣啦？」

元宵頭一扭，不接話。

這下立場對調了，換湯圓起身站到元宵面前。

元宵快速地瞥了湯圓一眼，然後又把頭扭了過去。

湯圓直接一把將元宵從位置上拉了起來，上前一步，踮起腳尖，輕輕在他唇上碰了下。

「我錯了，別生氣了好不好？」

元宵雙目呆滯，還是側著頭不看湯圓，雙手卻攬住她的細腰，過了好一會兒才磕磕絆絆地說道：「這次就原諒、原諒妳了，下下、下不為例。」

這下湯圓總算對元宵的彆扭有了徹底的認識。怎麼辦呢？好像逗他逗上癮了，他的反應實在太好玩，咳，不過今天就算了，萬一玩過頭，這人惱羞成怒就糟了。

她乖巧地點頭。「嗯，以後再也不敢了。」

聽到湯圓的保證，元宵瞬間來勁，盯著她就開始說教。

「在家從父，出嫁從夫，妳可給我記好了，嫁給我就得聽我的，別的男人妳看都不能看一眼，知道不？那什麼表哥、還有什麼蕭遠崢我就不跟妳計較了，以後再出現，我直接把妳鎖著，門都不讓妳出！」

湯圓鬆開了元宵，坐回位置上。怪不得將軍時常蹬鼻子上臉，沒羞沒臊的，原來是跟他學的，不過……

「蕭遠崢是誰？」她低頭思索了一番，確實不認識這號人物。

元宵揮揮手。「一個無足輕重的人，不必在意。」

說完他也坐回了椅子上，定定地望著湯圓許久，然後丟出了一枚炸藥。

「我明天就去讓父皇指婚。」

湯圓正在喝水，聞言立即嗆到，咳了好幾聲才止住，想也不想地答。

「不行。」

「為什麼！」不等湯圓回答，元宵湊近身子，惡狠狠地道：「難道妳心裡有別人了？妳想都別想，妳已經是我的人了！」

湯圓無語，伸手把元宵的臉推開。「怎麼可能，我只是覺得太快了。」

聽湯圓這麼說，元宵才放了心，自以為小聲地嘀咕。「我覺得很慢了，賜婚是一回事，等到真的大婚又是另外一回事，少說得一年呢，哪裡快了……」

「反正現在就是不行。」然後也學元宵嘀咕道：「我娘還沒同意呢，而且我爹娘都不喜歡你，他們不同意，我是不會嫁的。」

還沒跟娘說呢，要是他明天就跑去請皇上指婚，娘不知會被氣成什麼樣子，不行、不行！

他們敢不同意！元宵差點就把這句話給吼了出來，幸好，還帶了點腦子，沒在湯圓面前說出口。好吧、好吧，那是未來的岳父、岳母，不能用強的。

「也就是說，只要妳爹娘同意，妳就不反對了是吧？」

咦？我什麼時候說過這句話了？湯圓傻了。

元宵雙手一拍，逕自做了決定。「好，我會搞定妳爹娘，妳只要安心等著就好了。」低頭思索一陣，實在坐不住了，他得回去好好想想。「夜深了，妳快歇息吧，我走了，過幾天再來看妳。」

囑咐完，也不等湯圓回答，便匆匆跳窗離開了。

湯圓無語地瞪著窗戶好久。這人是忘記煥王的存在了？就算他想，皇上也不可能現在就指婚的。只要煥王一日不倒，湯家便和他綁在一條船上，此時若是把自己指給元宵，其他人會怎麼看？

第四十六章

元宵抵達大殿時，其他人已差不多到齊，獨獨缺了煥王。

不過現在時辰尚早，父皇也還沒出現，未到早朝的時候，眾人仍三三兩兩地說話，只是氣氛倒是有些不一樣。往常煥王那黨人個個抬頭挺胸，模樣有些囂張，相較之下，今日卻收斂許多。

昨天那件事，元宵自然沒有放過。僅僅一天，便讓所有人都知道煥王白日醉酒還意外墜湖的醜事。

大殿內談話聲此起彼落，突然間，沒人說話了，元宵回頭一瞧，果然，是煥王來了。

煥王朝站在前方的太子三人點了點頭，而後轉身對著沈著臉的湯老爺抱拳。

「昨日之事，是王妃思慮不周，不知道三小姐回去後可有好轉？」

湯老爺昨天回去聽自家夫人說完，差點氣炸，生生一晚沒睡，這會兒罪魁禍首竟還在這惺惺作態！他強自把猙獰的表情壓了下去，彎身回話。

「昨日之事並非王妃的過錯，小女自小身子不好，怨不得旁人。」湯老爺的心也在滴血。小女兒身子好著呢，還不都是他逼的！

煥王仔細觀察著湯老爺的臉色，不停地猜測到底是誰幹的。當時那丫頭站在他面前，他是被人從後面打暈，當然不可能是她，而且她也沒那麼大力氣。因不想和湯家鬧翻，所以那時刻意支開旁人，連暗衛都給撤了，害他根本就不知道是誰幹的！不過，他不知道，那丫頭面對著自己，肯定知道是誰幹的，說不定已經告訴過湯大人了。

「昨日王妃是主，三小姐是客，客人出了事，那必然是主人家沒有好好待客的緣故。湯大人放心，本王已說過王妃了，王妃也心有不安，所以想等三小姐看什麼時候身子好了，再次請她來府中作客，好生賠罪。」

湯老爺自是不肯，張口想反駁，煥王卻不給他機會。

「湯大人可不要回絕，這是王妃的心意，要是不接受的話，王妃真的會一直掛在心上。本來她今日還想親自去府上賠罪的，只是昨天三小姐的狀態看著確實不好，怕叨擾三小姐養病，所以僅先送了些滋補的藥材進府。等三小姐好了，定要再見一次面的。」

元宵本和眾人一樣在一旁冷眼旁觀，聽到這裡他上前兩步站到了煥王的面前，詫異地問：「二皇兄，你的臉怎麼是腫的？」好笑地彎著嘴角，抱胸嘲諷。「誰敢跟二皇兄動手啊？難不成……是二皇嫂打的？」

其他人經元宵一提點，仔細瞅了瞅煥王的臉。真的欸，雖看著不太明顯，但的確有點腫。這……這煥王先前才說自己好好說了王妃一通，這會兒七皇子就說二皇子被王妃打過？

湯老爺看了七皇子一眼，再次彎身向愣住的煥王回話。

「小女身子本就差，確實不關王妃的事，等小女身子好轉了，自該讓內子帶著小女上門賠罪，當不得王妃親自跑一趟。」至於女兒什麼時候才會好，那可就不一定了。

「老七，本王和湯大人說話，你插什麼嘴，你有沒有教養啊！」

剛才明明可以逼湯大人就範了，偏偏老七來插了一腳！

元宵摸著下巴點頭。「惱羞成怒了，原來真是二皇嫂打的。」負著手又走回自己的位置上站定。「至於我是不是有教養，這個問題二皇兄可以等父皇來了再問。二皇兄又不是不知道，我是父皇教大的，二皇兄要是有任何疑惑，直接去問父皇就是了。」

「你——」他怎麼可能去問父皇，那不是擺明討打嗎！

煥王懶得和元宵爭辯，轉身想繼續誘勸湯老爺，結果湯老爺已入列站定，低著頭不發一語，恭恭敬敬地等著皇上的到來。煥王沒辦法，恨恨地瞪了元宵一眼，走到自己的位置上。

今天早朝和平日沒什麼兩樣，只不過在退朝前，皇上刻意告誡眾人要注意自身形象，白日酗酒還鬧得滿城皆知這種事情以後不准再出現，雖沒言明，可任誰都知道說的是煥王。

下朝後煥王想再找湯老爺，卻發現人早就走了，他袖子一甩，回府接著調查。

一定要把那個賤人找出來！讓本王平白無故丟了那麼大的臉，還被父皇教訓，這口氣怎麼能忍！

湯老爺趁著煥王還在原地羞憤時就溜了，不料中途還是被人攔下。

長安恭敬行禮。「湯大人，殿下此時在內殿陪皇上說話，請湯大人移步，隨奴才至側殿稍等片刻，殿下一會兒就到。」

方才因七皇子相助才得以擺脫煥王，湯老爺當然不會對長安擺臉色，點頭應了跟著去了，心下隱隱有個猜測。自家女兒說她是用石頭把人砸暈的，可煥王身上沒傷口啊，臉上也只是微腫，不像被石頭砸的，難不成……

是七皇子做的？

湯老夫人得知此事後心疼得不得了，早上請安時把湯圓一直摟在懷裡。這種事不能宣揚，只能用其他方式補償湯圓了，因此有什麼好東西全往湯圓房裡送，像不要錢似的。

湯雲蓉見狀氣得又想找湯圓吵架，不過還沒來得及就看到將軍從外面跑了進來，她趕緊逃開，才不要和那隻狗對上呢！

見將軍跑來接自己，湯圓不禁失笑。元宵對將軍的影響可真大，第一次看到這傢伙這麼乖、這麼聽話。以前牠不是沒有接過自己，只不過都是順帶罷了，一定是欺負完某個下人順路過來，今天倒沒看到牠欺負誰了。

她笑著揉了揉將軍的大腦袋。「走吧，我們去娘那裡玩。」

「汪！」我今天很乖，妳不要向主人告狀。

湯圓好似聽懂了一般。「你以後呢，要是天天都這麼聽話，不去欺負別人，也不到處搗亂，我就幫你說說好話。」

她一邊逗著將軍，一邊往柳氏的房間而去，心下做了決定。早晚都要說的，還是先讓娘有個心理準備吧。

柳氏正在處理事情，看到湯圓進來了連忙招呼。

「從老夫人那邊來的？既然請安完就不必到我這兒來了，回去好好歇歇吧。」

湯圓沒搭話，四下張望了下，沒看到小弟，而後逕自坐到柳氏旁邊笑問：「小弟又在睡覺啦，他不是才睡醒嗎？」

柳氏揮了揮手。「小孩子本來就是這樣，吃了睡、睡了吃，這樣才好養活呢！他現在還沒啟蒙，喜歡怎樣就怎樣，長大後就沒有這麼悠閒的日子了。倒是妳，都讓妳回去休息了，為何還留在這兒？」

「我那是裝的，娘又不是不知道。」既然已下定決心，湯圓也不再猶豫，轉頭對著一旁的下人吩咐。「全下去吧，紅珠，妳到門口守著。」

「是。」眾人聽令退下。

柳氏不解地看著湯圓。「這是怎麼了？有什麼話想單獨對娘說嗎？」

湯圓抿了下唇，直截了當地開口。「娘，其實昨天我沒有把所有的事都告訴妳。煥王後來確實暈過去了，只不過不是我打的，是七皇子打的。」

柳氏還在詫異這人既然被打暈又怎麼可能墜湖呢，這下總算知道原因了，她嘆了一口氣。「我就知道事情沒妳說的那麼簡單，行了，娘知道了。」

只說這句就不想再談，顯然是不想聊元宵的事。

好在湯圓原就猜到柳氏會是這般冷淡的反應，並不氣餒。

「我——」

「等等！」話還沒說出口便被柳氏打斷。

柳氏皺著眉打量了湯圓許久，湯圓被瞧得莫名其妙。

「妳老實告訴我，昨天那事是不是七皇子讓妳這麼做的？」

「什麼事？」湯圓聽不明白。

「裝病那件事啊！是不是他讓妳這麼做的？妳若是想馬上離開煥王府，也不是只有裝病一途。」柳氏氣得往桌子一拍，怒罵。「怎能這樣，就算他想娶妳，也不該壞妳名聲嚇得別人不敢上門求娶啊！他以為這樣妳就只能嫁給他了嗎？想得美！」

湯圓。「……」

完了，現在好像越描越黑了。

皇上早已查到湯圓的事，但他從未找元宵談過，就是想看看他能忍到什麼時候。看來，好像還挺有耐性的……不對，這不是有耐性，湯家那丫頭昨日肯定發生了什麼才對，否則明明身子好好的，怎會去了趟老二家就變成病秧子了？

皇上沒批摺子，和元宵坐著對飲，只是元宵不開口，皇上也不會開口。

元宵看著自家父皇從容不迫的模樣，知道他是在等著自己開口，也沒想拐彎抹角，反正父皇也知曉得差不多了。他抿了一口皇上最愛的大紅袍，白底青瓷的茶盞放回了桌上，發出一聲清脆。

「想必父皇您也知道湯家三房的三姑娘和兒臣的事了，不知父皇有何看法？」得先滿足父皇的好奇心才行，不然後面的要求也別想提了。

難得老七如此上道，皇上也不兜圈子了。

「朕也不問你們是如何認識的，反正這已是既定的事實。朕對湯家那小姑娘沒什麼厭惡之處，反正家世足夠，你能喜歡自然最好。」

是的，他為元宵挑選妃子首重家世，容貌和品行僅是次要。

「但是。」皇上也放下了手裡的茶盞，看著自己一手培養出來的元宵。「朕告訴過你很多次，女人，只是錦上添花，喜歡可以，但絕不能放太多心思。你今後還有大事要做，萬不可拘泥於兒女情長。」

說實話，皇上也說不準自家老七對湯家那個小姑娘到底是在意還是不在意，畢竟老七除了把狗給人家，後來確實沒有任何聯繫；但說他不在意嘛，人才回京他就開始有些小動作。

元宵自幼由皇上教導長大，雖說帝王心思誰也猜不透，但元宵自認還是能猜到五分。他眉頭一皺，毫不掩飾自己煩躁的心情，沒有回答皇上的話，而是提起了昨日之事。「老二那個白癡，動誰不好，偏偏要動我的東西！」

皇上並不在意元宵的粗口，反正從小到大他就是這個樣子。

「動了你的『東西』？」在東西兩字加重了語氣。

元宵挑眉一笑，彎起的嘴角是赤裸裸的嘲笑。

「父皇又不是不知道，從小到大，只要是我的東西老二都想沾一沾，他以為他動過我就不會要了。作夢，我的東西，哪怕毀了，他也別想沾手！」

元宵渾身散發戾氣，皇上看著卻不生氣，因為那正是自己希望的，這麼多年的縱容絕非白做。彷彿興致來了一般，也笑了。「那你打算怎麼做？」

「當然是好好教教親愛的皇兄，別人的東西不要輕易亂動。」

說話間元宵並沒有看皇上的表情，一門心思全放在如何收拾老二上。

皇上繼續再道：「你清楚，老二現在不能動，老大才會上鈎。」

元宵揉了揉眉心。「兒臣明白，老大已蠢蠢欲動，但時機還不夠成熟。他倒是有些耐心，不過昨天那些事能傳得這麼快，不僅是兒臣一人做的，老大也在煽風點火。」

皇上頷首。「耐心還是不夠，露出了馬腳。」

老大看著老實，心卻夠狠，面上依附老二，背地裡就……可惜，終究不夠沈著。

皇上一直看著元宵低頭思索的模樣，直接做了決定。「這件事朕不管了，你想怎麼做就怎麼做，朕只看結果。反正這些遲早是你的，朕也只能在一旁幫襯，老二和老大，你自己搞定。」

元宵點頭應了。「兒臣還約了湯大人有事商談，那兒臣就先行告退了。」

湯家是自己的人，是他放給老二的誘餌，要查老二，自然要從湯家三房那邊開始。皇上沒有異議，點了點頭就讓元宵離去。

元宵轉身告辭，根本就沒提湯圓的事。

待元宵走後，皇上沈思了一會兒，對著自己的心腹太監道：「你去告訴皇后，讓她下個口諭，讓湯家那個小丫頭好好保養身體，然後，把為皇后準備的那副藥給那個小丫頭送去。」

第四十七章

元宵一抵達側殿，還沒和早在裡頭等著的湯大人說到話，這邊長安聽完旁人稟告趕忙把皇上方才的話轉述給元宵聽，元宵動作一頓。果然，父皇疑心病還是那麼重。

服下皇后那帖藥，不會死人，只會越來越虛弱，哪怕日後斷了，身子想調理回來，勢必得花上好幾年。罷了，他也算是成功了，至少父皇沒有直接賜死。

元宵附耳吩咐。「做得乾淨點。」

使人虛弱的藥方有很多種，症狀與皇后相同的不是沒有，當然，只是表面看著像，內裡可不能真如皇后一般，長年下來，已快油盡燈枯。

「是。」

長安離去後，湯老爺上前行禮，元宵阻止了他，直接坐下。

「不必多禮，湯大人也坐吧。」

雖然元宵這麼說，湯老爺還是先行禮才坐了下來。

「不知七皇子喚微臣來，所為何事？」

元宵手指敲著桌面，想了想，突然丟出一個問題。

「湯大人可知，過往皇后娘娘身子健全，為何會變成如今這模樣？」

湯老爺眼皮一跳，面色不顯。「微臣聽聞是皇后娘娘日夜為後宮操勞所致。」

元宵平靜地看著湯老爺，笑了笑。

「是父皇做的，皇后一死，就是太子倒的時候。」

湯老爺一下站了起來，心裡雖早有猜測，聽人親口說出來仍是一場震撼。

元宵笑容更大了些。「父皇剛才讓皇后娘娘傳口諭呢，說讓湯圓好好保養身體，特地賞賜了補藥……」

這聽著像是好事，可湯老爺覺得元宵的笑意越看越詭異，腦中一轉，眼睛瞪得更大，瞬間跪在元宵面前。「小女年幼無知，什麼事都不懂，微臣只想她能平穩地度過餘生！」

皇上怎麼會對湯圓出手，難道是因為昨天的事？

元宵起身，上前一步把湯老爺從地上拉了起來。

「湯大人不必憂心，我已吩咐人把東西掉包，湯圓只需要裝裝樣子就可以。」沒要對方感激，元宵說得明白。「因為父皇知道我和她的事了，他現在不確定到底該拿湯圓、該拿湯家怎麼辦，所以……」

湯老爺木然地看著元宵，心情複雜，站在原地一句話也說不出來。

「無論如何，父皇已經知道並且做出了行動，在他眼裡，湯圓早就和我聯繫在一起了。」元宵微微彎身微笑。「我會盡我所能護她周全，她生，我生；她死，我死，所以希望湯大人和湯夫人能早早認清事實，不要再對湯圓表現出某些情緒，我耐性不好，免得到時候大家臉上都不好看。」

見湯老爺垂首不語，元宵轉身回到位置上坐下，也不催促，直到他手裡的茶已換了兩次，湯老爺才終於有了反應。

抬頭看著坐在上位的七皇子，湯老爺確定，當年那個還有些稚嫩的少年，早已不可同日而語。如果他是故意讓皇上知道的，那麼，現在的他確實有保護湯圓的能力。

「既然七皇子已說到這個地步，微臣若是再藏著掖著就不像樣了。說實話，如果湯圓和您有結果，是微臣高攀，但是恕微臣斗膽問一句，七皇子日後是否只有湯圓一人？如果不是，相信七皇子也明白，湯圓那性子根本不可能參與後宅私鬥，她也不會那些，如果被人陷害，陷入險境，七皇子您又會如何？就是因為擔心這個，所以微臣及內子才不是很情願……」

其實，湯老爺還想問元宵是否有意上位，剛才那句話他可沒忘，太子和皇后兩人皇上都會處理掉，那麼，最後誰是贏家？很顯然，七皇子的可能性最大，可他若當了皇帝，那……湯圓就是皇后?!想到這裡他更加心塞，連問都不想問了。

不同於湯老爺的愁眉苦臉，元宵一派雲淡風輕。他轉著手腕上的佛珠玩，這從千佛寺得來的佛珠他一直都戴在手上不曾取下來過，倒不是因住持說這佛珠有什麼好，只是因湯圓也有一串而已，多年日日把玩，觸感變得更加溫潤。

「湯大人以為湯圓不嫁給我，她就能順心地過完這一輩子？湯家的門楣擺在那兒，就算湯圓低嫁也不會低到哪裡去，到時她一樣得面對很多是非。湯大人也別說什麼湯家會看顧著她，嫁出去的女兒是潑出去的水，娘家插手太多，只會引來更多麻煩；而且，湯大人能保證，在湯圓死前湯家都不會出任何事？」

除了湯圓，元宵不會與任何人承諾，承諾都是狗屁，說得再好聽都沒用，得實際做到才行。

湯大人被元宵堵得說不出話來。也是，世事無常，誰能保證將來？只是，他到底不甘心。

元宵沒有錯過湯老爺臉上浮現的一抹不甘，勾了勾嘴角，似笑非笑。

「煥王的事，父皇已全交給我處理了，湯大人以後若有事，直接向我報告，不用再告訴父皇了。」

湯老爺眼睛一閉。這下真的確定了，皇上是要讓七皇子登基呢。煥王不必說，成王也不好相與，還有太子，雖然這些年存在感低，但他自幼就被封為太子，也有很多人支持，七皇子要登基，這條路，一點都不好走。這已不僅僅是湯圓一人之事，湯家都會被牽扯進去，但現在無路可選，退是懸崖，進是荊棘滿布，好歹還有一線生機是不？

他深吸一口氣，低頭對著元宵道：「是，微臣知道情況了。微臣回去會同父親商量一下接下來該怎麼做，也會告誡內子，不會讓七皇子為難。」

不管湯家是否站在七皇子這邊已不重要，在外人眼裡，早就是同路人。

湯老爺正準備告退，元宵卻又笑了。

「大人不必告訴湯國公，湯家如以前那般就行，不用支持我，暗裡、明裡都不需要。」見湯老爺一臉不解，元宵直言。「我對那個位置沒興趣，我自己知道怎麼處理，湯家不用插手。湯家要是出了事，湯圓也會傷心的，我不想看見這情況，所以湯家以前如何，以後照舊即可。」

湯老爺現在是無論如何也猜不到眼前這位究竟在想什麼了，自己都做好進入漩渦的準備，結果輕飄飄地來句不用管……算了，他不想再多說了，先回去好好想想吧，隨後告辭離去。

湯老爺回家的途中心思是如何千迴百轉無須多言，此時，另一頭的湯府也熱鬧得很。

湯圓還在想該怎麼說服自家娘親時，有人滿臉喜氣，匆匆忙忙地跑來報信。

「夫人、小姐，皇后娘娘來了口諭，請三小姐快出去吧！」

這下柳氏也顧不得生氣了，連忙替湯圓整理了一番就趕緊出去。

皇后娘娘這些年一直都在靜養，為何突然傳什麼口諭？

湯圓和柳氏趕到正廳時，其他人也差不多到齊了，一見來人柳氏更加困惑。

說是皇后娘娘的口諭，可來的卻是皇上身邊的太監。

「皇后娘娘口諭，聽聞三姑娘最近身子略有不安，特賜補藥望早日康健。」

眾人謝恩，一旁的丫鬟接過錦盒，而後恭敬地送太監出門，待人離去後，廳內瞬間炸開了鍋，湯老夫人最先發問。

「湯圓，妳什麼時候和皇后娘娘有交情了？」

這問題湯家人都想問。皇后娘娘都幾年不出宮門了，後宮諸事也是由嬪妃共同協理，怎麼今日會找上湯圓？

不只旁人疑惑，湯圓也是。

「我與皇后娘娘素未謀面，哪來的交情？」

湯圓所言不假，柳氏自然也清楚，想了想還是找不到原因，只有等湯老爺下朝後再詢問了。她看了錦盒一眼，讓人拿下去煎了。這既然是皇后娘娘賞賜的補藥，自是不能空放著，雖然湯圓身子沒什麼毛病，好歹也得喝一次。

這邊還在鬧騰，那邊又有人來報。

「三老爺已下朝歸來，讓三小姐去書房。」

湯圓疑惑。怎麼今天一個個都找自己了？

她到了書房，直接詢問。

「阿爹，皇后娘娘怎麼會突然賞賜我補藥呢？我從來沒見過她啊。」

柳家和皇后的母族也沒交情，只是點頭之交。

湯老爺讓湯圓坐到自己旁邊，盯了湯圓一會兒，並沒有隱瞞的意思。

「那不是皇后娘娘給的，是皇上給的，那藥妳得天天喝才行。」

「為什麼？昨日不過是權宜之計，阿爹清楚，我身子沒有毛病，即便皇恩難卻，喝一次也就罷了。」

「那藥……不是補藥，是讓人日漸虛弱的藥，所以，妳得喝。」

她礙著皇上什麼了？湯圓腦子有點懵。

湯老爺看湯圓似是被嚇到了，連忙補充。「妳不用擔心，七皇子已把藥換了，雖然依舊會變得虛弱，但不會對身子造成損害，這只是做給皇上看的，妳就忍耐一下。但這事我也是一知半解，還是等七皇子告訴妳吧。」

跟元宵有關係？湯圓低頭想了半天仍想不透，再次抬頭看自家阿爹，見他眉頭緊鎖，一副鬧心的模樣。

「阿爹，還有什麼事嗎？您今天叫我過來，不單是為了這一件事吧？」

聞言湯老爺看了湯圓一眼，一臉糾結，最後深吸了一口氣，看著湯圓說得特別認真又不捨。「既然妳和七皇子互有情意，阿爹不會攔，你們好好過下去。」然後小聲嘀咕。「反正我也攔不住……」

湯圓就坐在湯老爺旁邊，怎麼可能錯過那聲嘀咕。「他是怎麼和您說的？」

湯老爺不回話，表情更複雜了，好似還夾雜著委屈，見狀湯圓眼睛都瞪圓了。

「難道他威脅您了?!」

「沒有、沒有，沒有的事！妳可千萬別找他說什麼，絕對不要！」湯老爺連忙擺手否認，只是臉上的委屈更甚，連害怕都有了。

湯圓神情一頓，直接起身道：「那阿爹先休息，我回房去了。」

湯老爺又囑咐了幾句千萬不要找七皇子之類的話，才放湯圓離開，等湯圓走得沒影後，他笑了，悠哉悠哉地喝了口茶。

哼哼，我不能收拾你，我讓湯圓收拾你！

或許是心理作用，湯圓喝完藥，身體並沒感覺到有什麼不對，心裡卻覺得有絲疲憊，人也更懶怠，總想躺著，做什麼都沒勁兒。

這樣也好，湯圓索性天天在床上待著，反正，皇上那邊也等著看不是嗎？

湯圓這一躺，其他人不能沒有表示。湯老夫人和幾位伯母、姊妹們都先後來探望過了，不過今天的客人倒讓湯圓有些意外，想不到連湯雲蓉都來了。

湯雲蓉是第一次來湯圓的院子，不等通報，直接進了湯圓的房間。

湯圓這會兒正靠坐在床上，腰後墊著枕頭，雲紋青絲的薄錦蓋住了下半身，身上僅穿著白色裡衣，一頭青絲披散。她側頭看向從外面進來的湯雲蓉，臉上並沒有湯雲蓉預期的詫異或不高興，而是帶著恰到好處的笑容，卻不溫暖，反而讓人感覺到了距離。

湯雲蓉動作一頓，沒說什麼，只是先打量四周。

湯圓並不認為她是對自己的房間感到好奇，畢竟湯雲蓉頗得湯老夫人喜愛，加上又是大伯母在管家，她屋裡的東西自然比自己這裡好。

「將軍出去玩了，姊姊不必看了。」

湯雲蓉神情一頓，大剌剌地坐到椅子上。「我哪是看那隻狗，我是看妳屋子的擺設而已，不過都是尋常之物，我還以為老夫人那麼疼妳，連皇后娘娘都念著妳，外頭還有那麼多人想前來拜訪，妳的屋子會有多與眾不同呢。」

皇后娘娘那道口諭傳得人盡皆知，所有人都在詫異為什麼皇后娘娘會知道湯家姑娘的事，不過不知道並不影響別人獻殷勤，這陣子柳氏收到了好多拜帖，而托謠傳的福，外人也知道湯圓身子不好，因此帖子全是給柳氏的。

湯圓笑容不變，搖了搖頭，因為身子懶怠說話更柔了些。「這些都是我母親佈置的，我對這並沒有特別的喜好。」

紅裳和綠袖都在旁邊守著，小姐現在身子不舒服，這蓉小姐一向和自家小姐不對盤，自然不可能讓她們倆獨處。

湯雲蓉看著她唇邊的笑意，心裡的煩躁更甚。

「妳知道我為什麼討厭妳嗎？」不等湯圓回答又接著道：「三房和我們並沒有利益衝突，三叔他自己有本事，與我爹和二叔都會互相幫助，按理來說，我不該討厭妳才是。事實上，妳剛回來時，祖母還囑咐過我，要我和妳好好相處。」

話說到一半就停住了，她挑眉看著湯圓，明顯就是在等湯圓來問，可湯圓只是微笑著，伸手理了理背後的枕頭讓自己靠得更舒服些，而後靜靜地望著湯雲蓉。

湯雲蓉的火氣一下子被挑起，她站起身，走到湯圓面前。

「我就是討厭妳的態度！當祖母告訴我的時候，我還想著可以和妳好好相處，至少妳不會像那幾個庶出的一般，做什麼事都先想著好處。」

庶出的那幾個，什麼事都要巴結，湯圓和自己一樣都是嫡女，三嬸嬸又把她放在心尖疼，原本以為她倆真的可以好好相處的。

「是，妳回來時，除了祖母，所有人的態度都不好。但妳有沒有想過，三房這麼久沒回來，大家本就沒什麼感情，更別說當時你們還帶著事回來，這也不能怪大家無法熱情相迎啊！」

雖然湯雲蓉突變的情緒讓她有些詫異，湯圓還是點了點頭。

「我知道，所以我沒有怪罪的意思。」

「妳當然沒有怪罪的意思，妳壓根兒就沒把我們這些人放在心上，所以我們態度如何，對妳而言根本就無關緊要。」湯雲蓉冷笑。

湯圓神情一頓，唇邊依舊帶笑。上輩子回京時她也努力過，想和幾位姊妹好好相處的，結果呢？得到的只是嘲笑而已。她不會報復，但也不會再熱臉貼冷屁股了。

湯雲蓉的煩躁升到了頂點。「在妳眼裡，我們根本就算不上是家人，頂多是有血緣關係的陌生人而已，親愛的妹妹，我說的可對？」

湯圓沒有否認。湯雲蓉沒說錯，她確實是這樣認為的，被點出來也不覺得尷尬。

湯雲蓉說了這麼大一堆，湯圓仍是無動於衷，這一拳打在棉花上的感覺真的很不爽！她也沒耐心了，如果不是為了祖母，如果不是這些天看到自己的庶妹跑來巴結湯圓，但湯圓從沒理會的話……

「我告訴妳這些，並不是希望妳能改變什麼。我只是好奇，三嬸嬸那麼疼妳，怎會把妳養成這副性子，萬事不管，什麼事情都不在乎，就連祖母待妳極好，妳都能這樣傷她的心！」

這話湯圓不贊同了，她坐直了身子。「我什麼時候讓祖母傷心了？」

湯雲蓉再度冷笑。「老人家最希望的是什麼？是小輩和樂、全家安康。可這些天妳主動做過什麼？除了祖母，妳對其他人都是冷冷淡淡，保持不遠不近的距離，妳以為祖母看不到這些嗎？妳知道嗎，祖母一直都在擔心妳，一直都在想著要怎麼做才能把妳轉回來。那天妳受了委屈，祖母又來敲打我，讓我對妳好點，憑什麼？就因為妳長年沒回來？好吧，若是這樣我也無話可說。但妳怎能這樣揮霍祖母的好意，還要祖母小心翼翼地討好妳，這是小輩該做的事嗎！」

第四十八章

湯雲蓉的話說是當頭棒喝有些過了，不過湯圓真的有在反省。

可是，她得和其他人交好才能讓祖母放心嗎？這樣的方式她並不喜歡，就算勉強去做，也不會有好的結果。

見湯圓唇邊討人厭的笑容消失，湯雲蓉不再那麼煩躁了。

「我說這些，並不是讓妳和我交好，我以前對妳沒什麼喜惡，可現在，我真的挺討厭妳的。把妳那笑容給我改了，裝也裝像點！」

湯雲蓉說完就走，壓根兒不給湯圓反應的時間，好在湯圓心思也不在她身上，而是正低著頭認真思索該怎麼做，久久不語。

一直待在左右的紅裳、綠袖見湯圓如此，連忙出聲安慰。

「小姐，蓉小姐的話您別放在心上，她不過是嫉妒老夫人對您好而已！」

綠袖率先開口，紅裳也跟著勸。

「是呢，小姐您多年來都是如此，回京就要改，哪是這麼好改的？」

湯圓沒有理會綠袖的話，卻把紅裳的話聽進去了，她抬眼看著紅裳。

「這麼說，妳也認為我做的不對？」

「其實……」

綠袖瞪了紅裳一眼，示意她別說了，紅裳咬了咬唇，還是說了出來。

「小姐，您確實太冷淡了些，您和她們沒感情，不想交往也屬正常，但她們不是一般人，她們和您流著一樣的血啊！哪怕是意思意思問幾句過往也是好的。這些日子咱們接待了其他幾位小姐，可是呢，話全是別人在說，小姐您都只是附和一、兩句，從來不會主動提及什麼。小姐可有發現，她們以前來時還坐得挺久，話也說得多，可現在都只是草草說幾句，全了情分就走了。」

聞言湯圓恍然，紅裳說的情況都有，自己也確實覺得她們不來最好，這樣錯了嗎？只要關心自己真正愛護的人就好了不是嗎？再說了，哪怕自己心再寬，看到她們，總會想起上輩子那副嘲弄的表情，真的不願與她們有過多接觸。

綠袖使勁拉著紅裳的袖子要她適可而止，可紅裳還是堅持把話說完。

「小姐，我們是清楚您的性子本就如此，可其他人不知道，如方才蓉小姐所言，她們只會覺得您從未把自己當湯家人，因為，您根本沒有想過要融入。」

不想祖母傷心，湯圓很認真地在思考這個問題，反覆想了一下午外加一個晚上，仍想不出任何解決辦法，融不進去就是融不進去，哪怕都姓湯。

中途柳家也派人來探望湯圓了，代表的當然是對湯圓始終興致不減的小舅母。或許是柳雲非回去後說了些什麼，這次小舅母很克制，並沒有熱情過頭，她看湯圓情緒不高，坐了一會兒就囑咐湯圓好生休息，找柳氏話家常去了。

湯圓總能偽裝得很好，單看臉是絕對看不出她在苦惱的，但這也只能騙騙旁人，紅裳、綠袖根據湯圓晚上少吃了半碗飯來判斷，小姐肯定是心情不好了！為此，紅裳遭到綠袖和竹嬤嬤的撻伐。

用完飯後，湯圓半坐在床上繼續思考。她非常看重自己認定的家人，祖母對她的好，她都牢牢記著。

要不然，學學幾位姊妹也去拜訪她們？可明明不熟又要努力找話題，光想她都覺得彆扭，掙扎了好一會兒，驀地神情一頓，低頭看看自己披頭散髮的樣子。

差點忘了她現在可是病人呢，不能去拜訪別人啊！

紅裳三人在外頭偷偷摸摸地探頭探腦，竹嬤嬤敲了下紅裳的頭。

「妳看看妳做的好事，害小姐心情變得這麼糟！」

竹嬤嬤下手毫不留情，紅裳癟著嘴、揉著腦袋不敢吭聲，雖然隔得遠看不真切，但她們三人敢保證，小姐絕對是情緒低落了，剛才微微低頭就是最好的證明！

紅裳覺得好痛苦，這年頭下人還真難當！

綠袖和竹嬤嬤一起將她推了進去。自己作的孽自己搞定。

紅裳慢騰騰地往裡面挪，湯圓聽見腳步聲，抬頭就看到紅裳繞過床側的屏風，扭扭捏捏地走進來，不由一笑。

「妳怎麼了？莫非又和綠袖吵架了？還是被嬤嬤收拾了？」

紅裳、綠袖從小一起長大，難免有矛盾，隔幾天就得小吵一次，然後找湯圓仲裁。

聞言紅裳更愧疚了。看啊，這就是小姐，哪怕她心裡有再多壞情緒也不會影響到旁人，這麼好的小姐，自己居然還傷了她的心！想到此她更加羞愧難當，覺得自己實在太對不起小姐，連眼淚都流了出來。

「小姐，奴婢錯了，您打吧、罵吧，奴婢絕對不會有任何怨言的。」

「哭什麼呢？難道是上午的事？」

聽到她提及上午的事，紅裳的眼淚掉得更凶了，湯圓失笑搖頭。

「妳想太多了，是我一直忽略了這些事，我還要感激妳說了出來呢，怎麼會打妳、罵妳呢？」

「可是、可是奴婢讓小姐心情不好了，連飯也少吃了……」

湯圓很想說自己只是天熱沒胃口，不是因為那件事，可望著紅裳可憐兮兮的模樣，只能在心裡嘆氣，摸了摸肚子道：「肚子有些餓了，妳去端點吃的給我好不好？」

紅裳眼睛一亮，其他先不說，願意吃東西就好，她歡快地跑出去端竹嬤嬤早就溫在小廚房的飯。

再次用過飯後，湯圓就差沒舉手發誓，她向三人保證，自己確實無事，雖然三人仍不放心，但看湯圓說得斬釘截鐵，又看她精神狀態確實不好，這會兒也已到就寢的時辰，便先服侍湯圓睡下了。

湯圓一直閉目養神，等外面徹底沒了聲響才睜開了眼。

她不是不想跟她們說，是因為清楚她們也不知該如何開導自己，畢竟和家人相處，別人生來就會，只有自己是個例外……

不對，還有一個例外，或許他能告訴自己！

元宵在太子那兒待了大半天，好不容易敲定了一些事情，心下放鬆了些，囑咐長安幾句就光明正大地溜了。

長安對此已習以為常，想都不用想，肯定是去找未來的女主子了，直接沈默表示知道了，連挽留都沒有，反正留也留不住。唉，主子大了，很多事下人也不該過問了～～

為了配合元宵時不時半夜溜過來，湯圓就寢的時間生生比別人提前了半個時辰。好吧，也是不忍他半夜到處跑，早朝又那麼早，累著了不好。

元宵溜到湯府時，外面還有人聲，可是湯圓的院子已經靜下來了。

湯圓不該這麼早就寢才對，不過轉念一想，她開始吃藥了，感到虛弱睡得早也算正常，心下不禁有些失望。都沒好好和湯圓講到話呢……

他還是小心翼翼地打開了窗戶，說不到話總得見上一面才不枉此行。

不料進去時沒看到將軍，只看到湯圓半靠在床上笑望著自己。

他飛快跳了進去，關好窗便奔到床邊笑問：「妳是故意這麼早睡的？是不是早就等著我來見妳了？」

說實話，現在元宵的表情真的很欠扁，給一點顏色就開起染坊，不過湯圓秉著有事相問先別得罪人的原則，不逗他了，老實地點頭。「嗯。」

元宵只是想逗逗湯圓，都做好了被罵的準備，結果湯圓這麼乾脆地承認了，反讓他瞬間無法反應過來。

「你怎麼了？」湯圓扯扯元宵衣角。

元宵回神，伸手拉住了湯圓的手，然後一屁股坐在了床邊，什麼話也不說，只是對著湯圓笑，笑得有多開心呢？昏暗的燭光下都看清了一口的大白牙，傻乎乎的，不知道的還以為是個二愣子呢！

湯圓心上也泛了絲絲甜蜜，她側過頭，嘴角悄悄地上揚。

元宵傻樂完就看到美人低頭羞澀的模樣，心念一動，慢慢湊近湯圓。

直到感覺到溫熱的呼息湯圓才回頭，然後就看到元宵放大的臉，想也不想直接用手抵著臉把人推開，冷著俏臉道：「你做什麼？」

手還停在元宵的臉上，元宵用另外一隻手抓下後，皺著眉瞅著湯圓，一臉慾求不滿。

湯圓失笑，從元宵手裡抽回自己的手。

「別不知足，讓你晚上過來已是最大的限度了，我們倆現在這行為叫什麼？叫暗度陳倉。把那些齷齪的心思給我收回去，再這樣，以後不讓你來了。」

聞言元宵更不樂意了，小聲嘀咕。「以前還有親親呢，現在什麼都沒了，早知道會這樣，還不如不說明白。只是想親一下而已，親一下又不會懷孕，又不是沒親過！」

湯圓被元宵的不要臉給震驚了，木然地看著他說不出話來。元宵乘機將屁股挪近了幾分，湯圓見狀再次伸手想把人推走，可同樣的錯誤元宵怎麼可能犯第二次？大手一抓，把她兩隻手都握在了掌心。

湯圓背靠著床頭看著元宵壞笑湊近，覺得他此刻的表情彷彿色員外一般。

「噗哧。」受制於人，湯圓還是沒忍住笑了出來。

元宵也彎了眉眼，努力控制自己的情緒，兩人靠得極近，額頭抵著額頭，鼻尖靠著鼻尖，呼吸全融在了一起。

「我想妳了……」雖然才分開不到幾天，但他還是想說。

湯圓定定地看著元宵，緩緩閉上了眼睛。

元宵微微後退，清楚地看到湯圓睫毛輕顫，知道她並非像表面這樣無動於衷，而且，現在這樣不也是一種邀請？

湯圓閉著眼等了一會兒，唇上並沒有傳來觸感，而是落在額頭，輕輕一碰就離開，呼吸仍近在咫尺，只是沒有其他動作。

她並不知道親吻額頭是什麼意思，可她感覺到了元宵的珍惜，嘴角微揚，下巴一抬吻上元宵的唇。那雙抓著自己的大手一下收緊了許多，無須觸碰都知道他肯定渾身僵硬，可她還沒來得及笑出聲，元宵馬上就回擊了。

這次不再像以前一樣只是輕觸一下，是真正的唇齒相依，相濡以沫。

湯圓俏臉緋紅，雙唇微腫，低著頭不好意思看元宵。

第一次這麼親密，元宵也有些不自在，坐正了身子沒敢看湯圓。

湯圓做了好一會兒的心理建設才抬起頭，不料就看到元宵舔著唇好像在回味，腦子還沒反應過來，手已掐上了元宵腰間的軟肉。

元宵腰一軟，伸手抓住湯圓作怪的手，看她臉上還殘留著緋紅，也不敢再逗她了，左右四顧一番。「怎麼沒看到將軍？」

雖然元宵轉移話題的技術並不高超，湯圓還是收回了手。

「牠跑出去了，這幾天牠嫌熱，不肯進屋，總在外面的花園待著。」說來奇怪，往年也熱，卻從沒看將軍晚上在外面睡過。

湯圓不知道，元宵怎麼可能不知道，將軍是在躲自己呢，不過無妨，見湯圓翻過了前面的事，元宵立即改說正事。

「妳暫時委屈幾天，我已經和太子商量好了，也會快點搞定煥王，然後就請父皇賜婚，到時候妳就不用那麼累了。」

阿爹說得不明不白，既然元宵在這兒，湯圓就直問了。

「皇上怎麼會知道我的事，又為什麼要讓皇后娘娘賞賜那種藥給我？」

雖然湯圓外表很柔弱，但元宵並沒有把她當成溫室的花朵，他不需要她幫忙，可至少也得讓她知道一些事情才行，他理了理思緒直接答道：「這全是因為我的緣故。我一直不願娶親，連侍妾都沒有，父皇早就在催了，所以我透露了點妳的消息出來，他就查到了。只是他覺得妳的存在已影響到我，他不希望我在女人身上放太多心思，但他現在拿不准我的態度，而且湯家還有用，所以才弄成這個樣子。」

元宵幾句話就把所有事情交代清楚了，但湯圓總覺得有些不對勁。

「就算你不願意娶親也不願收侍妾，可就像你先前說的，你可以選擇不碰她們，那你為何不一開始就這麼做？反常即為妖，你總不會不知道這句話吧？」

見元宵不回話，湯圓瞇了瞇眼，直接言明。

「你是故意的，你就是想讓皇上知道我的存在！」

被湯圓點出了自己的小心思，元宵也不覺尷尬。

「誰讓妳當初那麼討厭我，還讓我永遠都不要出現在妳的面前，我要是不給自己留條後路，我上哪兒找媳婦去！」

湯圓更是無語。「所以，一開始你就沒打算放過我，實在不行就來強的？」

「咳。」元宵低下頭，不敢看湯圓的神情，過了好一會兒小心地瞄了眼，發現湯圓還是直直地看著自己，伸手作扇在臉邊揮舞。「這天越來越熱了，妳屋裡的冰夠嗎？要不要我給妳送點？」一臉討好，大白牙又露了出來。

湯圓扭過頭，看都不想看他一眼。當初她為了怎麼拒絕他還去請教竹嬤嬤，糾結了這麼久，浪費了這麼多時間，結果呢？這人根本就沒當一回事，小算盤叮噹作響，早就有自己的主意了。想到這，她圓眸瞪大，回頭瞧向元宵。

「將軍也是你為了讓皇上好查點，故意留給我的是不是！」

「這個真不是！」元宵急忙否認。「我當時是想說妳和將軍的關係確實不錯，而我又不得不離開揚州，不能陪妳，就讓將軍代替了。妳別看將軍一副傻樣，那只是在妳我面前而已，若真遇到什麼事，牠比人還管用呢，我也是想保護妳啊！」

元宵一臉真誠，可湯圓並沒有相信他的說辭，只是往後靠了靠，雙手環胸看著元宵。

第四十九章

湯圓看著元宵小心翼翼的模樣，雖然生氣，但是又覺得好笑。

他會這麼做，也是為了自己，即使方式有點糟，可若非他如此堅持，她恐怕早就認命了，心也不會再悸動……

她瞋了元宵一眼後，扭過頭不看他。「我渴了，我要喝水。」

元宵心知湯圓這是原諒自己了，對於這種使喚他非常樂意接受，二話不說，趕緊起身去倒水。

湯圓是真的渴了，不顧元宵那想餵自己喝水的表情，逕自接過水杯喝了大半杯。

元宵殷勤地問：「還渴嗎？我再幫妳倒。」

湯圓搖頭，看著又坐回床邊的元宵，換了個話題。

「你平日和皇上、太子還有幾位王爺是怎樣相處的？」

這問題雖讓元宵感到詫異，但她既然是自己認定的人，自然也不會隱瞞。

「還能怎樣？父皇盼著其他幾個趕緊消失，我盼著煥王趕緊死，煥王盼著我趕緊死；而成王是禿鷹，再怎麼掩飾也蓋不掉那一身的腐肉味；至於太子就是狐狸，坐山觀虎鬥呢。」

湯圓早就知道權力中心難有父子親情，可聽到元宵這麼直白地說出來，還是有些不能接受，頓了好一會兒才消化完全，然後又再次發問。

「那你們除了早朝，私下會接觸嗎？」

元宵更加莫名。「私下的接觸？碰見了就彼此冷嘲熱諷一番啊，還能怎樣？要是哪天煥王覥著臉來找我，那肯定是黃鼠狼給雞拜年了，我哪能給他好臉色看。」

湯圓扶額。好吧，不該問他這個問題的，他們皇家絕不一般。

「妳為什麼會問這麼奇怪的問題？難道湯家有人為難妳嗎？」

「當然不是。」湯圓搖手否認，如果是為難就好了。

她把白天的事都告訴了元宵。

「我不在意那些人，可祖母對我真的很好，我實在不想影響她的心情。」

搞了半天原來是因為這個，元宵不在意地撇撇嘴。說他涼薄也好，無心也罷，他真的從沒在意過這些。

「我當是什麼呢，日子是妳自己的，別人怎麼看很重要嗎？妳愛怎麼過就怎麼過，妳祖母總不能逼妳改變吧。」

一看就知道是敷衍的回答，湯圓直接一掌拍在了元宵身上。

元宵瞅了湯圓一眼。「好吧好吧，反正妳家人就是比我重要，妳都沒這麼關心我呢！依我看，她們不是說妳融不進去，是說妳脾氣太好了，不管發生什麼事妳都微笑帶過。所謂的一家人，並不需要偽裝，該生氣時就生氣，該任性時就任性，不用顧慮太多，更不用顧慮面子，面子那是給外人看的，在家人面前根本就不需要。」

湯圓眨眼，好像明白了些什麼。原來，那些庶妹的各種試探，和大伯母、湯雲蓉明裡暗裡的挑釁自己從未放在心上，結果竟反讓祖母想了這麼多？

「該生氣時就生氣，該任性時就任性……」

元宵看湯圓默默重複自己的話，心裡極其不開心，家人真比自己還重要嗎！不過這話他也只敢在心裡想想，可不敢當著湯圓的面說出來，只是敷衍地點頭。

「是了，妳想怎樣就怎樣，她們便不會說妳了；若能沒事耍耍小性子，鬧點事出來就更好了。」

湯圓聽懂元宵的意思了，困擾一天的問題終於解決，她抬頭看著百無聊賴的元宵。既然她該問的都問完了，那麼，就可以開始收拾他了，居然敢威脅阿爹！

「那我是不是也可以對你任性和生氣？」她詢問，笑得特別溫柔。

「當然，妳都是我的人了，對我不需要隱瞞也不需要偽裝，直說就是了。」

湯圓微笑點頭，而後突然變臉。

「出去，我現在不想看到你！」

昨晚湯圓的小院可熱鬧了，為什麼呢？因為鬧賊了。

那時夜已深，況且被闖入的又是閨閣姑娘的院子，因此柳氏沒有聲張，只囑咐巡夜的婆子們多在附近搜搜，又讓湯圓去她的屋子睡下才放心，所以湯圓今早是在柳氏屋裡醒來的，此時柳氏已經起身，坐在了床邊。

因為藥效，湯圓臉色有些發白，精神也不是很好，況且才剛睡醒，說話更是無力。

「娘，您怎麼這麼早就起來了？」

柳氏連忙按住想要起身的湯圓。「妳躺著吧，身子不好也不用起來了。」

湯老爺已把事情全告訴柳氏了，自己女兒得受這種罪，說不心疼定是假的。

湯圓搖了搖柳氏的手，示意她別再說了，雖說這是自己家，凡事都有萬一。

「昨天的事怎麼樣了，找到人沒有？」

當然找不到，那是鬧元宵的，不過面上還是要問問。

昨天他不肯走非要問原因，湯圓索性張口喊人，元宵被弄得措手不及，只能跳窗跑了。

日子太平淡，總要找些樂趣。

紅裳、綠袖也跟著到了柳氏這邊伺候湯圓梳洗，柳氏一邊搭手一邊回答。

「我找人暗暗去查了，周圍沒什麼可疑的，是不是妳看錯了？」

湯圓還沒回答，綠袖就急急保證。「奴婢聽到小姐的叫聲立即就進去了，東西是沒少，但窗戶確實開著。小姐睡相好著，連姿勢都不會換的，總不可能是突然間夢遊自己把窗戶打開了吧？」

說起這事紅裳、綠袖也是心有餘悸，她倆睡在耳房，聽到叫喚聲馬上就跳了起來，一衝進去就看到小姐小臉煞白地看著窗戶。哪來的小賊竟這般大膽，連湯府都敢闖，還摸到小姐房裡來了，外面看門的小廝們都在幹什麼！

柳氏低頭想了一番才道：「畢竟妳是未出閣的女兒家，這事又沒逮到人，不好到處張揚。昨天太晚，妳祖母已經睡了，剛才才讓人告訴她，這會兒想必已經知道了，等妳祖母來再說吧。」

果然，說曹操曹操就到，紅珠掀開了簾子。

「夫人，三小姐，老夫人過來了。」

柳氏連忙迎了上去，才見到人，還來不及請安湯老夫人就擺了擺手，徑直朝湯圓走去。湯圓剛剛梳洗完畢，站在床邊向湯老夫人福了福身。

「祖母怎麼過來了？」

湯老夫人不答話，只是上下打量著湯圓。

湯圓微笑站定，讓湯老夫人瞧得仔細。湯老夫人才起床，連妝都沒上，只披了件外套就趕來這邊，眼皮還有些微腫，說實話，沒有任何形象可言，但湯圓卻覺得暖心，老夫人這是為了自己呢……

她伸手拉著湯老夫人坐到床邊，抱著她半靠在她的懷裡。

「祖母別擔心，湯圓沒事。」

湯老夫人見湯圓真的沒事，拍了拍她的肩才看向站在一旁的柳氏，有些生氣，但顧及湯圓在此，只是冷聲道：「下次再遇到這種事，不管多晚妳都得馬上告訴我。早上剛起就聽到這事，嚇得我一點都不敢耽擱就連忙過來了！」

柳氏並未不滿，知道湯老夫人這是關心湯圓。

「如果事態嚴重兒媳肯定會馬上告訴您的，只是昨晚雖然湯圓受到了驚嚇，但並沒有發生什麼事情，所以兒媳沒敢叨擾您休息。」

湯老夫人還想說些什麼，可低頭看到湯圓蒼白的小臉又把話給收了回去，不理柳氏，只是拍著湯圓的肩安撫道：「不怕，祖母在這兒呢，祖母已派人去暗暗調查了，我倒要看看，是哪裡來的小賊，竟這麼大膽敢到我湯府來作亂！」

湯老夫人和柳氏的意思一樣，為保湯圓名節，還是別張揚的好，最好就是暗暗地查。

湯圓很想說他還真有這膽子，要不是為了自己的名聲，說不定還會光明正大地進來呢，也沒人敢攔。

湯老夫人仍摟著湯圓，思索了一番後道：「妳待在妳娘這兒也不是個長久的法子，還有妳弟弟在呢，實在不方便，妳直接搬去我那兒吧，等事情查清楚再搬回去，否則讓妳一個人回去睡我是不會放心的了。」

搬到湯老夫人那兒去也沒什麼，對湯圓來說住哪兒都一樣，只是依元宵那性子，要是發現自己搬了，指不定會鬧出什麼事呢！

「不要，不想搬到祖母那兒去。」

柳氏甚至準備吩咐人去收拾湯圓的東西了，小女兒一直都沒什麼脾氣，隨遇而安，他們怎麼說她就怎麼做，因此如今聽聞湯圓拒絕，她和湯老夫人霎時雙雙愣住。

湯圓抓著湯老夫人的手輕輕搖晃著撒嬌。「不是不想和祖母住，只是祖母既然知道這事了，巡夜的人手多加些就是了，有了防備何須再怕那賊人？」

對於湯圓的撒嬌湯老夫人很是受用，可她意思還是沒變。

「加強巡夜的人那是一定的，可事情沒查清楚之前，我真不放心妳一個人住。」語氣有些猶豫，已經在動搖了。

湯圓直接扭頭。「反正我就是不想搬去祖母那兒……」似是察覺語氣太過生硬，又小聲嘀咕道：「祖母，我已經長大了，喜歡一個人睡，不喜歡旁人看著我，又不是小孩子了。」抿著唇看著愣住的湯老夫人，越說越不好意思，轉而拉著旁邊的柳氏道：「娘，您快幫我勸勸祖母。」

柳氏反應很快，趕緊點頭。「是啊，您不知道，這丫頭長大後就不喜歡人陪了，就連晚上睡覺時也不要丫鬟留守，只讓她們在耳房睡著。」

這是湯圓第一次向自己提出要求呢！湯老夫人又高興、又擔心，最後還是拗不過，只能吩咐湯圓的小院晚上都要有人在周圍守著才行。湯圓這才滿意，再次撲進了湯老夫人的懷裡，大眼滴溜溜一轉又想到了什麼。

「祖母，您下個令嘛，就說我要靜養，讓別人不要來隨意打擾了。」

湯老夫人愛極了湯圓這般親密無間跟她說悄悄話的模樣，玩心跟著起來了，也小聲地在湯圓耳邊詢問。「怎麼了，是不是身子不舒服？祖母這就讓人請太醫回來給妳把把脈？」

「身子沒有不舒服，只是覺得乏而已，不必再請太醫了。」湯圓咬咬唇，一鼓作氣地道：「祖母，我就直說了。我在揚州時不愛出門、不擅長和別人交流您是知道的，現在回來了，雖然大家都是親戚不能跟旁人比，但我真的不知道該怎麼跟她們相處；若是尋常交流也就罷了，可她們說的那些話、那些事，我真的不想管。」

湯圓沒有隱瞞的意思，反正這宅子裡沒有故意掩飾的事，湯老夫人必定知道。幾個庶出的姊妹跑湯圓的院子跑最勤，特別是大房的那幾個，大宅子怎麼可能沒有糾紛，可是湯圓實在不想參與。

湯老夫人嘆氣，自家的事自己清楚，表面再和氣，私下終是不同。不過她心裡卻是高興的，湯圓不是沒有脾氣或者不在乎，只是一直憋著不說而已。她又把湯圓攬回了懷裡。

「祖母知道，這些讓湯圓煩心了。妳放心，祖母不會再讓她們來打擾妳了，妳只管好好養著，缺什麼直接跟祖母說，不要不好意思。妳要記得，這是湯家，妳是湯家的孫女，想做什麼都可以，無須憋在心裡，我們是一家人。」

湯圓點點頭也抱緊了湯老夫人。

看來元宵說的沒錯呢，倒是問對人了，要不然……下次對他好點？

第五十章

今兒早朝時就連太子都離元宵遠遠的，誰讓元宵拉長著一張臉，彷彿有人欠了他多少銀兩似的，實在不敢靠近異常煩躁的元宵。

太子都是如此，其他人就更不用說了。

元宵腦子裡就一句話——果然女人心海底針，翻臉比翻書還快！

昨天居然被人當賊……荒唐！身為七皇子，他何曾過得這麼憋屈了，偏偏還是湯圓害的，又不能拿她怎麼樣。

湯老爺站在後面心下詫異。昨夜府裡鬧了賊，今早七皇子心情就不好，莫非……是湯圓幹的？難道那賊人其實是七皇子?!

煥王出現時所有人都到齊了，不過今天他的臉色和七皇子有得拚，也是一臉不爽。

能爽嗎？折騰這麼久仍查不出到底是誰幹的，一群飯桶！唯一的突破口就是湯家那個小丫頭，偏偏皇后給了口諭，讓她好好保養身體，如此一來，就算讓王妃親自上門都不行了，這是打擾別人休息呢！雖然皇后是個擺設，但也不能明目張膽地打她臉，只能先忍下了。

諸位官員都硬著頭皮與煥王打招呼，煥王只是點了點頭，生硬地抿著唇，再跟太子和成王見了禮，然後看向沒任何表示的元宵。他心情不好，口氣更衝，直接揚聲道：「老七，沒發現你二皇兄我來了嗎？」

元宵動也沒動。

他的無視讓煥王的怒氣直接升到頂點。其實他心裡也在懷疑是不是元宵幹的，太子沈默了這麼多年，老大也是個軟柿子，只有老七，仗著父皇寵愛，隨時讓自己沒臉！腦子還沒反應過來，煥王的手就已經舉了起來，當然不是想賞他巴掌，雖然心裡很想這麼做，但也沒忘了這是在金殿之上，只是想推他一把而已。

元宵站在原地不閃不避，冷冷地吐出了兩個字。「你敢。」側過頭，眼尾掃向真的停下動作的煥王，絲毫沒掩飾眼底的嘲笑。「你碰我一下，我就把你的手打斷。」

這話絕對不假，不僅煥王知道，就連周遭的大臣們也都清楚，因為七皇子以前就幹過這種事，還不止一回！

煥王臉色脹得通紅，手舉在半空尷尬不已。

元宵懶得搭理他，繼續看向前方，腦中想的還是湯圓，只想知道這丫頭昨天為什麼生氣了。

成王眼裡閃過一絲陰狠，面上卻是老實的模樣，他走到煥王面前道：「父皇要來了，站好吧。」

煥王原想藉著這個臺階就下了，結果環顧四周，發現眾人都在憋笑，全在看自己的笑話，心裡憤恨難平，但又不敢對元宵做什麼。

你等著，等著父皇去了，我看你能拿什麼囂張！你今天給本王的恥辱，本王日後一定十倍、百倍地還你！

「不用你管！」他把成王往旁邊一推，看也不看成王一眼，直接走回自己的位置站好。

成王低頭看了看自己被推開的手，只是笑了笑，也站回自己的位置。

元宵瞥了面色如常的成王一眼。還忍？趕緊爬出來吧，收拾了煥王還得收拾湯圓那丫頭呢！他得先把人娶進門，然後讓她知道什麼叫夫綱！

不過，她到底是為什麼突然生氣了？明明親她時還那麼溫柔……

這些日子沒有特殊情況發生，早朝不過是例行公事而已，沒一會兒就散了。元宵自己想不通，想從湯老爺那兒旁敲側擊一番，湯老爹從善如流地跟著元宵去了。可私事不急，先辦正事才對。

「昨天成王有些動作，但是不甚明顯。我已經拿到了成王在謠言中動手腳的證據，就由你透露給煥王了。」煥王的事會鬧得人盡皆知，當然並非僅靠一己之力，既如此，怎能讓從中出力的老大沒留名呢。

湯老爺清楚自己的位置，點頭應了，雙方再就細節討論了一番才結束。

湯老爺抿了一口茶，看著坐在上首的元宵，也不管了，直接把心裡的猜測給問了出來。「恕微臣直言，不知殿下昨日是否曾來湯府作客？」

元宵動作一頓，而後乾脆地點頭。「嗯，去找湯圓玩了。」

湯老爺差點捏碎手裡的茶盞。好哇，堂堂皇子，居然幹起了登徒子才會做的勾當！

可惜他敢怒不敢言，只能把話往肚裡吞，捏著茶盞的手用力到不停地發抖。

元宵的心思一直都放在湯圓身上，並沒有注意湯老爺的反應，既然對方自己提起，他也不避諱了。

「那你可知湯圓最近怎麼了？是不是心情不好，或者遇到什麼事了？」不然怎會莫名其妙對自己發脾氣。

湯大人努力把面上的猙獰給壓了回去，皮笑肉不笑地回話。

「雖是微臣的女兒，但內宅之事一直都是內子在打理，所以微臣也不清楚。」

元宵見問不出來也沒想繼續說了，囑咐了幾句就讓人走了。

湯老爺下朝返家後直奔湯圓的屋子，先是噓寒問暖一番，然後便支支吾吾了起來。

他們父女倆說話從不會藏著掖著，湯圓見父親態度變得扭捏，實在看不下去。「阿爹，您有什麼話就直說吧。」

湯老爺當然不會懷疑女兒和那登徒子做了什麼不該做的事，自己的女兒自己清楚，湯圓絕不會做出格的事，而且也是那個登徒子自己非要上門，湯圓一定是被強迫的，一定是！

你不讓我好過，還想娶我女兒，沒門兒！

他小心地看了周圍一眼，確定沒人後小聲地叮囑湯圓。

「咳，阿爹知道妳是好孩子，絕不會做出什麼有礙名聲的事，但阿爹又沒本事，幫不了妳。妳、妳以後注意著點，可別被他占了便宜。」

話說完，自己的老臉也紅透了，趕緊起身離去。

湯圓在床上愣住了。阿、阿爹是怎麼知道這件事的？肯定是元宵說的！難道昨天跟他發脾氣，他就直接去問阿爹，還把夜會的事也告訴阿爹了？就他那性子，肯定是特不要臉地直接明言！

她越想越羞，粉拳在薄被上捶了幾下，臉紅得跟猴子屁股有得比。

元宵，你給我等著！

按理來說，雖彼此是親戚，但畢竟都已長大還是該避諱，可是柳氏卻沒有攔住柳雲非，反而是來問湯圓的意思，看她見或不見。

湯圓直覺以為他是來探病的，再細想一下，不對，這次是來道別的，便點頭讓人進來了。

前世柳雲非就是這段時間去邊關歷練，後來柳家就收到他出事的消息，找了好一段時日，沒找到人也沒找到屍骨，不得已他們只能接受，以空棺材下葬辦好了喪事，結果過幾年他又出現了，可那時湯圓已經嫁人。

她不會勸他別去，柳雲非的志願就是在軍營闖蕩，很肯定，就算今天自己哭著求他，他還是會走的，而且自己也沒有那個立場叫他不要走。

柳氏心裡其實很看好湯圓和柳雲非，只是奈何闖了個七皇子進來。她也知道柳雲非今日是來與湯圓告別的，雖於禮不合，但還是把下人們都遣開了，讓兩人能單獨說說話。

不過短短幾日，柳雲非再見湯圓，她就從活蹦亂跳的姑娘變成臥病在床。好在湯圓的情緒很好，沒有唉聲嘆氣，還是像以前那樣淡然，只是眉梢添了幾許柔弱。柳雲非垂下眼眸，告誡自己，那是妹妹，不要再想其他的。

見他站在門口出神，湯圓笑著輕喚。「快進來啊。」

柳雲非甩了甩腦袋，把那些心思再次丟開，大步走到湯圓的床邊，坐在一旁的凳子上。

「七皇子就是這麼好好待妳的？妳這才回來幾天就因為他不得不在家裝病。開始就這樣，日後指不定又會遇到什麼事。我還以為他多能幹，沒想到也是個中看不中用的草包而已。」

柳家和湯家三房關係極好，因此這事也沒瞞著，柳雲非自然清楚。

「你來找我就是為了說這個？」湯圓直接反問。

柳雲非知道她不愛聽，就是管不住嘴巴，可是看到湯圓定定地望著自己，頓了頓，還是把未盡之話全收了回去，轉而提自己的事，眉眼間顯得興奮難耐。

「祖父同意我去邊關了！」

看柳雲非的表情就知道他期待了很久，湯圓沒想阻止他，只是，得想個法子知道他的行蹤才行，這樣到時出了事，也好有個方向去尋。

湯圓低頭不語，見狀柳雲非自動認為她是在關心自己，咧嘴一笑，大刺刺地拍了湯圓的肩膀一下。「妳這是什麼表情，難道是覺得我回不來了？在妳眼裡我就這麼沒用？放心，我保證，我會一根頭髮都不少地回來的！」

湯圓癟嘴。上輩子他就是這麼保證的，結果呢？

「不行，你得每個月都給我寫信，要是出征的話，你必須提前告訴我你去的是哪個方向。」

柳雲非神情一頓，不可思議地道：「每個月？別啊，偶爾報個平安就行了，哪有每個月都寫的！」

湯圓不理會，逕自做了決定。「行啊，不寫可以，那我現在馬上就告訴外祖你欺負我，讓他關你禁閉，你就別想去邊關了！」

柳雲非天不怕、地不怕就怕柳老將軍，湯圓可說是按住他的命門了。

「行了行了，寫寫寫！真是怕了妳了，年紀不大操心的事還挺多，祖父都同意我去了，肯定是覺得我能上戰場了，妳信不過我還信不過祖父嗎？」突然想到了什麼，湊近了些許，壞笑地看著湯圓。「妳這麼關心我，就不怕妳那位吃醋？」

湯圓拎起一個枕頭扔了過去。

柳雲非把枕頭抱在懷裡訕笑著，見湯圓真的有些惱了，也不再貧嘴，鄭重保證。「雖然世事無絕對，戰場上更是刀劍無眼，但是妳放心，哪怕是爬，我也會爬回來的。」探手像小時候那般揉了揉湯圓的頭頂。「我還要回來給妳添妝、給妳撐場子呢，一定會回來的。」

湯圓的一顆心都放在了七皇子身上，也不知道以後是福是禍……

「我知道妳現在這樣是無奈之舉，也知道這已算是最好的情況，我相信七皇子也盡了所有的能力；但我不想看過程，我只看結果，結果就是他讓妳不好過了，這就是他的無能，我要是不活著回來，怎麼能放心呢？」

湯圓不傻，只是從沒認真區分過柳雲非抱持的到底是什麼情感。她對他一直都是兄妹之情，也強迫認定柳雲非和自己相同，可漸漸長大，特別是明白了情愛之後，她就知道，那根本不是兄妹之情。

可惜，柳雲非雖比元宵出現得早，但……是元宵讓自己懂得情愛。

湯圓知道自己沒有做錯什麼，可心裡總有絲愧疚。

柳雲非這些年的歷練，讓他從湯圓的神情就可看出她在想些什麼，心裡嘆氣，面上卻笑得更開心。「雖然他是皇子，但他還有一個身分是我的妹夫，如果他對妳不好，一定要告訴我，我來收拾他！」

柳雲非這樣一說讓湯圓反而更不好意思，也不知道怎麼回話，最後又變成了叨唸。「你這是第一次去邊關，我知道你很能幹，但你也要多聽聽幾位哥哥的建議，他們去過幾次，比你有經驗。」

雖然不知道到底是什麼原因導致意外發生，但柳雲非年少氣盛，大意輕敵是相當有可能。

柳雲非最不愛聽這些，隨意揮手表示知道了，一臉敷衍。

湯圓氣悶，可也清楚他這個性子，不狠狠栽個跟頭，旁人說再多都是扯淡，因為他根本不會聽。她瞪了他一眼，懶得多說了。

湯圓不想再說，這會兒便輪到柳雲非開啟新話題了，他頓了頓，直白地問：「妳老實告訴我，是不是非他不可了？」

柳雲非明白，七皇子的路日後真的不好走，走好了就是萬人之上，走差一步就是萬丈深淵，他的死活不關自己的事，可是湯圓不能跟著他出事。

柳雲非自己不知道，但湯圓卻看到了他眼中的期盼，抿了抿唇說得認真。「嗯。」

拒絕一個人最好的方式，就是不要給對方任何希望。

柳雲非有些誇張地嘆了一口氣來掩飾自己的心酸。他很想狠狠甩自己一巴掌，湯圓的選擇早就很明顯了，何必又去問！不過他很快就收拾好了自己的心情，瞪著不爭氣的湯圓。

「妳怎麼就在這棵歪脖子樹上吊死了，他除了那一身皮相，還有什麼好的，一身的麻煩！」

「嗯，你記得來歪脖子樹下給我收屍就行了。」湯圓破罐破摔。

「噗哧。」柳雲非原本真是恨鐵不成鋼，這會兒倒被湯圓弄得哭笑不得。

湯圓見他笑了連忙保證。「我不是小孩子了，我知道自己在做什麼。」

柳雲非撐著雙腿從板凳上站了起來。「好吧，既然妳堅持我也不再勸了，妳好好養著身子，我就先回去了，等著我凱旋回歸吧，小湯圓！」

元宵好不容易等到晚上，確定一般人都已入睡才跑到湯府。至於府中比平時更多的巡夜人都被元宵無視了，那些人也沒發現元宵的蹤影，最多就是聽到樹葉響了幾聲，根本看不到人影。

他輕巧地跳進湯圓的小院，再翻窗進入房間，憋了一天的氣沒處撒，想好好質問湯圓，結果朝床上一瞧，這人可好，睡得可香了！

四處打量一番，還是沒看到將軍的蹤影。他屏聲息氣地走到床邊坐下，看著湯圓的睡顏。入睡之後的湯圓臉色比醒著時要好很多，不見一絲倦容，膚色甚至有些泛紅。他伸手碰了碰，觸感意外的好。

元宵默不作聲地盯著湯圓，沒有戾氣，沒有煩躁，只剩平靜，黑色的眸子也柔和了許多。

湯圓是真的睡死了，一點感覺都沒有，她翻了個身，面對元宵，長髮飄散遮住了半張臉，看起來有些孩子氣。

元宵無聲地笑了笑，輕輕幫湯圓把秀髮攏到耳後，手還停在她耳邊，唇邊的笑意霎時頓住，他突然想起了柳雲非給自己的信，除了讓自己好好照顧湯圓，信中還寫說他和湯圓「同床共枕」過！

他笑望著湯圓，然後自顧自地打了一個哈欠。

「唔，有些睏了呢，我和妳一起睡好不好？」

不回答就當默認了，元宵俐落地脫了靴子和外套，大剌剌地躺在湯圓旁邊，側頭在枕頭上嗅了嗅，滿意地點頭，沒有脂粉香或熏香，上頭的味道都是湯圓自身的。

嗯，和湯圓身上一樣好聞。

他側過身看著仍一無所知的湯圓，笑得得意，不過只維持了一小會兒就又不樂意了，抿了抿唇，手臂小心地從湯圓的脖子下方穿過，身子朝她挪近了幾分，略微使力把人帶入懷裡，另外一隻手臂占有慾極強地放在了柳腰上，這才徹底滿意，腦袋挨著腦袋，姿勢無比親密。

哼，柳雲非什麼的都滾開，湯圓是我的！

第五十一章

湯圓這一晚睡得並不平靜，總覺得有東西壓在自己身上，明明努力掙脫了，可不一會兒就又被黏上，推也推不走，心裡越發急躁。

為了湯圓的身體著想，屋裡晚上已不放冰盆了，白天放了也是挪得遠遠的，本來就熱，這什麼東西睡覺都不放過自己，黏上來就罷了，偏偏還熱得緊！湯圓眉頭緊擰，最後忍無可忍睜開了眼睛，迷迷糊糊地看著床頂喘著粗氣。

原來是作夢……

想伸手擦去臉上的虛汗，不料卻發現雙手動不了，而後感覺到脖子癢癢的，同時，她後知後覺地看到了放在自己腰上和腿上的手腳，瞳孔驟縮，木著臉默默地轉頭看向一旁，心臟被揪緊，甚至不敢呼吸，直到看到了元宵的睡顏，她才不著痕跡地鬆了一口氣。

原來是他。

剛放下的不安馬上被憤怒給替代。圓眸一瞇，她使勁把元宵放在自己身上的手臂推開，元宵皺了皺眉還是沒醒，只是又把手臂放回了湯圓的腰上，甚至還捏了捏，估摸著手感不錯，腦袋又埋進了她的頸間。

湯圓的臉色白了又青，青了又白，深呼吸了好幾次，實在忍不下去，更加用力地推開元宵的手臂，接著抬起腿，一腳把人踹了下去——

這麼大動靜元宵當然會醒，但他只是坐在地上，雖睜開了眼，卻是木然地看著湯圓沒有反應，顯然還沒搞清楚發生了什麼事。往日精練的形象這次徹底瓦解，不僅頭髮散亂，裡衣也放肆地敞開，露出了精瘦的胸膛，意外的，看起來有些可愛，也有些乖巧，更有些誘人……

湯圓瞥了他一眼，冷著臉下了床，走到桌邊灌了一杯涼水，又用清水洗去臉上的虛汗，完全無視坐在地上的元宵。

元宵表情迷茫，視線一直跟著湯圓，等湯圓做完這一連串動作後，元宵才徹底清醒，一下從地上蹦了起來，指著湯圓。

「妳居然把我踹下來了?!」語氣特別地不可思議。

聞聲湯圓終於施捨給元宵一個眼神，不經意看到了他的腹肌，她快速地收回視線，耳尖有些泛紅，冷聲道：「不然呢，難道還要我好心給你蓋被子？我倒不知道，原來你不僅會爬牆，還會爬床呢！」

湯圓說得毫不客氣，元宵更加不會客氣了，大步走到湯圓的面前站定。

「跟我睡覺妳還覺得委屈了?別說我，那妳呢，妳還和柳雲非同床共枕呢！妳可是我未過門的妻子，需要我好好教妳什麼叫做婦道嗎！」

「我什麼時候跟他同床共枕了。」

湯圓反駁，坐到了椅子上，元宵又站到她面前，害她視線正對他腹部……湯圓抿了抿唇，轉了個方向，背對著元宵。

「柳雲非說的，難道我還會誣衊他這個嗎！」

元宵想也不想便把柳雲非供了出來，隨後看著湯圓的髮頂，摸了摸下巴覺得有些奇怪。這丫頭反應不正常啊，只說了一句就不說話了，也不像生氣的樣子。他再次走到湯圓面前，彎身詢問。「妳怎麼不看我？」

因為彎身腰線更加明顯，湯圓脹紅了臉，再次轉身背對元宵。

「還不趕緊把衣服穿上，衣衫不整成何體統！」

不是生氣，分明就是害羞了。

元宵努力維持嚴肅的表情，又走到湯圓的面前站定。

「我不會，妳幫我。」說得理直氣壯。

「連穿衣裳都不會，你怎麼長大的！」

湯圓一直瞪著元宵的臉，視線根本就不敢往下移。元宵心裡笑得可開心了，面上當然不會表現出來。

「從來都是別人服侍我，我當然不會啊。」

論起不要臉的程度，湯圓是怎麼樣也趕不上元宵的。兩人沈默地對視良久，最後湯圓還是敗下陣來，側頭低聲咒罵了句，認命地伸手幫元宵把釦子扣上，腦袋始終側著，不敢亂看。

元宵現在總算明白為什麼別人總喜歡紅袖添香，原來喜愛的人在身邊感覺這麼好，臉上得意非常，直盯著湯圓看。

鈕子全扣好後，湯圓冷著俏臉瞅著元宵，瞅了好一會兒突然開口。

「雲非哥哥說的沒錯，我和他不僅同床共枕過，還一起沐浴過呢～～」

元宵的表情瞬間僵住，過了好一會兒才訝異地喊道：「什麼?!」

情勢馬上對調了過來，現在湯圓雲淡風輕，元宵倒是心急火燎了。不過湯圓不會在元宵面前得意洋洋，而是採取了最有效的方法——無視。

「妳怎會和他一起沐浴，到底是什麼時候的事？如果是我們認識以前，那小爺就不跟妳計較了，妳快點說！」

裝大度！湯圓沒好氣地賞給元宵一個白眼。認識元宵那時才十歲，十歲以前不過是孩子，當然沒什麼好計較的。

不管元宵怎麼問，湯圓都是三不政策——不看、不聽、不答。她專注地盯著手裡的茶盞，是一套青花瓷的官窯，拿在手裡轉了一圈，仔細端詳一番。

「下次再讓人燒一套柳枝的好了，這日頭越來越毒，也就岸邊的楊柳枝還好好地飄著了。」

元宵可沒心思跟湯圓討論這個，直接一屁股坐在湯圓面前，然後伸手強行把她的臉轉向自己，死死地皺著眉頭不說話，就這麼定定地看著她。

湯圓本來要生氣的，可一觸及到元宵的眼神，心不禁一顫。不得不說，元宵板著臉不說話的樣子還挺嚇人的，就算明知道他不會傷害自己，還是會覺得害怕，絕對不是因為他眼裡的那一抹憋屈取悅了自己，嗯，絕對不是。

她慢條斯理地把自己的下巴從元宵手裡解救出來，又悠悠地抿了一口水才道：「真想知道？」

這模樣活脫脫就是姜太公釣魚，願者上鉤，偏偏元宵今兒就要做這條魚，毫不猶豫地點頭。

「嗯！」也不怕湯圓獅子大開口，反正自己的一切，她想要就拿去好了。

「唔……」元宵這般乾脆反讓湯圓不知道怎麼開口了。

元宵是皇子，又受皇上極盡寵愛，他能這麼溫和地待自己，已是很努力在控制脾氣了。她該怎麼讓他對阿爹的態度好一點？愛屋及烏這個詞，好像不太適用在元宵身上；而且讓他去討好自己的父親，好像自己恨不得趕快嫁出去一般，這種話她實在很難說出口。

等了好一會兒，元宵的耐心都快用完了。雖然湯圓沒再叫小七哥哥，可是這雲非哥哥又是什麼鬼？嘖，真鬧心！

「有什麼條件趕緊提，我等著妳的解釋呢！」

明明自己是弱勢的一方，偏偏還說得理所當然。

湯圓再次優雅地翻了一個白眼，也懶得跟他兜圈子了。「我和他是同年同月同日生的，他只比我大幾個時辰而已，小時候不是他來我家，就是我去他家，自然也在一個床上睡過。我和他關係好，你又不是第一天知道。」

這樣的解釋還在元宵能接受的範圍之內，他擰著眉頭勉強點了頭。「那沐浴呢？就算關係再親，就連親兄妹都不會一起沐浴的，妳和他到底是怎麼回事！」

這副不依不饒的模樣，不知讓湯圓今天第幾次皺眉了。

「我和他同天生，兩家又是親戚，所以我們洗三時是在一起的啊！」說這話時湯圓一點都不覺得害臊，反正當時不過才出生幾天而已。

元宵作夢也沒想到所謂的一起沐浴是指洗三禮，他微微瞪圓了眼睛，看起來有些好笑，也有些好玩。

難得看到元宵這麼傻的表情，湯圓怎麼可能放過？手撐在下巴仔仔細細地瞧，一定要在腦子裡留住這個模樣。不過她的悠哉只維持了一小會兒，因為元宵發問了。

「妳剛才在考慮什麼？」

湯圓不自覺地把撐在桌上的手收了回來，低頭垂眼，兩隻手捏著帕子。「沒什麼，只是想到你有的，我都有，我沒有的，我也不稀罕，就懶得跟你要什麼了。」

她不敢看元宵，元宵這邊也沒有動靜，房間裡霎時靜了下來。

又不是做錯事，她心虛什麼？湯圓好不容易才說服自己得看著元宵，豈料一抬頭，便被嚇得猛地後退。「你靠這麼近做什麼！」

方才元宵的臉湊得極近，連眼睫毛都能看得清清楚楚。

元宵坐直身子，雙手抱胸。

「妳是要現在說呢，還是等我動手之後再說？」

動手？動什麼手？湯圓一時之間沒有反應過來。

元宵眼神一暗，長臂一伸攬著湯圓的後腦勺，微微使力往自己的方向送，頭也略微往下移，目標很明確，是湯圓的唇。

湯圓手快地摀住嘴道：「我是想讓你對我爹好點啦！」

元宵頗為可惜地停止了動作，可視線仍露骨地停在原處，彷彿能隔著雙手看到後面的紅唇似的，恨不得繼續撲上去……

湯圓羞紅了臉，直接一把將人推開。

元宵也不惱，理了理自己的衣袖才道：「我什麼時候對妳爹不好了？我對他的態度，已經趕上我對父皇的態度了。」

語氣中並沒有責怪的意思，而是單純在陳述事實。

既然已開了頭，後面的話也就不那麼難說了。

「我的意思是，你能不能看在我的面子上，對我爹稍微恭敬一點？雖然你和他身分有別，但你不僅是七皇子，也是他未來的女婿。」湯圓想了想又接著道：「我希望，若我真能嫁給你，我爹娘都是真心祝福，而不是礙著你的身分、礙著我的堅持才勉強同意的。」

說完她忐忑地看著元宵，已做好被他嘲諷的心理準備了。不料元宵聽完垂眼沈思了一會兒，再抬眼時唇邊已有笑意，看著湯圓小心翼翼的模樣，笑著伸手揉了揉她的頭，把本就散亂的頭髮弄得更亂，在湯圓生氣之前住了手。

「好，我知道怎麼做了。」

從湯府出來後，元宵沒有回宮而是回茶樓歇息。衣服也不脫，就這麼仰躺在床上，雙手塾在了腦後看著床頂發呆。說是發呆也不像，眼神像是無神，卻又晦暗迷離，讓人看不分明。

掌櫃瞅了瞅外面的天色，正準備叫元宵起身，還沒走到門口房門就打開了，元宵還是昨晚的裝扮，就連放在床邊的衣服都沒換上。

「主子怎麼沒換衣服？奴才現在伺候您換上？」

「不必，我回宮去換。」抬手止住了掌櫃的動作，而後直接道：「我昨晚去的是湯府。」

掌櫃靜立在元宵身邊，沒有接話靜候吩咐。以他對自家主子的瞭解，自家主子可從來沒有報備行蹤的好習慣。

果然，沒過一會兒元宵又接著道：「你小心些，把我昨晚的行蹤透露給『那位』知道，不經意的，裝像點。」

「那位」指的是皇上。

掌櫃動作一頓，沒有任何質疑。「是，奴才馬上去辦。」

吩咐完元宵就出了門，跨馬上街往宮門的方向趕去，黑色的衣裳、黑色的駿馬和夜色融為了一體……

掌櫃很有效率，這邊元宵回了宮剛洗完澡，長安就在外面候著了，準備稟報。

「皇上那邊已經收到消息了。」長安低聲道。

他很疑惑主子為什麼要這麼做，先前把三小姐保護得這麼好，今天怎麼主動送上把柄了？

元宵沒有理會長安滿臉困惑，自顧自地走到正廳，桌上已擺好早膳，小太監見元宵過來，手腳麻利地布菜，沒發出一點聲響。

安靜地用完膳，待人把東西撤下去後，元宵動作頓了頓，突然想起來似地問道：「昨天成王和煥王怎麼樣了，對上了嗎？」

成王想抽身沒那麼容易，昨天湯大人去了趟煥王府，應該有所作為才是。

提到這事，長安也顧不得思考湯圓的事了，低頭回道：「昨天湯大人前腳離開煥王府，後腳煥王就去了成王府。據那邊的探子說，煥王和成王吵了起來，差點動手，但最後煥王什麼也沒做就回府了。」

元宵點點頭，並沒有深入追問的意思，反正只要讓老二知道老大沒那麼老實就行了，懷疑的種子種下後，只須等待發芽，然後，坐等狗咬狗。

天色已微亮，元宵站起身，待長安上前替他理了理沒有任何縐褶的衣裳後，他提步往金殿趕去，長安緊隨其後。

半道兒上，周圍並沒有其他人，宮中的下人們見到主僕兩人都遠遠地避讓了。

長安想了許久仍沒有頭緒，最後還是忍不住出聲詢問。

「爺，為何要讓皇上知道您昨晚的去向？皇上不是已經在提防三小姐了嗎？恕屬下直言，此時把關於三小姐的一切都暴露出來，並不是一個好時機。」

元宵腳步一頓，隨後沒有任何遲疑地接著往前走。

「這事我自有打算，你不必管。」

聞言長安也不敢再問，靜靜地陪著元宵走到金殿，自己在外頭候著。

第五十二章

走進金殿，時辰還算早，前來的大臣寥寥可數，看著站在位首的那幾人，元宵眉尖一挑，似笑非笑地上前。

「今兒是怎麼回事？太子殿下一直都很早這皇弟是知道的，大皇兄也早，怎麼二皇兄也來得這麼早？」摸了摸下巴，胡亂信口開河。「難道昨晚被哪個美妾趕出來了？」

煥王本來就不高興，但今天來得這麼早是為了老大，可不是來跟老七吵架的。他白了元宵一眼，看著一如既往沈默的成王，也學著元宵，表情似笑非笑。

「怎麼，大皇兄沒話跟皇弟說？」

成王站得筆直看著前方。「欲加之罪，何患無辭。反正不管我承認與否，你已經認定了，既然如此，又何必非要聽我辯解？」

元宵不著痕跡地看了太子一眼，太子也回望元宵，兩人眼裡都有些疑惑。以往不管老二有多過分，老大都會忍下去，甚至還能笑著附和，今日是怎麼了，居然還帶刺對上了，難道昨天錯過了什麼好戲？

成王此話一出，在煥王眼裡就算是撕破臉了。

「呵，我倒是看走了眼，原來不叫的狗咬人最疼這話是真的。」說完煥王便回到自己的位置上規矩地站好。

元宵不動聲色，心裡更加詫異。老二這個炮仗，今天就這麼熄了？這太不像他了，除非……他已經找回了場子？眼神一轉，看向群臣的方向。

談話間，其餘大臣們已差不多到齊，只是元宵看的卻是成王那一黨人。首先觀察的便是內閣大臣李大人，成王的母族，柳妃的娘家。

成王雖然很假，但有一點倒是真的，他很孝順柳妃，日日都會去請安。

今天的李大人顯得有些焦躁，雖然他極力掩藏，但元宵從他眉宇間還是看出了幾許愁色。平日成王沈默，他身後的那些人自然也是沈默，表面看著即是中立。這段時間朝上可沒出事，李大人為何會煩惱，甚至在金殿之上都表露了出來？

如果沒猜錯，應該是柳妃出事了。

側頭看了一臉陰狠的煥王一眼，禍不及妻兒這話在宮裡可不適用，宮裡是哪兒疼就往哪兒打，管他是男是女。

太子也和元宵一樣，默默察看四周，得到了差不多的結論。

就是不知道柳妃出了什麼事，看老大的態度，這事恐怕不小。

上朝的時辰已到，可皇上還沒出現，底下眾人沒有竊竊私語，既然沒人通知不上朝，那就靜靜等著便是。

成王的臉色黑得似墨一般。

反觀煥王，一身得意，掩都掩不住。

過了小半個時辰，皇上終於出現，一臉風雨欲來，沈著臉坐上龍椅，免了眾人的請安之後，最先看向成王。

「老大。」

成王上前一步。「兒臣在。」

皇上看了成王好一會兒，最後竟安慰地道：「你母妃小產了，你下朝後好好陪陪她，讓她寬心，不必再想那個沒緣分的孩兒，好好過日子才是正經。」

小產？元宵總算明白成王為何反應這麼大了。柳妃以三十多歲的高齡再次懷上龍胎，本來就是小心至極，這還沒到三個月呢。

成王震驚地抬頭，看著上首的皇上，連話都說不出來了，過了好一會兒才不可置信地開口。「小產？母妃的身子一向很好，怎麼會突然小產的？」

元宵差點鼓掌了，這神態、這語氣，倒真像是剛剛才得知，演技真好。

皇上也不知是真不知道還是假不知道，順著成王的話說得特別痛心。

「這事朕也是今早才知道，所以來晚了。朕已讓人去調查，務必要查得清清楚楚，若事有蹊蹺，朕一定還你母妃一個公道！」

說得擲地有聲，聞言成王眼眶微紅。

「是，兒臣知道了，兒臣下朝後就去陪母妃。」

居然沒乘機要點好處，要知道，帝王的愧疚一般都只限於當時，一旦過了，再提及就是煩人。可是元宵卻很贊同老大此時的做法，畢竟父皇雖有去處理那邊的事，但依然趕來上早朝。

家事怎有國事重要？

果然，成王這番做派讓皇上的臉色好上了幾分，又安慰了成王幾句，就開始處理國事。

下朝後，不僅元宵被宣進了御書房，連帶成王也一併去了。

兩人進到御書房時，皇上已等了一陣。皇上先是看了元宵一眼，然後才把視線轉向了面帶哀容的成王。

「你母妃的事朕正在調查，你不必放在心上，靜待結果便是。」

這話一出，成王瞳孔驟縮。父皇，您就這麼偏袒老二嗎？不讓自己插手代表這事就這麼揭過了，隨便找個人揹黑鍋，對老二根本就是不疼不癢！

成王不說話，用沈默來抗拒。

三人都沒開口，一時間氣氛冷得可怕。

最後，竟是皇上妥協了，揮手讓所有奴才退下。

「朕知道你心裡有怨言，朕也清楚這事到底是怎麼回事，但老二還不能動，現階段絕對不能，所以你只能忍。朕也會補償你母妃的，這麼多年了，她的位分也該提一提了，你就勸她放寬心，耐心等著就是。」

妃位之上，就是貴妃和皇貴妃了。

成王很清楚自己該做什麼，這已是皇上能給的最大補償了，但是別忘了，自己是「孝子」。他憋紅了眼眶。「兒臣知道父皇有自己的難處，可是那個孩子對母妃來說真的很重要，母妃時常寂寞，就盼著有人來陪她呢。」

名分哪有帝王真實的陪伴來得重要，有了感情，後頭的一切都有了。

「朕知道，朕會儘量抽空去看你母妃的。」

話說到此，成王若還提別的要求，那就是得寸進尺了，他又和皇上虛情假意了一番便先行告退。

成王的身影一消失，皇上臉上的慈父面容也跟著消失，他看向從頭到尾一語不發的元宵。「你可知道朕剛才為什麼要這麼做、這麼說？」

元宵低聲應道：「兒臣會繼續挑撥的。」

皇上既然選擇了唱紅臉，元宵只能上白臉了，更何況，現在不能動老二，那是為了把老大一起拉進來一網打盡。

皇上滿意地點頭，老七是自己一手帶大的，若是這個都看不分明，那就不用指望了。

父子倆同時沈默，過往都有許多話說的，如今分明就是暴風雨前的寧靜。元宵袖裡的拳頭揑了又鬆。

湯圓，我們一定會好好的。

皇上看著下方低著頭的元宵良久，抿了一口茶，青玉茶盞發出一聲清脆，驚擾了一室的寂靜。

「昨天晚上，你去哪兒了？」

隨著皇上看似漫不經心地提問，御書房的氣氛更冷了，偏偏兩人還是父慈子孝的模樣，怪異至極。

元宵抬頭，不閃不避地迎視，笑著應道：「父皇已經知道，何必明知故問？」

「連掩飾都不需要了？你就那麼在乎她，在乎到不惜得罪朕？」

雖然皇上的表情沒什麼變化，眼裡卻飽含怒氣，那是深深的失望。

即使所有人都不看好老七也無所謂，只要自己知道他能勝任就可以了。帝王不需要仁慈，更不需要理會別人的閒言碎語，登上寶座，所有閒話都會自行消失。但他這麼多年苦心培養老七，最後居然栽到了一個女人身上……

元宵沒有錯過皇上眼中一閃而過的殺意，心裡一頓，嘴角的笑意更深，搖了搖頭道：「您是皇上沒錯，可在兒臣心裡，父親的角色要更深些。對兒臣而言，您先是父親，然後才是皇上，兒臣不願意欺騙父親。」

皇上低頭揉了揉自己的眉心，有些無奈也有些不理解。

「她有什麼好的？連一項出色的才藝都沒有，除了容貌出眾些，朕真的不知道她有哪一點能吸引你。如果只是容貌，等你坐到朕這個位置，什麼樣的女人找不到？」

這話聽來已是妥協，雖然仍不同意，元宵心裡的大石好歹落了些。其實，他一點把握都沒有，只是在賭，賭這麼多年，父皇對自己還是有真感情的。

他抬腳上前，走到案檯旁，親手替皇上添了一杯熱茶，雙手呈上。

皇上沈思，不伸手去接，元宵也不急，就這麼一直舉著。

這麼多年的心血付之東流，居然還是因為一個女人，他萬萬想不到自己生了一個情種出來。

婉兒，朕該高興，兒子繼承了妳的性子嗎？

婉兒，是元宵母妃的閨名。

手仍舉著茶盞，元宵沈聲道：「父親，兒臣今天會這樣做，不僅是因為湯圓。」

皇上沒有動靜，靜等元宵的下文。

元宵側頭看了窗外一眼，御書房後有一個小湖，岸邊栽滿了楊柳。即使盛夏熱風吹過，楊柳隨風拂動也能感到絲絲的涼意，可是，未聞一聲蟬鳴，外頭一片死寂。

這就是皇位，奴才們會考慮各方面，連小小的蟲兒都不放過，太過妥貼的安排，連夏日的一點趣味都被剝奪，只剩下苦熬。

「父親，為什麼是我？兒臣既非嫡、也非長，母妃也早早去了，沒有任何助力，能長這麼大，全憑父親您一手護佑；如果離了您的愛惜，兒臣什麼都沒有，在這深宮裡，說不定早就成了白骨一堆。

「論聰明，兒臣或許略勝其他哥哥一籌，可是帝王並不是腦袋聰明就能勝任的。大哥、二哥、太子他們都有各自的長處，比起兒臣，父親您當初應該選擇他們才對。而且您早早就立了太子，究竟為什麼，為什麼會選擇兒臣呢？」

元宵一直都不明白，也從來沒有問過。

「那你又怎麼知道自己不能勝任呢？不到最後誰也不知道誰才是勝者。朕竟不知道你的性子裡居然還有未戰先敗的成分在，難道，又是湯家那個小姑娘影響你的？當初讓你下揚州竟是朕錯了！」皇上不答反問，情緒有些激動，語氣也急了幾許。

元宵低垂眼眸，過了好久才嘆了一口氣道：「父親，小時候您教過兒臣，只要是自己想要的，不管用什麼方法都一定要得到，這點兒臣一直銘記於心，從未忘記。兒臣之所以會說幾位哥哥更適合，那是因為他們都想要那個位置，至於兒臣。」他閉了閉眼，再次睜眼，眸光已是堅定。「從未想過。」

「萬人之上的位置你不想要?!」

皇上大感詫異，雖然老七從未表現出一點興趣，但他一直認為他只是還沒長大，反正自己交與他的任務他都很好地完成了，如此便已足夠，他心性還未成熟，這不要緊，還有時間可以慢慢等，可是，他居然不想要！

元宵沒有答話，皇上的心思飛轉，一下又繞到了湯圓身上。從下人的調查來看，這個姑娘性子冷，對任何事都不熱衷，姑娘家愛的穿戴、吃食，在她眼裡不過爾爾，這性子也算不錯，就是太淡了些。

「難道又是她影響了你？那這人當真是留不得了！」

元宵卻是笑著反問：「兒臣是父親一手教大的，兒臣會這麼容易受人影響嗎？」

老七當然不會，就算那姑娘再重要也不可能影響到他，這點皇上很明白。只是皇上現在迫切需要一個理由來解釋好好的兒子怎麼會變成這個樣子，湯圓就是現成的藉口，一切推到她身上都顯得那麼理所當然。

反正全是因她而起，皇上已認定了。

時間過了許久，原本漂浮在水面的茶葉已漸漸沈入杯底，水清綠透，看著還滿喜人，雖然和這裡的氣氛一點都不相符。

「如果湯圓沒有出現，兒臣或許會聽話許多，會照著父親的意思這麼活下去，因為兒臣知道，您是為了兒臣好。」元宵忽地笑了，話卻說得決絕。「但這宮牆，對兒臣來說就是一座牢籠，無時無刻都只想著要把它摧毀；可兒臣不能這樣做，也不會這樣做，只是兒臣自知自己性子浮躁，再這麼忍下去，早晚會有爆發的一天。如果真到了那一天，兒臣的選擇肯定是死遁，至於假死還是真死，那就得看那時世上是否還有兒臣留戀的人存在了。」

「你說的，都是真話？」皇上捏緊了拳頭，眼神一刻不離地緊鎖在元宵的臉上，不肯錯過他任一絲情緒。

「發自肺腑。」面對皇上的審視，元宵坦蕩蕩。

皇上頓住沒有說話，只是看著元宵的臉，眼神有些飄移，過了許久，苦笑道：「你長得和你母妃真像，根本是一個模子刻出來的。」

這話元宵也是第一次聽到，一直以來他刻意不去聽母妃生前的事，也沒有見過她的畫像。

皇上也不管元宵的反應，好像陷入了回憶，一會兒笑，一會兒無奈。

「我原以為你們只是長得像，性子該是南轅北轍才對。你母妃性子真的很軟，我還記得第一次見到她的時候，她看到什麼東西都會驚呼，小小的、軟軟的，讓人忍不住想把她抱在懷裡好好呵護……」

或許是真的動過情，自稱都從「朕」變成了「我」。

「看來是我錯了，你們外在氣質或許不同，可骨子裡都如此執拗。你和你母妃一樣，在乎的從來都不是眼前的富貴，再多的榮耀在她眼裡都是過眼雲煙，如果她在乎這些，你母妃在死前便已封后了，我提過很多次，都被她拒絕。」他蒙著眼睛說得苦澀。「她給我的理由是，可以有寵妃，不能有寵后。」

元宵只是在一旁默默地聽著，手裡還舉著茶盞，面色很是平靜，絲毫未見初次聽聞母親過往的激動或動容。說他冷血也好，現實也罷，父皇或許動過情，但是，仍抵不過他的江山。

不然那一塊玉玦，母妃為何要摔成兩半？

好在皇上也不需要元宵的慰藉，前言不搭後語地說了一陣，最後只用一句話結尾。

「是我負了她。」

手裡捧的茶已經轉涼，元宵重新倒了一杯，發出的輕微聲響驚擾了皇上沈思，他眼神直盯著元宵換茶的動作，見到元宵再次呈上來的茶，這次沒有絲毫猶豫就接了過去。

元宵心裡的大石徹底落了地。

皇上抿了一口茶後，再次抬頭，方才那個在懷念當初、略顯老態的男人已然不見，又換回了臨危不懼的帝王本色，彷彿剛剛的一切都是錯覺。

「你母妃給你的玉玦呢？」

那半塊玉玦元宵一直戴在脖子上，聽到皇上問話，從領子裡拿了出來遞給他。戴在身上的玉玦染上了體溫，變得溫熱，皇上放在手裡，眼底再次流露出懷念，手指輕輕觸碰著早已了然於心的紋路。

「另外半塊，朕沒猜錯的話，是在湯家那個小姑娘那兒吧？」

稱呼的轉換代表皇上的緬懷已過，元宵也不會再提。如今既然已無須隱瞞，他就直接了當地應了，甚至交代更多。

「是，當初在揚州時就交給她了。那時兒臣太小，根本就不知道該怎麼保護她，甚至不敢去想父親您聽到這件事將會多麼震怒。」

皇上輕笑。「所以你就把玉玦給了她？你猜的也算沒錯，如果朕真要棒打鴛鴦，那半塊玉玦，確實可以救她的命。不過朕居然不知道，原來老七你還是個賭徒。」

元宵也笑了。「事實上，兒臣賭對了不是嗎？」

第五十三章

看著眼前的元宵，皇上是自豪的。

這個兒子真的讓他很滿意，世上所有的事都沒有定論，一個敢做大事的人就得審時度勢決定自己的未來，哪怕是輸，也要跪著走完，年少的老七能有這樣的魄力，證明自己的眼光並沒有錯。

可惜，他和婉兒一樣，都不心醉權勢，哪怕自己這麼多年一直給他最好的。

「你確定了嗎？為了湯家那個小姑娘，你要放棄將來可能得到的一切？」皇上還是不死心，再次問了一遍。

元宵堅定的眼神代表了他的回答。

皇上了然點頭，心裡確實失望，可又覺得慶幸。

婉兒，咱們的兒子也選擇了和妳一樣的路，當初我不懂妳，代價就是失去妳，妳死前都沒原諒我，現在面對兒子，我收了手，他日地底相見，妳是否會原諒我？

「好吧，朕知道了，既然這一切都不是你想要的，朕會讓你過繼到庸親王那一脈，繼承他的親王爵位。」

庸親王是皇上的幼弟，不過去年已戰死沙場，而且沒留下任何子嗣。這些年他一直都寵愛老七，就算他不能按照自己的想法去做也要替他留下後路才行，其他幾個兒子心裡可沒有手足情這種東西。

庸親王？那不光是親王爵位，還有庸親王的舊臣軍隊，這不僅僅是自保了，還是對其他人的一種威嚇。庸親王自幼就在軍營長大，他的親兵可是一直駐紮在城外呢，那塊肥肉誰都想啃一口，沒想到，父皇給了自己……

元宵眼眶微紅，深呼吸了幾次才低頭道：「兒臣不孝，讓父皇失望了。」

皇上搖了搖頭，嘆了一口氣，把玉玦還給元宵後，有些無力地揮揮手。

「朕乏了，你下去吧。」

元宵知道父皇這是想獨處了，可自己的事還沒完呢，現在還不能走！又覥著臉在皇上身邊耳語了一番。

「這是為何？」聽完皇上是真的不明白。莫名其妙讓人罰他，難道真是悠哉的日子過太久了？

面對自己的父親，元宵也沒什麼不好意思的，大方承認。「這是要做給湯大人看的苦肉計。」

皇上一巴掌拍到了元宵的頭頂。

「好哇，朕就說你怎麼會莫名其妙想坦白了，原來又是因為湯家那姑娘！人都道嫁出去的女兒是潑出去的水，可你是兒子，而且竟還這麼快就外向了！」

元宵不反駁也不辯解，一副死鴨子不怕開水燙的架勢，反正不答應他就賴著不走了。

氣得皇上直接一腳踹了過去，元宵不閃不避，看似很用力的一腳，落在身上其實不怎麼痛，可元宵卻一下子彎了腰，浮誇地裝出了快痛死的模樣。

皇上被氣笑了。「滾吧，朕現在不想看到你。」

「父皇，您就答應吧，兒臣以後的幸福生活可都靠您了！」

回應元宵的是一個飛砸過來的茶盞，他連忙朝外跑去。

砰地一聲，茶杯碎在了門口，守在外頭的奴才們都聽到了皇上怒氣十足地吼了一聲——

「滾！」

接著便看見七皇子沈著一張臉從裡頭走了出來，身上居然還有些茶漬。沒人敢去招惹這個小霸王，都恨不得把自己藏起來，努力縮著身子減少存在感，待元宵徹底離去後，眾人才開始竊竊私語，不到半個時辰，宮裡人盡皆知。

七皇子惹怒皇上，還是滔天震怒那種。

宮中之事不會僅有宮裡人知道，奴才們口耳相傳，早不知傳到何處去了，只是這一個個說得繪聲繪影，但兩個主都沒動靜，還是有好多人不相信。畢竟七皇子從小到大不知道闖了多少禍，哪次皇上不是偏心到了極點，估計這次皇上也只是氣一陣就罷了。當權者大多這樣想，可接下來的情況卻讓他們震驚不已。

皇子四歲啟蒙後就會搬到宮中的泰和殿居住，當然，太子除外，而另一個例外就是七皇子。他自出生起就和皇上同住一處，直到現在都未搬出，所有人都以為他會一直住到封王出宮建府，結果雖然皇上沒下旨，可是……

這七皇子的東西怎麼全搬到泰和殿了？難不成，是真的是失寵了?!

這一切來得太快，太令人匪夷所思，就連和元宵最不對盤的煥王都沒發表意見，所有人沈默著，靜等第二天上朝察看父子倆的後續。因根據過往的經驗，元宵和皇上的事沒徹底下結論之前千萬不要有任何動作，不然倒楣的一定是旁人。

謠言一下子全靜止了，眾人都在觀望。

結果第二天發生的事又嚇壞了所有人，七皇子和皇上居然在金殿之上吵起來了，父子倆說話都衝，旁人聽了大半天也沒聽明白到底是為了什麼，總之莫名其妙就爆發了。其中最可憐的就是湯大人，皇上罵七皇子就罵吧，怎知還扯上了湯大人，而且也沒說明原因。

湯老爺一頭霧水。這麼多人不點，為什麼要把自己點出來？明明他最近也沒幹什麼壞事啊！

不懂就得問，看著皇上拂袖而去的樣子，湯老爺自然不可能去捋虎鬚，雖然七皇子面上也冷得嚇人，但好歹有點特殊關係是不？總不會看著自己死吧。

他上前幾步，走到元宵面前請安。「七皇子。」

元宵雖擰著眉頭，但還是立即讓他起身，明顯是在控制暴躁的情緒。

湯老爺小心地瞅了瞅，也不敢繞彎子，直截了當地詢問。「七皇子可知皇上今日是為了什麼事生氣？微臣想破腦子也想不到最近出了什麼事。」

「跟我來。」

湯老爺看看四周，暗罵自己沒腦子，這才剛下朝，雖然走了幾步，但視線之內還是有很多人，今天自己一急便忘了這事，連忙跟著元宵離去。還以為元宵會帶他到一個隱蔽的地方，結果就這麼把自己領到了泰和殿。
原來傳聞是真的，七皇子真的搬出了皇上的側殿。
元宵直接進去坐在首位，眼神示意湯老爺坐下。
湯老爺吞了吞口水，覺得事態可能不小，低頭看著自己的腳尖。
「您說吧，微臣準備好了。」說得有些艱難。
看著下面的人的頭頂，元宵抿嘴想笑，轉念又沈了心思。誰讓他在湯圓面前多嘴！一想到此，聲音更冷了些。
「我也懶得跟你繞圈子，我就明說了，你大概也猜到了父皇日後想讓誰登基吧？」
湯老爺在揚州時還拿不准皇上的意思，現在回京卻看透了八分。皇上大抵是想讓七皇子登基，太子、煥王和成王都是先頭軍，是為了給七皇子鋪路而已。
難道這還牽扯到皇儲了？吞了吞口水，湯老爺艱難地點頭，臉上也冒出了虛汗。
元宵一臉嚴肅地走到湯老爺面前站定，沈聲開口。
「昨日是我莽撞，頂撞了父皇後，索性就把所有事都攤開說了。」
好死不死停在這兒！湯老爺抬頭，眼睛瞪得溜圓。接著說啊，攤開了什麼！
元宵心裡暗笑，面上卻更加沈重。
「我已經和父皇明說，那個位置，我沒有興趣。」
湯大人嚇得後退了一小步，不可置信地看著元宵。這、這七皇子怎麼那麼沈不住氣，就算不想，也不該在這時機說啊！天時地利人和樣樣都沒有，他們甚至什麼都沒準備，怎麼能這樣想說就說呢！

震驚的消息不只如此，元宵頓了頓，表情有些詭異。

「不僅這個，我還說了，這輩子我只會娶湯圓一個，絕不會再有旁人。」

這些話元宵原本連對湯圓都不會說的，可如果把這一切挑明並且做出承諾能讓湯老爺放心的話，說了也無妨，最好一次徹底解決，讓這些事別再去干擾湯圓的心思。

湯老爺再次後退兩步，驚駭地看著元宵，他萬萬想不到這事居然和湯圓扯上了關係！

「你！你是皇子，你做錯了事情皇上再怎麼震怒也不會遷怒於你，可是湯圓不一樣，你把她點出來只會害了她啊！」

連尊稱都忘了，湯老爺已顧不了這麼多，他腦子轉得飛快。現在皇上還沒做出任何決定，要不先讓湯圓遠走高飛避一段時間？拚上湯家的老臉，事情沒鬧出來，皇上應該也不會趕盡殺絕才對！

想到就做，連請辭都沒有，湯老爺退後幾步就要往外奔。

元宵看他兩、三步就竄到了門口，跟火燒屁股似的，心裡的不忿也平息了些。好吧好吧，再怎麼樣他都是湯圓的爹，這也是為了湯圓好。

「湯大人放心，父皇已經應允，不會遷怒湯圓，更不會遷怒湯家。」

湯老爺邁出的步子霎時頓住，他回頭看著元宵，模樣有些呆愣，過了好一會兒才回神。他剛才滿腦子都是自家閨女的安危，把很顯而易見的事情都忽略了，若皇上真要遷怒湯家，剛才早朝就不會只是罵他幾句了。

湯老爺又是震驚，又是後怕，還有一些愧疚地看著依舊沈穩的元宵，小心地開口詢問。

「那您答應了皇上什麼？」或者說，付出了什麼代價？他也看得明白，皇上鋪了這麼多年的路，哪能說放就放？

很好，就是要他愧疚！最好永遠愧疚下去，別在中間搗亂，若能再順便向湯圓說點好話就更好了！元宵側頭避開了湯老爺的視線，凝視著窗外。

時間彷彿停滯了下來，湯老爺的一顆心都提到了嗓子眼。

「父皇說，你既不願，那就乾脆連皇子的身分也不要了。」

這也不算說謊，過繼到王府，從某種意義上來說，也算不得真正的皇子了。

湯老爺徹底風化了，作夢也沒想到七皇子會做到這個地步，居然能為了湯圓放棄自己的身分！他現在思緒一團亂，完全不知道該說什麼了，只是木然地張大著嘴巴，眼神呆滯，顯然被刺激到無法負荷。

元宵側頭看了已經失神的湯老爺一眼，輕淺一笑。

湯圓，等著我來娶妳吧！

豬一樣的生活對別人來說或許是煎熬，對湯圓來說卻是如魚得水。她本來就不擅長與人交流，如今病了，正好閉門謝客。柳氏怕湯圓無聊，雖然身子沒什麼大礙，但也無法做刺繡之類傷神的事，特地從湯老爺的藏書中搬了些遊記來給湯圓解悶。

沒事就看書，看累了就逗將軍玩，如此反覆，湯圓樂在其中。柳氏起初還不放心，總陪她說話，後來發現這對小女兒來說反而是種叨擾，哭笑不得，也只能由她去了。

所以當湯圓聽到外面傳來腳步聲，轉頭見柳氏又來了，便直接開口道：「娘，您忙您的，我真的不無聊。」為了證明，還舉了舉手裡看到一半的書。

柳氏坐在床邊，柳眉微擰，一副欲言又止的模樣。

「娘？」湯圓放下手裡的書，微探著身子輕喚。

聽湯圓出聲柳氏才回神，張了張口，可話到嘴邊還是止住了，實在不曉得該怎麼對湯圓說。她的確不滿意七皇子，可是剛才老爺回來說的那一切，如果是真的，那七皇子他……他付的代價未免太大了點。

失去皇子的身分，難道是貶為庶民？若真是如此，那湯家欠他的就太多了。本來還有些不待見這個女婿，如今突然虧欠人家，這心態的轉換柳氏還真有點不適應。

而且更重要的是，湯圓知道了會怎樣？這一切都是為了她……

見柳氏又在出神，湯圓也跟著皺起了眉頭。

雖然自己臥病在床，但身旁的丫鬟們都還是有跟府內其他人交流，特別是綠袖，她一向閒不住，這府裡有什麼風吹草動她一定是最先知道的那批人，可她並沒覺得綠袖有什麼異常，那麼，就不是湯家出了事。

娘到這兒來，也許是因為自己？想到這，她心裡一跳。

「娘，難道是煥王那件事有後續了？煥王查出那天的事來找阿爹的麻煩，或者說他直接向皇上稟報了？」

柳氏仍沒反應，湯圓不禁有些急躁。

「還是說，煥王去找七皇子的麻煩了？」

本來只是胡亂猜測，不料一聽湯圓提到七皇子，柳氏即刻回神，抬起頭愣愣地看著湯圓，眼神很是怪異。

湯圓心一緊，抓住了柳氏的手，緊張地問：「怎麼了，他怎麼了？」

柳氏吞了吞口水，掩飾性地低頭，心裡苦笑，面上卻不敢洩漏半分。還沒說就急成這樣，說了還得了？

「沒事，只是我好像聽聞煥王和七皇子鬧起來了，具體的事我也不清楚，妳爹說得語焉不詳的，但妳放心，絕對沒事，七皇子的脾氣妳還不清楚嗎？他哪是會吃虧的主，而且還有皇上給他撐腰呢，不要擔心。」

湯圓定定地看著柳氏，漆黑的瞳孔看不出情緒。

柳氏有些慌張，甚至不敢與湯圓對視。原以為湯圓會抓著不放，問個仔細，可她看了自己一會兒後，居然放手了。

湯圓抿唇笑了笑。「那是我多心了。娘還沒說，您怎會到我這兒來？」

柳氏知道瞞不過湯圓，可是她真的不知道該怎麼委婉地說，既然湯圓不問，柳氏也鬆了口氣。還是讓她爹來說吧！笑著點頭，低頭打開了一直拿在手裡的一個箱子。

湯圓低頭看去，又是房契、地契，伸手翻了翻，卻不是自己的那些，屬於自己的，娘都給她看過了，她大概清楚是哪些地盤。

娘拿這些來做什麼？她疑惑地看向柳氏。如果沒記錯，這些東西再加上原本自己的，已占掉三房近七成的房產、土地了。

柳氏摸了摸湯圓的長髮。「我就剩妳這麼一個女兒未嫁，妳弟弟還小，妳爹也還年輕，以後還可以慢慢掙，而且妳弟弟是男兒，好男兒自該頂天立地，他以後娶媳婦還得靠他自己；但女兒家，最重要的就是嫁妝，拿著錢心裡不虛，做什麼也有底氣，在婆家面前也能抬頭。」

如果，七皇子真的成了庶民，那麼湯家唯一能補償的就只有這些了……

湯圓聽完垂下眼簾，感激了一番，又向柳氏撒嬌一陣後，覺得有些睏了，便說想歇息一會兒。

柳氏沒有多留，也是怕湯圓再抓著先前的問題不放，直接起身離去了。

第五十四章

娘話裡的破綻太多了，自己還沒訂親，怎會提前這麼早把陪嫁的東西全給了她？而且這邊男子娶親早，那會兒小弟就算有功名、有成就，也沒有媳婦本，還是得靠家裡，娘把這些都給了自己，連小弟都沒考慮，肯定是出了什麼事情。

元宵到底做了什麼，竟讓娘的態度轉變那麼大？她想了想張口喚人。

「綠袖。」

紅裳和綠袖一直在門外守著，聽見湯圓呼喚連忙進房。

綠袖是家生子，家中除了她還有一位兄長，她哥哥在阿爹身邊當值。娘來的時間剛好是阿爹每日下朝後不久，肯定是阿爹說了什麼。既然娘說不出口，阿爹想必也為難，找個中間人去打聽興許就能知道了。

「綠袖，妳去找妳哥哥，讓他到老爺那邊去問到底出了什麼事，就明說是我問的。」

綠袖一頭霧水，瞅了紅裳一眼，見她也是一臉疑惑，不敢多問什麼，吶吶地應了，趕緊回家去。

過沒多久，她就回來了，表情和剛才的柳氏一樣，說不出的怪異，特別是看向湯圓時，一臉欲言又止。

湯圓擰著眉頭看了紅裳一眼，紅裳會意點頭，讓屋裡的下人都退下，又派人去找竹嬤嬤回來。竹嬤嬤就在外間做事，聽到小姐找自己立即進來了。

這會兒房裡除了湯圓，就只有紅裳、綠袖和竹嬤嬤。所有人都看著綠袖，綠袖一向嘴快，而今卻是不知所措地看著湯圓。

「說吧，七皇子做了什麼？」

綠袖吞了吞口水，有些艱難地道：「小姐，以後……以後可能就沒七皇子這個人了。」

湯圓原本半靠在床邊，一下子坐直了身子，看著綠袖的眼睛問得仔細。

「什麼叫沒有七皇子這個人了？妳把話說清楚。」

綠袖不敢再瞞，幾句話就把事情交代完全。

「老爺說了，七皇子跟皇上坦白了一些事情，這些咱們不能聽，反正皇上就是生氣了；接著七皇子又說非您不娶，而且此生只會娶一個，皇上就更氣了，氣得讓七皇子連皇子的身分也別要了。」她吞了口口水。「七皇子應了……」

不僅湯圓愣住，就連紅裳和竹嬤嬤都傻了，兩人呆呆地看著湯圓，完全不知該做何反應。這……放棄皇子的身分？雖然自家小姐很好、非常好，但是七皇子也沒道理做到這個地步啊……

兩人回神後想看看自家小姐感動的模樣，結果發現她只是鬆了口氣，而後就平靜下來了。這也太淡定了！

「小姐，您就沒什麼想說的？」紅裳試探地問，還問得有些委婉。那可是為了您放棄皇子的身分，皇子欸！

湯圓笑得有些無奈，真放棄了那也是元宵自願的，他只是拿自己當幌子做給阿爹看。好傢伙，前段時間讓他對阿爹好點，可這哪是好，分明是驚嚇！

她又是惱，又是擔心。不知道皇上這話到底是什麼意思，難道元宵會被貶為庶民？應該不可能，他那性子，讓他成了平民百姓去看別人的臉色，這是絕對不可能的。

想到此，她哪還有精力去應付紅裳幾人的問題，擺了擺手就說累了要休息。若不出意外，他晚上應該會過來向自己解釋，還是先養好精神等著吧。

當天湯圓早早便休息了，本來是預備著晚上好好和元宵聊聊的，順帶收拾他一下，怎麼能這麼嚇自己阿爹呢！結果，瞪著帳頂半宿都沒見元宵過來，天將濛濛亮才熬不住睡了過去。

第二天也沒見到人，只派了長安通知阿爹，說藥可以斷了，湯圓還特地問了，有沒有留話給自己，結果湯老爺抖了抖才留不久的鬍子，搖搖頭，也是一臉莫名。

湯圓不停地安慰自己，元宵上輩子死在十九歲時，這會兒還沒滿十六呢，不急，不會有事的。只是……記得上一世確實沒有哪位皇子突然成為庶民，這一世的情況或許已經不同了，想想，前世他的生活中可沒有自己，原來她竟成了那個最大的變數……

抿了抿唇，湯圓站在窗邊有些茫然，不知道該怎麼做才好。

不過這種情況並沒有持續很久，不是因湯圓突然想通了，而是宮裡派人來了，來的還是皇上的心腹太監陳公公，傳湯圓入宮面聖。湯老爺上前去東拉西扯了一番，陳公公總是笑咪咪地打太極，什麼也沒透露，連皇上傳喚是好是壞都沒提點半句。

湯老爺神色焦慮，湯圓卻是突然就平靜了，反正該來的躲不掉，她沈默地點頭應了，而後隨著心驚膽顫的柳氏去換裝，進宮面聖，當然不可能穿常服。

不料出來時，本該在大廳陪著陳公公的湯老爺卻在外頭候著，一見她走出來，直接上前道：「我實在沒問出什麼，七皇子那邊也詭異得很，派人傳了消息過去，那邊卻一點反應都沒有，只說七皇子這會兒在陪皇上。」

這也是讓湯老爺如此不安的主因，以往只要是關於女兒的事，七皇子那邊總會很快就有動作，這還是第一次出現求助無門的情況。

也不等湯圓回答，他逕自快速地道：「現在說什麼都無用，皇上應該只是想問妳和七皇子的情況，主要是不知道七皇子是怎麼說的，總之妳不要太老實，有些話要考慮一番再說，但也不要隱瞞，就說得巧些，別和七皇子那邊對不上。」

湯老爺如今只能從元宵的性子來判斷，他肯定，七皇子是不會說謊的人，但他是那種會老實交代一切的人？顯然不是。所以，這只能看湯圓的臨場反應了。

方才換裝時柳氏不斷耳提面命，此時湯老爺又來，即便淡漠如湯圓也緊張得要死，但她不敢在兩人面前顯露出來，只是笑著道：「阿爹不用擔心，皇上既然沒動湯家，又怎麼會動我一個小姑娘呢？我會好好的。」見兩人仍不放心還要繼續說，連忙補充。「放心吧，真的沒事，七皇子有告訴我一些事，我知道怎麼回話。好了，我們不能再耽擱了。」

見湯圓說得言之鑿鑿，湯老爺再次叮囑了一句就讓她跟著陳公公去了。

臨走前，湯圓接過紅裳從小庫房找出來的那半塊玉玦，用力地捏在手心。

進了宮門後，湯圓下轎步行，既然自家阿爹都沒打聽出什麼，她更不會費心去討陳公公歡心。微微低著頭，安靜地跟隨前行。

剛才無論如何都不願透露半點口風的陳公公，此時帶著湯圓在花園裡繞，最後走到一個四下無人的花壇旁，低低地說了句。「姑娘不必擔心，什麼話都可以直說。」

雖是對湯圓說，人卻直視著前方，表情沒有絲毫改變，還是一臉笑咪咪的。

湯圓腳步微微一頓，腦子還沒想明白，手卻已經伸了出去，拉住陳公公的衣襬，小聲地問：「他怎麼樣了？」

能讓陳公公安撫自己的，除了元宵還會有誰？

聞言陳公公微微挑了挑眉，面上的笑容真了些。姑且不論其他，至少這時她最關心是七皇子的安危而不是自己，這一點，足夠彌補所有的不足了。

「很好，姑娘不必擔心。」

湯圓稍稍放心，隨著陳公公到了御書房，進去之後一直低著頭，沒敢四處打量，四周靜得可怕。

皇上不說話，湯圓也不敢開口，強自鎮定下跪請安。原以為皇上會晾著自己，也做好了跪幾個時辰的準備，想不到皇上居然應了。

「起來吧。」聲音聽不出喜怒。

「謝皇上。」湯圓謝恩後站了起來，垂首斂目，心快跳到了嗓子眼，小手緊緊抓著那半塊玉玦。

「抬起頭來。」

湯圓抬高下巴，視線始終放低，既能讓皇上看清自己的容貌，也不會冒犯龍顏，可這番作態並沒讓她的處境好轉。

皇上突然笑了。

「長得是不錯，還沒完全長成就已花了人眼，日後必定傾城。」盛讚的話，語氣卻是冰冷。

「就是用現在這副看似冰清玉潔，實則敗絮其中的模樣勾引老七的？」

湯圓微微脹紅了臉，直挺挺地跪下，沒有回話，後背挺得筆直。

「為什麼不說話？對朕的話不屑一顧？」

「臣女不敢。」湯圓跪拜，還是沒有回話。

過了一會兒，湯圓低垂的視線中出現了一雙明黃色繡飛龍的靴子。

「近看更美了，確實是個尤物。回答朕的問題，妳就是靠這張臉勾引朕的老七？」金口玉言，不是湯圓沈默就可以躲避問題。她穩了穩心神，再次叩頭，卻反問道：「不知道皇上是用哪個身分來問這問題的，是皇上還是父親？」

「皇上又如何？父親又如何？」語氣還是聽不出喜怒。

湯圓抬眼，第一次看清皇上的容貌。久居高位，相貌再平凡都會染上凌厲。皇上的容貌只是一般，和元宵漂亮的五官沒有一點相似之處，只有眼神，父子倆都是目空一切，但這並非貶義，對兩人而言這不過是理所當然，皇家的高貴就是如此。

「如果是皇上，那麼臣女的回答是臣女沒有勾引七皇子。如果是父親……」湯圓頓了頓，迎向皇上審視的目光。「是七皇子勾引臣女。」

兩種答案讓皇上詫異地挑了挑眉，眼神一刻都沒離開過湯圓，湯圓也沒有回避，坦蕩地與皇上對視。過了好一會兒，皇上突然笑了，不能自已地大笑。

「朕的老七真可悲！他為妳做了這麼多，原來都是一廂情願？」

湯圓不知道皇上為什麼會說出這番話，可她知道沒有自己發問的權利，只能順著皇上的話去想、去答，不能讓皇上為自己解惑，好在皇上馬上就道出了緣由。

「早在揚州時他就把半塊玉玦給了妳，今日見妳只是捏在手裡，玉玦上也沒有繩子，顏色甚至還跟當初朕交給老七時一樣，可見妳平日也沒戴，只是收著而已。老七把一切都掏給了妳，妳居然是這個樣子，朕的老七難道不可悲嗎！」

這是湯圓入殿以來第一次看到皇上情緒失控，她不答話，皇上的語氣更是詭異。

「既然一直收著，今天又把它拿出來做什麼？拿出來換妳一條命？拿出來換湯家的榮華富貴？」

湯圓低頭看著手裡的玉玦。

「臣女確實不曾佩戴過，今天帶著它來，也確實有拿它當護身符的意思，但是絕對沒想過要拿它來換湯家的榮華富貴。湯家現在的一切都是臣女祖輩的心血，是他們兢兢業業攢下來的，靠的是對大都的忠誠，對皇上的忠誠，這半塊玉玦再重要，也沒有湯家對聖上的忠心重要。」

皇上根本就沒理會湯圓的話，直接把這個話題丟開了，擰著眉頭仔細看了湯圓一番，說出口的話語更是詭異，但又字字見血。

「妳說是老七勾引妳，所以，妳根本就沒有喜歡過他？妳只是畏懼他這個人，畏懼他皇子的身分，怕影響到湯家，所以才虛與委蛇？從頭到尾都是老七在強迫妳，妳只是不得已而為之？」

皇上用的詞全是貶義，可這話確實也不能說是錯。

湯圓深吸了一口氣，有些艱難地道：「初時確實是拿他當朋友……」

「哈！」皇上又大笑出聲。「男女之間何來純友誼，又不是親戚。妳就承認吧，最初妳就是怕他，為了湯家不敢反抗他，妳根本沒有喜歡他！」

「夠了！」湯圓還來不及回答，屏風後就傳出了元宵的聲音。

湯圓瞪大眼，看著從屏風後方走出來的元宵。怪不得皇上的語氣那麼詭異，總感覺是在給自己下套，原來是說給元宵聽的！

第五十五章

元宵的雙唇抿成了一條線，目光沒看向湯圓，只是走到皇上面前行禮。

「剛才你都聽到了？這丫頭進來到現在，不管朕說得多難聽她都沒否認，唯一否認的話還是為了湯家不是為了自己。老七，你該看清了，在她心裡，你不僅沒有她父母重要，連湯家都比不上。朕再問你一次，你真不後悔？」

湯圓的心隨著皇上的話忽上忽下，突然間就失去了看元宵的勇氣。她根本就不敢看他現在是怎樣的表情，垂首看著地面，像在等待判決。

這麼久以來，如果不是元宵堅持，自己確實沒有和他在一起的勇氣，方才皇上的話再難聽也不能反駁，因為……都是實話。

時間彷彿已靜止，湯圓整個人都懵了，直到感覺手臂被人拽住。她抬起頭，只看到元宵輪廓分明的側臉，他還是不願看自己。低頭望向拉著自己的手，骨骼分明，沒有很用力，只是輕輕抓著。

湯圓呆呆地看著元宵。他這是做什麼？如果生氣了，還管自己幹麼？如果不生氣，那這一副所有人都欠他幾百萬兩銀子的表情又是怎麼來的？

元宵沒為湯圓解惑，只是提聲喊道：「長安。」

長安從外面進來，身後跟著幾個小太監，湯圓看到小太監端的東西整個人愣住了。第一個盤子上放的是一個精緻的小瓷瓶，單看不知道是什麼，但看到後面的匕首和白綾，任誰都知道了。

元宵直視湯圓，下巴一點，語氣沈靜。「選一個。」

湯圓不受控制地退了兩步，元宵也鬆開了扯著她的手，湯圓怔怔地看著自己的手臂，感覺胸口空落落的，腦子一片空白。

為什麼？

為什麼事情突然變成這樣？明明說好不用擔心，明明說好的……

可是湯圓連質問的勇氣都沒有。真是先前的話讓他誤解了？

她甚至害怕去看元宵的眼神，視線停留在他緊抿成線的嘴唇前，然後再也不敢往上。

元宵的唇形也很好看，雙唇偏薄卻是恰到好處，是了，薄唇的人薄情。

湯圓久久沒有動作，元宵好似不耐煩了，下巴一凜，再次出聲道：「選一個。」

毒藥、匕首、白綾。

如果這裡不是御書房，如果此處沒有皇上，沒有長安和那三個小太監，湯圓或許會質問元宵，問他為什麼能說變就變，問他是不是放棄了自己，問他是不是捨不得皇子的身分。

可是湯圓不能，論地點、論身分，都不允許她無理取鬧，女子的哭泣和質問，在這冰冷的大殿裡，都只是徒勞。

已不知時間過得是快是慢，湯圓抬步走到三個太監面前，直接拿起了那個精緻的小瓷瓶。

至少，死得完整點。

她自嘲一笑，不懂上天讓自己重生究竟是為何，她沒有絲毫野心，不過是平淡至極的一個凡人，為何要給她這麼大的機遇？

手裡拿著瓷瓶，轉身看著不知何時已站到身旁的元宵。

熟悉的眉頭緊鎖，一如既往的不耐煩。

湯圓動了動唇，心思繞了千轉，最後脫口而出的卻是一句——

「湯家會如何？」

問完自己都覺得可笑，他連自己都下得了手，更別說湯家，湯家肯定被自己這個不孝女拖下水了。

她再次凝神看向元宵，自己的問話好像讓他更加不高興了，眉心皺成了山峰，下顎緊繃，不發一語，沒有承諾也沒有惡言相向。湯圓深吸一口氣，再次出聲。

「放過湯家，我就馬上喝下去。」

沒有任何籌碼，只是希望他能有一點點的不忍和念舊。

「在妳心裡果然只有湯家最重要，我為妳做了這麼多，還是抵不過湯家。」

是太過失望的緣故？他口裡說著這些話，面上卻顯得平常，連陰沈都消失了，好像是在說不相干的人和事，單純敘述。湯圓猛地低頭，不敢再看元宵，或者說是元玦，太過陌生了……

「放過湯家，我馬上就喝下去。」只是低低地重複。

突地下巴被人狠狠捏住，強迫著抬起頭，湯圓看著逼近的元宵，毫無防備地承受他深深的怒火，嘲弄的嘴角，惡劣的話語。

「憑什麼要我放過湯家？我為妳做了這麼多，在妳眼裡不過是一場笑話，既然妳覺得湯家這麼重要，重要到妳寧可迎合我這個討厭的人，那麼，我讓湯家下去陪妳，讓你們在下面繼續共享天倫，不好嗎？」

湯圓一直強忍著的眼淚猝不及防地落了下來，劃過惱怒的臉龐，她伸手把元宵的手狠狠拍落。

「我沒有！一開始我是拿你當朋友，察覺到你的心思時我確實是想逃避，可那時年少，根本不懂這是什麼，我只是本能地覺得麻煩，覺得這樣不好，所以才想逃，而且我也沒有瞞著你，我明明說過的！」

美人落淚和真情流露，元宵本該把佳人擁入懷中好好憐惜一番，可是他沒有，只是退後一步，平靜的面容和湯圓崩潰的模樣成了鮮明的對比。他低垂了視線，平靜地問：「後來呢，為什麼會接受我？因為我死纏爛打？因為我能讓湯家起死回生？」

湯圓只是低頭喘氣，沒有回答這個問題。

「呵，我真可笑，剛才竟然還在期待妳心裡是有我的。」

湯圓沒有去看元宵的神情，光聽到他的話就覺得心好痛，痛到不能呼吸。她不知如何辯解，只能搖頭，不停地搖頭。

「不是的，不是這樣的。」

手裡的瓷瓶突然消失了，湯圓抬頭就看見原本在自己手裡的瓶子落到了元宵的手中。他看著湯圓，滿目絕望。

「父皇跟我說要試探妳的時候，我還信誓旦旦地保證妳的心思和我一樣。父皇不信，可我深信不疑，現在看來，我根本是鬧了一場笑話，一場自導自演卻被妳狠狠賞了一巴掌的笑話。」

說完不給湯圓反駁的機會，毫不猶豫拔開瓶蓋往自己嘴裡送去。

湯圓瞪大雙眼，飛撲過去搶下瓷瓶，可是晚了，他已經喝下一半。藥汁像血一樣紅，染上了元宵的唇，配著他精緻的容貌，像是飲血的妖孽，危險又魅惑。

湯圓低頭看著手裡的小瓶子，眼淚不停落下，她實在不能理解，為何會弄成這個樣子，為何赴死的人變成了元宵？

哭泣間，臉頰被人輕輕觸碰，溫柔至極，像是在碰易碎的珠寶，手心還傳來輕微的顫抖。湯圓看向元宵，看到了他臉上的柔情和一抹輕笑。

「我要死了，妳能不能騙騙我，讓我死得開心點？」

滾燙的眼淚滑過元宵的手心，湯圓只是望著他，淚眼模糊，看了許久，抑或只是一會兒，湯圓忽地笑了，然後重複元宵剛才的動作，把瓶子送到嘴邊，將裡頭剩下的藥全吞了下去。

瓶子滑落在地上，發出一聲清脆。

她低著頭靠近元宵，伸手環住他精瘦的腰，頭依偎在他的胸口，聞著他身上好聞的龍涎香，那是最令她安心的味道，嘴角彎起了一抹甜蜜。

「我陪你，你去哪兒我都陪你，我不會讓你一個人的。」雙肩被人用力環住，元宵急速的心跳告訴了湯圓他的答案，湯圓也死死地摟住他，靜待死亡的到來。

「啪啪啪！」

莫名其妙響起了一陣掌聲，而後便聽到皇上有些無奈地道：「好吧，朕輸了，她確實和你一樣，也配得上你，你的選擇沒有錯。」

聞言湯圓離開元宵的懷抱，不明所以地抬頭看向皇上，眼睫上還有殘淚。這是什麼情況？

元宵這次是真的大笑，笑到整個胸膛都在抖動，他摸了摸湯圓的頭，對皇上說得絕對。「那是自然，兒臣的眼光什麼時候錯過！」

隨著元宵的話，湯圓終於回過了神，思緒也跟著回來了。元宵吞藥時皇上一點都不驚訝，就連長安也沒有來阻攔，所以他們是串通好的，這藥是假的?!

元宵跟皇上得色了一番才發現湯圓有些不對勁，見她低著頭看不清楚神情，他連忙解釋。「這個主意可不是我想的，是父皇，他怕我識人不清，說如果我們的心思一樣，那他就再也不插手我們的事了。」

當著本人的面，把所有事情都推到了對方身上。

皇上抽了抽嘴角，可一看到自家兒子求饒的眼神，他白了他一眼，當了這個惡人。

「自導自演卻被我狠狠賞了一巴掌的笑話？」湯圓聲音有些悶。

再傻都知道湯圓生氣了，更別說是元宵這種腦子轉得比常人還快幾倍的人。他拉住湯圓的手想把人重新拉進懷裡，湯圓居然沒有掙脫，順勢又挨到元宵身邊，元宵有些詫異。這丫頭的脾氣變好了？總覺得不大對勁……

「啪！」

異常響亮的巴掌聲在殿內響起，皇上、長安和幾位太監全張大嘴看著腦袋被搧到一邊的元宵。一點都沒留情，臉頰旋即紅腫了起來。

元宵被打懵了，一時間反應不過來。

湯圓退後一步，面無表情地看著愣愣伸手撫臉的元宵。

「你說的沒錯，確實是一場笑話。」言畢轉身離開。

皇上這下終於舒坦了。終於有人能治住老七這個渾蛋！看著仍在發愣的兒子，笑得異常開心。

「嘖，玩過火了？」

元宵。「……」

「明明是你自己的主意，還敢全部推到朕的身上來，讓朕陪你演戲還得當惡人。」

元宵。「……」

「好在小姑娘的眼力好，知道朕是無辜的，得找你這個罪魁禍首才行！」

元宵。「……」

伸手拍了拍元宵的肩膀。「嗯，這個兒媳婦朕很滿意，以後朕不會插手了。」

元宵沒回話，直接追了出去。媳婦都跑了，你滿意有個屁用！

陳公公一直在外面守著，見湯圓從御書房裡獨自出來，神情仍是不快，挑了挑眉，把心中詫異壓了下去，快步上前走到湯圓的面前。

湯圓腳步一頓。這是元宵的錯，不能怪旁人，而且陳公公曾好心提點過自己。雖然盡力忍耐，但是她只要一想到對方都知情，只有自己一人蒙在鼓裡，好心提點也變成了看好戲的模樣，面色不禁又更沈了幾分。

剛才，她真的以為他要死了，拋棄湯家陪他赴死，最後居然是一場笑話！

陳公公見湯圓呼吸漸漸變得急促，臉色轉紅，顯然氣得不輕，笑了笑道：「姑娘對宮裡的路不熟，奴才帶您出去。」

他一邊說，一邊彎身在前方帶路，沒問裡面發生何事，如此識相，讓湯圓莫名覺得自己好像在無理取鬧，於是勉強笑了笑。

「有勞公公了。」

「不敢，這都是奴才該做的。」

湯圓覺得挺不好意思的，若是陳公公問起，就算有幾分不樂意，她還是會說，都已做好被問的準備，結果瞅著陳公公的背影瞅了一路，眼前的人壓根兒沒回頭。

不得不說，她真的鬆了一口氣。

這會兒天氣已慢慢轉涼，日頭沒那麼毒辣了，輕拂而過的風還很涼爽，湯圓的情緒漸漸平復，甚至還有心情四處打量。

陳公公避開了大道，帶著她穿過花園的羊腸小徑，一路上滿是各色花卉和湖泊。皇宮不愧是皇宮，景致不是旁的地方可以比擬的。她欣賞著路邊的景色，沒察覺陳公公的腳步慢了下來。

陳公公不著痕跡地搖了搖頭，並沒有回頭，一邊帶路，一邊說起。

「說來，奴才也算是看著七皇子長大的。」

聞言湯圓腳步頓了頓，沒有出聲，繼續跟著陳公公的步伐前行。

陳公公也不看湯圓的反應，獨自陷入了回憶。

「當年貴妃娘娘難產離世，皇上太過傷心，有些忽視了剛出生的七皇子，那時七皇子便由奴才帶著，皇上是處理完貴妃娘娘的後事才接手的。奴才也見過前幾位殿下剛出生時的模樣，沒有一個像七皇子這麼粉裝玉琢、白白嫩嫩的，若是不說，任誰看了都以為是個姑娘。」

說到這，陳公公的聲音有了些笑意，湯圓也彎了眼睛。

他絮絮叨叨地說了許多元宵小時候的趣事，湯圓最開始嘴角微彎，到現在已輕笑出聲。

「真的？皇上真這麼做了？」語氣有些不可思議。

陳公公笑著點頭。「是呢，怪也只怪七皇子長得太可愛了，給他換上了小裙子竟比其他幾位公主更漂亮。」又悄悄在湯圓身邊耳語。「奴才跟您說，其實皇上還讓畫師給七皇子畫了張畫像呢，一直收在皇上的私庫裡，七皇子至今都不知道這件事呢！」看著湯圓瞪大的眼，陳公公十分上道，直接說：「奴才下次找出來給您看看？」

湯圓忙不迭地點頭。居然還留了畫像，可得好好嘲笑他！

說話間兩人已經走過大半個皇宮，宮門遙遙在望，陳公公還是不忍看元宵難過，想為他說些好話，話鋒一轉，說得直接。

「其實姑娘不說，奴才也大概猜到了裡面發生什麼事。」

陳公公一提到這個，湯圓的笑意瞬間消失，唇線抿直。

「皇上雖是皇上，但對七皇子而言，皇上更是慈父，並非嚴父；皇上對七皇子甚至到了溺愛的程度，造成七皇子性情乖張，很多處事方式常人都無法忍受。不是奴才偏心，奴才只是摸著良心說，七皇子的性子您大抵也清楚，他從未主動招惹別人，都是別人來招惹他。他做事直接，手段更直接，全是攤在日頭下，不屑耍陰險手段，所以外面的傳言才會那麼難聽，因為七皇子根本從未掩飾……」

陳公公好心勸說，湯圓卻一下子沈了臉，直接打斷。

「他們是父子，皇上對他好是應該的，那也不是我能評價的，你說的這一切和方才的事完全無關，今日這事就是他不對！」

看到湯圓此刻的神情，陳公公也知道多說無益，越說她越聽不進去。

「奴才沒說這事七皇子做得對，他是做錯了，但沒有錯到不能挽回的地步。姑娘現在當然會生氣，奴才只盼您氣幾天便能消消氣，然後與七皇子坐下來好好談一談，不要把人拒之門外。」

湯家的馬車一直在宮門口等著，紅裳、綠袖看到湯圓完好地出來了，似乎沒有受到什麼委屈，對視一眼，彼此都鬆了一口氣。紅裳連忙拿著披風上前替湯圓圍上了，綠袖也拉好了馬車的簾子準備迎湯圓上車。

陳公公說了一路，湯圓就算有氣也散得差不多了，當然，最主要的是人家只是打圓場，又不是主事的。她本已上了馬車，又讓綠袖掀開簾子，看著還站在車外的陳公公道：「公公快些回去吧，我不會拒他於門外的，但希望公公能轉達，我這幾天不想看到他。」

「奴才知道了，姑娘慢走。」

這邊馬車剛走，那邊元宵就不知道從哪個角落鑽了出來，眾人紛紛低頭行禮，元宵只是揮了揮手，直接竄到了陳公公面前。

「怎麼樣？她跟你說了什麼，是不是特別生氣？要不然我現在追過去？」

這一來就問了一長串，陳公公沒即刻回答，只是盯著元宵臉上的巴掌印發愣。看來姑娘是非常生氣吶，不過看七皇子現在的樣子，也知道他這是陷入得深了，這可是七皇子十多年來的第一個巴掌呢！居然沒生氣，只想著道歉。

他搖了搖頭。「湯小姐說了，說這幾日不想見到您。」

說也奇怪，並沒聽說七皇子曾去湯府拜訪過，湯小姐也是大門不出、二門不邁的，這兩人是怎麼見面的，湯小姐為什麼會說不想見到他呢？

陳公公不明白，元宵可是清清楚楚，這是說晚上不能翻牆了！

第五十六章

那邊元宵如何悔恨就不提了，這邊湯圓正被紅裳、綠袖追問。

兩人眼也不眨地問了好長一串問題出來，湯圓簡單解釋了一番，大抵是說皇上不過想找自己談談，沒有任何為難，不用放在心上。

好不容易兩人放了心，可湯圓接下來的吩咐又讓她們感到莫名了。

「為什麼突然要去柳家住一段時間？」

湯圓側頭看著窗外。「沒什麼，只是好久沒看到外祖母，也好久沒和幾位舅媽說話了，回京到現在，我也只回去了一次而已，以前在揚州是沒法子，現在回了京自然要好好盡盡孝道。」

湯圓說得淡然，可是紅裳和綠袖都感覺到了她的不對勁，總覺得小姐說話間似乎有些委屈，但細看湯圓的神情，又覺得她和以前沒什麼兩樣，兩人心裡嘆氣。小姐大了，這心思更加猜不準。

綠袖想得開些，既然家裡沒事，小姐去柳家住一段時間散散心也是好的。

「那奴婢回去就收拾東西，不知小姐打算住多久？」

聞言湯圓一頓，低頭想了一番才道：「多帶些，把厚衣裳也帶上吧。」

厚衣裳也帶上？綠袖看了紅裳一眼。現在暑熱剛過，正值初秋，小姐說的厚衣裳應該是大毛的吧？那少說得住上幾個月了。

雖然湯圓用盡全力揮了那一巴掌，但是她一個姑娘家能有多大的力氣，元宵連藥也沒上，不過三天印子就消失了。只是，臉上的傷是好了，長安還是不敢靠近自家主子。爺不能去找三小姐，想著先從湯大人下手，祭出哀兵政策，這臉上的傷就是最好的證明不是嗎？結果頂著一個巴掌印去上早朝，該看的人沒看到，不該看的則看全了。湯大人根本就沒來上朝，稱病在家休息呢！害得爺還被煥王大肆嘲笑，搞得人人都以為這是皇上打的，殊不知下手的其實是三小姐。

既然主子不能去，自己去總行是吧？後來他帶著一堆好東西去了湯府，結果不僅見不到三小姐，就連湯大人也沒見著，那湯家總管忒能裝傻，東西是收了，結果話一句也沒帶！那廝肯定打太極，說了一大堆就是沒說到點上，就連三小姐這幾天的心情都沒透露半分。

最恐怖的就是昨晚，直到現在主子的臉都是黑的。

他當然知道自家主子隨時都在當「牆上君子」，本來以為三小姐看著和氣，這都氣了幾天了，怎麼也該緩下來了是吧？爺再說些好話，這事就解決了，誰知道三小姐根本不在家，跑去柳家作客了！

這柳家可不像湯家，湯家的奴才們雖有些拳腳功夫，最多也只能糊弄外面的小混混，但柳家可是以武將發家，已延續好幾代，那些個奴才都能當侍衛用了！聽說前些年有個不長眼的宵小跑去翻柳家的牆，結果剛落地就被逮住，什麼也還沒說直接打了個半死；要是爺也被逮住了，黑燈瞎火的一頓揍，找誰說理去？這三小姐還真夠狠，直接去了柳家，把爺的念頭都給斷了。

長安小心地抬頭瞄了瞄坐在上首的元宵，臉色好像更黑了……縮了縮肩膀，站到柱子後面去。三小姐，拜託您早點出現吧！

這邊長安正儘量減少自己的存在感，那邊侍從又在外頭探頭探腦，長安輕手輕腳地退了出去。

「你最好有很重要的事，不然換你去近身守著爺！」

誰都知道七皇子最近心情不好，除了長安沒人敢上前去說話，那人也不囉嗦，直接一揮手，後面一人一狗跟著進來了。

長安瞪大了眼，不可思議地揉了揉眼睛再看。這這、這不是將軍嗎！

「將軍，你怎麼回來了！」

將軍眼皮一抬，瞅了長安一眼就不再看他，甚至連腦袋都微微偏去，一身不屑。哼，好歹是和本狗一起長大的，看到本狗有必要那麼吃驚嗎？傻成那樣！

長安很詭異地看懂了將軍的表情，瞬間拋開疑問，滿腦子只不停地迴盪著一句話——居然被一隻狗瞧不起了，就算是七皇子的狗也不行！

他直接飛撲過去，一人一狗扭打成一團。

「呸呸！」長安吐了一嘴的狗毛。「將軍你打架居然把爪子往人嘴裡撓，呸呸，你這跟誰學的！」

長安直接騎在將軍身上，雙手掰著將軍的爪子，不停地吐嘴裡的毛，呸了好久才後知後覺地發現將軍沒反抗了。這狗力氣大著咧，自己就算能壓著牠最多也只能壓一時，這次怎麼老實這麼久？他側過頭，看到一雙黑色金紋的靴子，頓了頓，慢慢地抬頭，只見元宵冷冷地站在面前。

長安。「……」

將軍抽回兩隻爪子，摀住眼睛。怎麼能蠢成這樣！

元宵皮笑肉不笑地看著一人一狗，盯得長安冷汗都冒出來了，人還愣愣地坐在將軍身上，都忘記要起來。

「既然要坐就別在這兒坐了，去御花園坐吧，正好曬曬太陽。」

輕描淡寫的，就讓一人一狗去人來人往的御花園丟人。

血的教訓告訴長安，這個時候如果敢求饒，懲罰一定是加倍！他默默地從將軍身上爬起來，彎身退後，步履維艱地往御花園移動。長安甚至可以預見，明天別人肯定會傳，不僅七皇子有龍陽癖，就連他的侍衛都跟狗有染……

元宵靜靜地看著一人一狗離去的背影，臉上罕見地沒有怒氣，而是無奈。

湯圓，是真的生氣了……

湯圓正在整理東西，不是把從湯家帶來的東西整理到柳家的客房，而是把東西全整理到一輛更大的馬車上去，基本上都是厚衣服和大毛衣裳，連暖爐這些也都備上了。

「小姐。」紅裳抱著一堆東西從外面走了進來，一邊把東西遞給車裡的綠袖一邊稟報。「總管剛才派人來說，將軍已經送回七皇子的身邊了。」

湯圓點點頭表示知道了，繼續埋首整理自己的小東西。

那天回去後夫人又追著問了一遍，小姐好歹把情況都交代清楚了，自己和綠袖也認為七皇子確實做得太過火。

看現在小姐的樣子，好像是心死，居然連將軍都送回去了，如今甚至還要去邊關！雖是跟著柳家人一起過去，順便看看柳七爺，但是柳七爺當初和小姐差點有婚約呢，這七皇子雖然脾氣差，但對小姐真的很好，小姐真就這麼走了？若七皇子知道小姐去邊關看柳七爺還不鬧翻天！

「小姐，咱們就這麼直接走了？」不給某人留個信嗎？

湯圓點頭。「是，竹嬤嬤那邊安頓好了嗎？她的舊友可都還在？湯家的人去打點了嗎？」

這次去邊關路途遙遠，小舅母還打算邊遊玩邊過去，少說得在路上耗兩個月。竹嬤嬤年紀大了，當初回京走的是水路都有點難熬，這次坐馬車她更是受不了，湯圓也不忍她一把年紀還得跟著自己折騰，好在竹嬤嬤在京內有好友，正好過去小玩幾個月。

見湯圓顧左右而言他，紅裳心下嘆氣，也不再多說，順著湯圓的話道：「都打點好了，竹嬤嬤已經過去，夫人還派了兩個小丫鬟跟著伺候。」

「那就好，我去小舅母那邊看看有什麼需要幫忙的，妳們手腳也快點，午飯過後我們就要出發了。」

看著湯圓離去的背影，紅裳、綠袖對視了一眼。只能為七皇子默哀了，誰讓他要惹小姐生氣，小姐平時不生氣，生氣起來誰也攔不住。

長安和將軍在御花園待了一個時辰後，實在受不了宮中奴才們的詭異視線，硬著頭皮跑回來向元宵提議。

「主子，咱出宮去吧！姑娘生氣不都得哄嗎？哄姑娘不外乎就是送東西了。」

反正都是死，不試試怎知能否逃過一劫。

元宵還真的低頭想了想，然後不悅地反駁。

「她什麼東西沒見過？我連母妃的玉珮都給她了，這已是世上最好的東西，還能送什麼！」

看著有戲，長安嘴一咧。

「爺，這您就不知道了，三小姐金尊玉貴地長大，自然是什麼好東西都見過，可那也只是深閨裡的東西呀！說不定，一支金簪子在三小姐眼裡還不如外面的一串糖葫蘆來得有趣呢？」

是了，湯圓不愛出門，外頭的東西她應該都沒見過，這似乎可行！

元宵現在是真的不知道該拿湯圓怎麼辦，她確實沒有拒他於門外，只是躲起來了而已，害他見不到人，連道歉的機會都沒有。

說做就做，他立即帶著長安出了宮。

湯圓坐在馬車裡，小舅母大約是看出了自己的心情並不是很好，並沒有選擇與她同坐一輛馬車，而是讓她們主僕三人一車。

綠袖耐不住性子，偷偷掀開簾子看著外面的情景。大街上人來人往，小販、車輛到處都是，綠袖看得一臉興奮。

突然，她扯了扯湯圓的袖子。「小姐、小姐！」

湯圓聞聲望去，身子一頓。

是元宵和長安。

兩人都穿著常服，可那一看就知道很名貴的衣料和原本就出色的容貌，讓多數人的目光都聚集在元宵身上。他眉頭微擰，渾身寫滿了不耐煩，和以前的他沒什麼兩樣，還是這般毫不掩飾。

看來，他過得挺好的……

湯圓伸手把車簾拉上，閉起眼睛養神。「出門還有段官道可以好好歇息一番，等轉了小路就有得受了，都歇歇吧。」

紅裳、綠袖這會兒更不可能幫七皇子說好話了。小姐都氣得出發去邊關了，他倒好，還有心思在這兒閒逛，活該小姐走了都不知道，哼！

元宵若有所思地看向一列出城的馬車。剛才好像有道奇怪的視線？

長安順著元宵的目光看了過去，探了探身子，瞧得仔細些才道：「不知道是誰家的，沒有家族標記，估計是哪家帶著女眷出遊去了。」

此時天剛轉涼還不冷，正是出遊的好時機。

元宵點頭，把心裡那怪異的感覺扔開，繼續低頭尋找哄湯圓高興的小玩意兒。

第五十七章

湯圓一身淺綠色薄襖，素著張臉，手裡抱著暖爐，懶懶地靠在馬車的軟墊上，一點精神都沒有。紅裳、綠袖也好不到哪裡去，雖然兩人都沒暈車，可連著兩個月都在馬車裡度過，沿途欣賞風景的興頭早在半個月時就過去了，現在只盼著快點抵達邊關，好好歇歇。

小舅母拉開簾子時，看到主僕三人都歪在馬車裡，噗哧一聲笑了。

「妳們三個就像那霜打的茄子似的。再兩個時辰就到了，這裡可是離邊關最近的一個小鎮，真不出來看看？」一邊說一邊上了馬車，拿起一旁的披風替湯圓圍上，理了理她的秀髮，直接把人拉下車。

紅裳、綠袖見狀也跟了下來。

驟然離了馬車內的溫熱，被秋風一吹，湯圓瑟縮了下清醒許多，她邊聽小舅母說話，邊在馬車四周稍稍走動，耳邊全是關心的念叨。

「年輕姑娘不要總悶在一處，雖然這路上確實沈悶，但偶爾看一些風景也讓人亮眼呢！」

小舅母的話也沒錯，靠近邊關的這個小鎮已和京城有極大的不同。

邊關苦寒又苦熱，聽聞夏季時日頭很大，住在這邊的人膚色都要黑上幾分，除此之外更主要的，是氣質。此處普通年輕男子滿身懾人的肅殺之氣，京城街上隨處可見的公子哥兒這邊幾乎看不到，就算有，也是周身的蠻橫。

湯圓在打量別人的同時，別人也在打量著湯圓。

看這一隊馬車，雖然沒有任何家徽，但是其他人大概也能猜得分明。探親的車隊時常在此休整，看這馬車、看這周圍的守衛就知道必是貴族；只是他們從未見過這麼白嫩、這麼好看的姑娘，不施粉黛就人比花嬌，一身淺綠衣裳站在風中，好像春天才能看到的青蘭，柔弱卻不嬌氣，十分吸引人。

小舅母不著痕跡地擋住男子們的視線。現在是深秋，四周一片蕭索，小湯圓這一抹綠吸引太多人了。

她引著湯圓繞著馬車走了幾圈，活動活動筋骨就把人又送上了馬車。

「我第一次來的時候也和妳一樣累得緊，不過多來幾次後，不習慣也得習慣了！誰讓妳幾個表哥都喜歡往邊關跑呢，我這當娘的放心不下，總要來看看才行。」

不僅是柳雲非，湯圓前面幾位表哥初到邊關時，小舅母都會親自去探望。

「雲非哥哥雖然小時候有些頑皮，長大後卻很穩重，小舅媽無須太過擔心。」湯圓讓竹嬤嬤按摩的這些年，或多或少也學會了一些手法，她一邊應話，一邊在小舅母的腰部適當地按著。

對於湯圓的舉動，小舅母很是受用，再一次感嘆自己沒有女兒命，更得不到這樣一個貼心的好媳婦。

她隱隱知道一些事，因此途中一見著壯闊絕美的風景都會刻意停下來讓湯圓好好看看，這大好山河最適合轉換心情了。只是湯圓雖按著自己的話去做了，可眉宇間還是有些鬱鬱寡歡。拍了拍湯圓的手，讓她坐好，看著她說得語重心長。

「我不清楚妳和七皇子到底是怎麼了，但多少也知道你倆現在似乎有些問題。」

湯圓垂下眼簾，沒有答話。

這一路上幾次想找湯圓談心，她都是這樣避而不談，小舅母已經習以為常，當初離京時，她也想給湯圓放鬆的時間，如今都過去兩個多月，再大的氣也該消了。就她瞭解，依七皇子的性子，肯定會追過來的，若人來了，湯圓還這般端著，不好。

「妳只需要告訴我，妳還在意他嗎？」

在意嗎？當然在意，就是因為太過在意，才會這般生氣。他太過兒戲，怎麼能如此對待自己！

小舅母把湯圓臉上的那抹責怪看得清清楚楚，總算鬆了口氣。

這孩子性子冷，少有情緒，大多時候都不知道她在想些什麼。雖然湯、柳兩家不需要姑娘進宮去光耀門楣，但這兩位不同，他們從小就糾纏在一起，要找到兩情相悅，最後又能稱心如意的對象實在太少，既然有這樣的緣分，就該珍惜才是。

她緊握著湯圓的手，微微笑道：「小舅母以過來人的身分告訴妳，男子啊，有時真的很粗心大意。女子心思細膩，總愛東想西想，但是男子心寬，他們並沒有想那麼多。妳小舅舅妳也清楚，就是個粗枝大葉的人，我和他混過了幾十年就學會了這一點——生悶氣是絕對沒用的，妳越不理他，他反會跟著一起生氣，因為他根本不知道原因為何，坐下來好好談一談才是上策。」

湯圓頭一撇，看著窗外悶悶地說：「他當然知道我為什麼生氣，他也知道我有多生氣，我當時就給了他一巴掌。」

「妳、妳給了他一巴掌?!」

湯、柳兩家有自己的人脈，雖不清楚事發經過，至少聽聞了結果，不過小舅母敢保證，絕對沒人知道七皇子挨了湯圓一巴掌！事後一點風聲都沒有，顯然是被人壓了下來，而這個人是誰，當然是七皇子了！

七皇子這人可是連皇上都敢頂嘴的，居然能挨這一巴掌？

她吞了吞口水，看著湯圓依舊倔強的側臉，搖了搖頭。小姑娘是身在福中不知福啊……不禁有些羨慕，當初自己新婚時不也是這樣，說生氣就生氣，對方必須來哄著，現在，心思早就被孩子分走了。

「小舅母知道妳現在心裡過不去，感情是兩個人的事，我說再多也是無益，只勸妳一句，既然妳還在意他，便適當地讓一步，別讓自己以後後悔。」

車隊只是在這個小鎮稍稍休整，說話間外頭已經準備出發了，丫鬟在外喊著，小舅母應了，對湯圓笑笑便回了自己的馬車，而後紅裳、綠袖也回到車上。

紅裳下去走了一陣，精神好了些，回來又開始念叨這一路上說了無數次的話。

「小姐，不是奴婢愛說您，脾氣有時候不要太大，這都過了兩個月了，心放寬些吧，這些日子奴婢從沒見您笑過，咱們是出來放鬆的，您這哪像出來玩啊，要是夫人知道，又要心疼死了！」

綠袖喝了口茶也跟著勸。「就是，不管小姐有多氣，但您和七皇子自小情分就在，皇上也知道的；既然這樣，事情肯定不能更改，小姐現在跟七皇子鬧脾氣，以後還不是要入他的府？」

湯圓敲了下綠袖的頭。

「說話越來越沒大沒小，這是妳一個未出閣的姑娘該說的？妳要是想嫁人了，明兒回家我就告訴妳娘去，讓她隨便找個人把妳嫁了，用不著在這兒笑話我。」

對於湯圓的反擊，綠袖絲毫沒放在心上。自己只是一個丫鬟，又不用像小姐那樣顧東顧西的，而且她也沒當著外人的面說。她扭了扭頭。「小姐您就繼續撐吧，等哪天七皇子真的找過來了，奴婢看您怎麼辦！」

怎麼人人都幫著那個混蛋說話！湯圓頭一偏，直直地看向窗外自己生悶氣。紅裳、綠袖兩人偷偷互看一眼，摀著嘴笑了。

前些日子這些可是提都不准提的，今天還說上了幾句，是不是代表著小姐不生氣了？

柳家的車隊走後約莫過了半個時辰，小鎮又來了一位年輕男子，騎著一匹漆黑的駿馬，冷著一張臉，周身散發的氣勢讓人不敢直視。

來人正是元宵，他隨手把馬交給了迎上來的店小二。

「這位客官，包廂沒有了，大廳可好？」

元宵點頭，隨意點了幾道菜，打算趕緊吃完，早點把某個不聽話的人給扛回去。要不是因為剛接手了軍隊，還有太子、成王、煥王那邊的一堆破事要馬上處理，他也不會浪費這麼多的時間，害他一路快馬加鞭至今還沒趕上！

「剛才那姑娘可真好看，我瞅著比飄香院的頭牌還要美！」

隔壁桌客人的談話，元宵並沒有放在心上，本來男子聚在一塊兒講的就是這些，軍營裡的葷段子更甚，他早已習以為常。

豈料下一句就把元宵心裡的火徹底點燃。

「飄香院的頭牌哪能比，那可是柳家的姑娘！」另一名男子自信地說道，見旁人都看向他，更加得意洋洋。「我哥在軍營裡所以我知道，柳家今年是柳七爺來邊關，據說先前柳家那幾位爺初到邊關時，柳家的夫人總要來一趟。那位姑娘，看那面龐、看那身段、看那氣質，難道是丫鬟？肯定是小姐了！」

話音剛落，砰地一聲，人就直接被踢飛到了門外。其他人慌忙起身，只見剛才進門看起來很冷的公子站在位置上，笑得瘮人。

車外傳來奴僕們的歡呼聲，紅裳、綠袖一臉驚喜，掀開簾子指著窗外。

「小姐，邊關到了！」

被兩人的情緒感染，湯圓也激動了幾分，伸手拉開簾子看向了外頭，巨大的城門近在眼前。邊關果然和京城不同，氣氛嚴肅緊繃，城牆每隔一小段就有一座瞭望臺，士兵不斷來回巡邏。

「終於可以不用坐馬車了！」綠袖、紅裳一起伸了個大大的懶腰。

柳家的車隊無須排隊，從一旁的小門直接進了內城。綠袖本來還掀著簾子興奮地瞧著外頭的風光，突地手一頓，急忙把簾子給拉上，臉色看來有些不自在。

湯圓逮著機會，笑道：「原來天不怕、地不怕的綠袖也有害怕的時候？」

剛才她便瞧見了，這裡不僅城牆上到處都是士兵，城裡巡邏的士兵也是一隊接著一隊，而且這些男子眼神凶狠，綠袖剛才被人看了一眼，分明是被嚇到了。

「怎、怎麼可能！」綠袖結結巴巴地反駁。「我是怕別人看到小姐才放下簾子的！」

湯圓自是不信，紅裳也沒放過，一起跟著取笑綠袖，談笑間，不知不覺就到了柳家的落腳處。柳家的爺兒們來邊關肯定都是住在軍營，只是另外買了一處小宅子，專門讓柳家的夫人們暫住。

是真的小，就三進三出，伺候的奴才也是寥寥幾個，還沒從京城那邊帶來的多，不過倒是收拾得很索利，舅母她們幾年才來一次，屋內仍是一塵不染。

宅子的管家出來迎接，他年紀四十出頭，體態微胖，一直笑咪咪的，看著很是親切。趁管家跟小舅母說話時，湯圓四處看了一番，等兩人談完，小舅母走到湯圓面前。

「這宅子小，好在還挺乾淨的，妳將就著住幾天，反正咱們也不會待太久。」

紅裳、綠袖已先去客房整理，湯圓挽著小舅母的手一邊走向正廳一邊道：「出門在外，能有個落腳處就極好了。這宅子小是小，該有的一點不少，我怎會嫌棄呢？」

管家抓準時機道：「三夫人今兒可有口福了，七少爺得知您和湯小姐今日就會抵達，一早便說要去打獵呢！這秋高氣爽，外面那些鹿正肥美，方才已派人過去通知七少爺，算算時間，也差不多該回來了。」

軍營外是片一望無際的草原，無事時士兵、將領們都愛去附近打獵。

小舅母來了興致，轉頭對湯圓說道：「這是真的有口福，這裡獵得的可是真正的野獸，和京城獵場裡的不一樣，也不像人送的，到家門時要麼死透了，要麼也差不遠了。」

對京城那些所謂的野味毫不掩飾地嫌棄。

「噗哧。」湯圓被逗樂了。「好，那我待會兒一定好好嚐嚐，這可是雲非哥哥專門為小舅母打的呢，我就跟著沾光了。」

「誰不誇妳嘴甜呢！」對湯圓的恭維小舅母很是受用。「好了，客房那邊一直都有人打掃，紅裳、綠袖只須把妳常用的擺上就行了，這會兒想必也差不多弄好了。咱們在馬車上過了幾個月，都乏得很，我還有事要處理，妳不用陪著我了，去沐浴一番休息一下吧。」

見湯圓又想說，直接開口，把她的話給堵了回去。

「熱水早就準備好，都已經送過去了。」

是累，但還在可忍受的範圍之內，湯圓本想堅持的，可小舅母話都說到這個地步了，她也不好再推辭，又叮囑幾句，讓小舅母注意身體後，順從地去了客房。

客房一樣小巧，但勝在整潔且還算精緻，湯圓進去時紅裳、綠袖果然已將東西整理好了。

紅裳翻出了換洗的衣裳，引著湯圓往後面走。

「剛才有嬤嬤送了好些熱水來，連花瓣也備好了，小姐好好泡泡，去去疲勞吧。」

這些年紅裳也從竹嬤嬤那兒學了不少按摩的技巧，她先清洗雙手，正準備替湯圓按摩時卻被制止了。

「不必了，妳和綠袖也累，都先去沐浴吧，不用伺候我了。」湯圓也學小舅母，搶在紅裳回絕之前開了口。「快去，不然我生氣了。」

紅裳躊躇了下，這些天雖在客棧洗過，但總是不比家裡方便，都是草草了事，總覺得身上有股味道似的，其實她早就受不了了，一聽湯圓這樣說，便不再推辭。

「那小姐您自己先泡著，奴婢一會兒就來。」

「去吧。」

這次來邊關，一是為了避開元宵，二是為了雲非哥哥，如果她沒記錯，上輩子是在今年冬天得知他失蹤的消息，但柳家應該瞞了一段時日，算算他差不多就是在這段時間出事。

柔荑隨意撫過水面的花瓣，湯圓低低地笑了。果然是個好哥哥，宅子裡根本沒半朵花，這裡又沒女主人，哪用得了花瓣洗澡，想也知道是他吩咐的。思緒飛轉，此時唇邊的笑意倏地頓住，她微微噘嘴。

不知道他怎麼樣了，有沒有……想自己呢？

思念的情緒很快就被惱怒覆蓋。小舅母有心讓自己散心，車隊一路上走走停停，比平常多費了半個月才到邊關，可至今居然一個消息都沒有，她才不信他沒發現自己離京了！

可惡，就是一個潑皮、無賴、渾蛋！

舒舒服服地泡完澡出來，綠袖已鋪好了床，湯圓這會兒精神好了些，不想休息，便讓紅裳、綠袖待在房裡歇著，自己去了正廳陪小舅母說話，誰知說著說著管家忽然匆匆忙忙地跑進來，一直掛在臉上的笑容已不復見，看起來急得不得了。

「夫人，七少爺和人打起來了！」

聽到這話，原先有些緊張的湯圓和小舅母反是鬆了口氣。還以為是什麼事呢，把人嚇了一跳，小七和人打架多正常啊，他可是從小打到大的。

見兩人都不著急，管家腳一跺。

「七少爺和七皇子打起來了，就在門口呢！」

「什麼?!」

「什麼?!」

兩人同時喊出聲來，彼此對望一眼，快速往門口而去。

第五十八章

湯圓快步朝門口奔去，腦子裡就一句話——

他竟然追過來了！

震驚的情緒持續到了門口，她睜大眼看著和柳雲非打得不相上下的元宵。他瘦了，模樣有些憔悴，臉上冒了些鬍渣出來，以往總是整潔的衣裳沾滿風塵，整顆心一下子就被心疼占據，張了張口可又不知該說些什麼。

湯圓站著沒動靜，小舅母則是直接走到了兩人中間。「別打了！」旁人勸不住，小舅母當然勸得住，畢竟是其中一個的娘，另一個的未來長輩，兩人都得讓著她。

小舅母也不多說，只是回頭揚聲問：「湯圓，冷不冷？」然後再回頭，果然，兩人的視線都移到湯圓身上去了。

湯圓下意識地避開了元宵火熱的視線，瑟縮地抖了抖肩膀。還沒來得及回話只聽得幾聲腳步聲，而後手腕便被人緊緊拽住，還沒回神人已自動跟著往裡走了。她抬頭看去，是元宵繃得緊緊的側臉，雙唇抿成了一條線，顯示出主人的不高興。

他不高興？她還不高興呢！

湯圓也抿著雙唇，忽地停住了腳步，掙扎著想把手抽回來，可湯圓越用力，元宵就捏得越緊。

「你要做什麼，拉拉扯扯的成何體統！」

湯圓明明是怒斥，元宵卻似恍然大悟地點頭。

「原來妳是想我抱妳進去。」

湯圓雙眼驚恐地瞪得老大，反抗的話語和動作都還沒來得及實施，人就已被元宵攔腰抱起。

湯圓完全傻了，心跳快得好像要跳出來一般，可她怕他會做出更嚇人的事情來，只是仰頭盯著他下巴的弧線，臉上一片緋紅，老老實實地不敢再說什麼，一心盼著快點到廳內，讓他把自己放下來，太羞人了！

湯圓的安分令元宵神情終於鬆了些，看她羞得滿臉通紅，他壞心思地把人抱得更緊，見她想掙扎又不敢的模樣更解氣。可惜院子太小，幾步就到了正廳，元宵撇嘴。那麼小的地！

他不捨地把湯圓放了下來，看到湯圓鬆了口氣的表情，瞬間又不爽了，一把將剛落地的湯圓又拽進了自己懷裡，在她耳邊低語。

「再不聽話，當眾親妳。」

湯圓的臉瞬間爆紅，惱怒地抬頭瞪著元宵。

元宵無所謂地挑眉，臉上明明白白地寫著——不信試試。

瞪了好久他依舊都是這副不要臉的樣子，湯圓心裡暗罵卻不得不服軟。

「知道了，你快點鬆開。」

元宵也知道過猶不及，這才追上呢，前面的事還沒解決別又鬧上了。他拉著湯圓在旁邊坐下，不過湯圓根本不敢看元宵，更不敢看小舅母和柳雲非，害羞地低著頭。

元宵不再鬧她，回頭看向跟在後頭的柳雲非，上下打量了一番。和在京城時樣子沒什麼區別，只是人黑了些，看著精神更好了點。他挑了挑眉，開口道：「看來邊關很自在，柳七爺適應得挺好的。」

柳雲非看著湯圓面若桃花的臉，心緒複雜，再聽到元宵不陰不陽地問好，笑了。

「柳家一門武將，身為柳家人，我自然能適應得非常好。」他學著元宵方才的樣子，上下打量。「看來七爺不太適應，樣子有點狼狽呢！」不等元宵回話又道：「也是，養尊處優的日子過久了，當然難以適應邊關的辛苦，還是早點回京吧，身子累出什麼毛病就不好了。」轉身坐到了椅子上。「擅自離京可是大罪。」

柳雲非從來都看不慣元宵，特別是湯圓選擇了他之後，但是為了湯圓，好歹給他留了面子。沒有行禮、沒有請安，甚至稱呼也變成了七爺，點出元宵身分的事一概沒做。

元宵正要反唇相稽，聽到柳雲非最後那句話，便把這口氣給壓了下去。他轉身打開自己的隨身包袱，拿起明黃的聖旨，隨手往柳雲非的方向一丟。

「我可不是擅自離京，我是奉旨前來。」

柳雲非再次見識到了元宵的大膽，這人就連聖旨都敢隨意亂丟！他伸手接過直接打開，神情即刻頓住，眉頭一皺，直直地看向湯圓。

方才湯圓已強自把害羞給壓了下去，靜靜地看著兩人的互動。

「怎麼了？」見柳雲非神情有異，她挑眉詢問，身子也跟著站了起來想拿聖旨。

元宵快她一步把聖旨拿了回來，不看湯圓，只是盯著柳雲非問：「對於這道聖旨，柳七爺感覺如何？」

湯圓狐疑地望去，這廝面無表情，可為什麼她總覺得他在得意呢？再次伸手想要拿聖旨，元宵一個背身躲過去了。

「剛才答應過我什麼？」

問話間身子同時湊近，湯圓連忙後退了一小步，又變得老實。

柳雲非定定地看了湯圓好一會兒，又震驚地直瞅著元宵，他的表情太過詭異，把湯圓看得心癢癢的，實在很想知道聖旨上寫了什麼。良久，柳雲非才以一臉無奈外加吾家有女初長成的樣子拍了拍湯圓的肩膀。

「好好過吧。」語氣異常沈重。

「啊？」湯圓一頭霧水。

柳雲非也不解釋，再次看了元宵一眼，而後便把僕人都撤了，拉著雲裡霧裡的親娘出去，還貼心地關上門。

這會兒廳內只剩元宵和湯圓兩人，湯圓小心地看了依舊在笑的元宵一眼，沒骨氣地後退了一小步。不對啊，錯的是他又不是自己！一想到這，她馬上就理直氣壯了，仰頭看著元宵。想怎樣！

說實話，這一路上元宵確實有很多不滿，可在看到湯圓的那一剎那，全都奇跡般地消失了。他上前一步，在湯圓錯愕的眼神下又把人給打橫抱了起來，不顧她的掙扎坐到椅子上，雙臂環繞，把她牢牢地圈在了自己的身上。

坐的是大腿，靠的是胸膛，讓湯圓剛剛勉強壓抑住的害羞瞬間徹底爆發。

這這、這太過分了！

她強烈地掙扎了起來，可湯圓這點力氣在元宵眼裡等於撓癢。

「你快放開我，讓別人看見可怎麼好！」

元宵不聽，彎身親暱地貼上湯圓的臉頰，閉眼輕蹭了好一會兒，滿臉柔和，不見一絲戾氣。

湯圓頓了頓，見他這樣開心，突然在他臉上親了下。

元宵詫異地睜開眼，手上的力氣頓時消失。

湯圓乘機從他身上跳了下來，低頭整理自己的裙襬，就是不敢看元宵，耳尖染上了緋紅。

彎曲手指在剛才湯圓親的地方摸了摸後，元宵笑著起身，站到湯圓面前看著她烏黑的頭頂。

「累狠了？」雖是問句卻是陳述的語氣。

湯圓動作一頓，滿腹的委屈霎時不受控制地湧上，嘴也跟著噘了起來。

雖沒暈車，但坐了這麼久的馬車，一路顛簸，紅裳、綠袖被顛得連說話的力氣都沒有，偏偏又要安慰自己本就低落的心情，為了讓她們省點力氣，她只能冷下臉或者乾脆不出聲，阻止她們繼續費口舌。
心裡難受，身體也難受，可旁人都是這樣，而且也是自己要跟來的，怎好讓別人擔心？她只能強撐，這一路下來，什麼心思都沒了，只剩下疲憊。
湯圓很少做出這麼孩子氣的舉動，元宵看了覺得解氣，輕輕彈了下她的額頭。「活該，就該讓妳受點苦，膽子這麼大，看妳以後還敢跑不！」
湯圓惱怒地抬頭，不料卻看到元宵滿臉的心疼。
他再次把她抱進了懷裡，滿滿的寵溺。
「瘦了那麼多，這得吃多少才能補得回來……」
湯圓扭捏地靠在元宵懷裡，這次倒也沒掙扎了。
起初她確實是挺生氣的，可是後來就越發想他，不知怎的總在想，這路上若是有他在，自己就不會那麼累了吧？若要遠行，他一定會盡力為自己準備周全。
她伸手抱緊元宵，側臉貼著胸膛感受他有力的心跳。
可這樣的溫馨場面只維持不到一刻鐘，湯圓木著一張小臉，僵硬地任由元宵的鹹豬手在身上亂來，一會兒捏捏手臂，一會兒比劃腰肢，結果這人一邊折騰竟還一邊嘟囔。
「肉那麼少，抱著全是骨頭，一點都不舒服……」
湯圓深呼吸了幾次沒忍住，最後一腳踹了過去——
就是個渾蛋加無賴，白白浪費了一副好皮相！
「咳咳！別鬧。」被踹了一腳的元宵收斂了，卻把此事賴到湯圓頭上。

湯圓頭一撇，懶得搭理他。

元宵湊近，將手伸到湯圓眼前揮了好幾下，見湯圓都不回頭，也不著急，拿起早被兩人冷落在旁的聖旨，悠悠地晃到了湯圓的面前。

聖旨？

對了，差點把這事給忘了！

她伸手去抓，元宵又快一步收了回去。

湯圓扭頭怒視。給我！

元宵愜意地拿著聖旨上下來回拋，伸出舌頭舔了舔上唇，意外地有些可愛，在湯圓怔愣之際開口道：「看了這聖旨，就沒有後悔的餘地了，妳確定要看？」

故作神秘！可是湯圓又忍不住，特別是想起剛才雲非哥哥的神情，她就更想看了。猶豫了一小會兒，還是伸手拿過聖旨，但她沒有立刻打開，而是先瞅了瞅元宵，發現他一臉淡定，她無語的癟嘴，默默低頭，打開了聖旨——

隨著視線的移動，她整個人越來越僵硬。

這上面的字她都認識，可加起來怎麼就看不懂了呢？湯圓瞪大眼看得仔細，來回看了不下三遍，最後不可置信地抬頭。

「賜婚了？為什麼突然就賜婚了，怎麼我一點都不知道？還有，為什麼是王妃，你什麼時候封王了？」

最詫異的就是這點，皇上不是很喜歡他嗎，為什麼突然就封王了？還是過繼到旁的親王一脈！

她伸手抓住了元宵的手腕，問得急切。

「你和皇上吵架了？你怎麼不讓著點！」

湯圓已認定兩人鬧翻了，不然怎麼會過繼呢！

見湯圓一臉擔心，比起賜婚一事她更關心自己，元宵就知道，這些日子的奔波是值得的。他反手拉住了湯圓安撫道：「不要著急，我沒有和父皇鬧翻，這些事我待會兒再跟妳解釋，妳現在只需要回答，妳願意嫁給我嗎？我不再是皇子，也不會有其他的妃嬪，我此生，都只有妳一個。妳願意和我一起走完餘生嗎？」

說實話，現在元宵的樣子真的不是很好，髒亂的衣襬，憔悴的面容，和他過往總是無可挑剔的裝扮差別很大，可湯圓卻很喜歡他這副模樣，因為他是為了自己才弄成這樣的。

他的性子或許還是很彆扭，或許以後讓自己生氣的日子還是很多，可都已喜歡上了，又能怎麼辦呢？生氣也好，鬧脾氣也罷，只要他願意來哄自己，願意來低頭，那就好了。

「除了你，還能選誰呢？」湯圓低頭淺笑。

得到滿意的答案，元宵笑了，笑得那麼開心，那麼得意。

「除了我，誰還敢！」話說得豪氣，心裡則是大大地鬆了口氣。湯圓終於是自己媳婦啦！「那我待會兒傳個信，讓人去妳家宣旨了。」

「還沒有去我家宣旨？」聞言湯圓大感奇怪，還以為早就宣了，不然他帶著這一道沒發出去的聖旨跑那麼遠做什麼。

元宵伸手點了下湯圓的鼻尖。「當然得先等妳答應我才敢讓父皇宣旨啊！免得某個小氣巴拉的人又說我自作主張了。」到時煮熟的鴨子都得飛了。

湯圓心裡甜濃得像蜜漿一樣，她笑著撲到了元宵的懷裡，踮起腳尖在他臉頰上大大地親了一口，眼波似水，柔情密意。

「你真好！」

第五十九章

長安大清早就在城門口等著，一直翹首望著進城的車隊，就是沒看到自家主子。

可別又放空話！上次讓自己去回稟皇上說事情已妥當，可以去湯家宣旨賜婚時，也說了不日就起程回京，害他高興的，想說馬上就要有女主子了，結果日盼夜盼沒盼到半個人回來，也沒來封信，還是其他人捎來這晴天霹靂的消息——

爺上戰場去了，而且和柳家七爺一起雙雙失蹤！

當時就連皇上都傻了，不是去追媳婦，怎麼變成上戰場了！他原打算出發去邊關，可皇上不准，只能耐心地等，等了一個月才又有消息傳來，說人找到了，受了傷，但沒有性命之憂。

長安對著手心呵氣，來回踱步。現在已是初春，天氣依舊冷颼颼的，枯木也還沒有回春的跡象，往城外一眼看去，只能看見滿目的枯黃。

他摟著肩膀繼續癡癡地望，就這麼望到了晌午都快成望夫石了，終於，讓他看到眼熟的人。他一把推開和自己套近乎的守門將領，飛快地往外衝，然後一個急剎，看著熟悉的馬伕和隨從，也顧不得禮儀，直接伸手拉開簾子。

「爺！」

只見一個枕頭嗖地從裡面飛出來，直直地砸在長安的臉上，人也跟著倒地。

「沒事吧？」隨從連忙下馬扶起長安。

「沒事……」長安怔怔地從地上爬起，雙目無神，然後兩行鼻血流了下來……

你確定你這叫沒事？

長安不回應他人的疑惑，也不再看馬車了，只抱著枕頭催人快點進城，皇上還等著呢！

馬車裡，湯圓不停地推元宵。都怪他愛胡鬧，這都被長安給看光了！她滿臉緋紅，衣衫凌亂，脖子上可疑的紅點在她白玉般的膚色上極其明顯。一想到剛才任由元宵作怪居然被長安看得正著，湯圓羞憤至極，簡直都快哭出來了。

元宵衣裳也有些凌亂，半靠半躺一副沒力的樣子，隨便湯圓怎麼推、怎麼打也不在意，這點力氣，就當是打情罵俏了。

「看到又怎樣？妳可是我媳婦，馬上就要過門了。」

「你你、你這個不要臉的玩意兒！」湯圓指著元宵，手指發抖。

元宵壞笑地湊近。「我還能更壞點，要不要試試？」說著就要出手胡來。

這迫不及待的語氣是怎麼回事？湯圓忍無可忍，抬腳就要踹去，可還沒踹著，這人馬上就仰倒在椅子上，腦袋挪到了她的腿上。

「傷口疼、傷口疼！」捣著腿嚷嚷。

明明知道他是裝的，湯圓還是停下了自己的動作，小心地在元宵的腿上輕輕按著。

「哪裡疼了，是不是剛才亂動扯到傷口了，要不然我再給你上次藥？」

這傷，是為了自己才有的，湯圓是真心愧疚。

當初他說完婚事就要帶著自己回京，可她這趟是為了雲非哥哥來的，事情還沒處理完自己怎能放心地回去成婚，也不好說明原因，只好說想留一段時間。

元宵問不出個所以然來，還因此鬧了起來，但此事真的太難解釋，便想著等事情解決了再好生跟他道歉。

吵架那陣子，成天看不見元宵人影，不過一到用飯時間他就會準時回來，冷著臉快速吃完，筷子一摔又跑了，這般孩子氣的動作讓她又好笑、又無奈，可當時她沒事就得去找雲非哥哥，沒空搭理他。

日子越久越頻繁，最後幾乎天天都拉著雲非哥哥說話，或許是自己太急躁，不僅雲非哥哥察覺到了什麼，就連元宵也不撒氣了。他真的特別聰明，居然直接問她雲非哥哥這次是否會出事，想來他也想起了小時候的事，認為自己有預知能力。

她沒有點頭也沒有否認，他卻恍然一般，也不鬧了，成天在軍營打轉。

不料事情來得太突然，她都還沒想好到底要不要對元宵坦白，兩人就出事了。是，兩人！元宵居然跟著雲非哥哥一起出去，害她當時完全不知該如何是好，只能一邊痛恨自己的無能，一邊安慰自己，上輩子雲非哥哥不就回來了嗎？只是用的時間長了點。這次雖是兩個人，應該也會沒事的……

可她又無法確定，畢竟元宵是王爺，他的身分在邊關太突兀了！

度日如年地等了半個月，得知他被人抬回來時，她什麼都顧不得，就算那邊是軍營，就算那邊全是男子也直直地衝了過去。看著他一身是血，軍醫正幫他拔去刺穿大腿的箭，她站在門口，不敢靠近。

都是因為她，他才變成這樣的，而且她根本沒有告訴他實情，他什麼都不知道就弄了這一身的傷，會不會怪她？

不過後來事情的發展卻讓人哭笑不得。

軍醫在拔箭時元宵皺眉撇過頭，正好看見了自己，還來不及反應，就見他極其麻利地推開軍醫，單腳跳到她面前，一把將她抱進了懷裡，腦袋也被按住。

「誰讓妳過來的！妳可是我媳婦，被這麼多臭男人看光了我找誰賠去！」

等待的這半個月沒哭，可當她靠在這個有些臭味的懷抱裡，瞬間崩潰大哭。

謝謝你還活著，謝謝你還願意要我，謝謝你沒有怪我，謝謝你救回了雲非哥哥，謝謝你來到我的身邊。

真的很感激你，也很感激上天。

想到這些湯圓心都軟了，眼眶有些泛紅，想藉著轉身拿藥來掩飾。「我給你上藥。」

不料手腕被人拽住，元宵一下子起身，看著湯圓說得心疼又無奈。

「跟妳說過了，沒有傷到骨頭，那些血也都是別人的，並沒有大礙，只是看著嚇人而已。」

這話已經重複了很多次，可湯圓每次都是一副快哭的樣子，誰哭都可以，就她不能哭！

「都是我的錯，才害你變成這個樣子……」湯圓真的控制不住，眼睛更紅了。

這個傻丫頭！玩鬧的心思早就沒了，元宵把人攬進了懷裡安撫。

「妳以為我是為了妳？才不是呢，我這是為了讓柳雲非欠我人情！別以為我不知道，那小子心裡一直掛念著妳呢，這次我可是拿命去救他，看他以後還有臉想妳不！」

關於過程，元宵和柳雲非都沒有對湯圓提起，可是湯圓明白那定是非常殘酷，元宵這麼說完全無法令湯圓減少任何一點愧疚。她頓了頓，使勁推開了元宵，看著他說得小心。

「其實我——」

剛開口就被元宵摀住了嘴。

「既然妳當時選擇不告訴我，那麼現在也不要說。我做這事，求的是讓妳無愧，如果他出了什麼事，妳一定會後悔終生，我不希望看見這樣的妳，我希望妳無憂無慮，希望妳過得快活，希望我們能好好地過完這一輩子。至於妳的事……」他淺笑。「起初我確實很想知道，可是後來想通了，其實這根本就不重要。」

他捧著湯圓的臉，輕輕地在她額頭留下一吻。

「不管妳遭遇過什麼，或者有什麼異於常人的能力，那都是妳。我喜歡這般淡然的妳，喜歡明明什麼都知道卻不會主動去害人的妳，喜歡倔強守著秘密的妳，總之，我喜歡的，就是這樣的妳。所以不需要勉強告訴我這件事，讓我自己來猜，自己來領悟，我們有一輩子的時間，我會慢慢猜透，只要妳是我的，就足夠了。」

湯圓雙眼早已模糊，模糊到看不清近在咫尺的元宵，可他說的話，一字一句都深深刻在了心上。

先前她不明白自己為什麼會重生，但現在，她知道了。

重生一世，最大的收穫不是改變了自己，而是遇到了元宵。他或許不能算是好人，卻真真切切地把她捧在了手心……

厚實的手掌覆在臉頰，指腹輕柔地幫佳人擦淚。

湯圓閉眼微笑，在元宵有著薄繭的手心輕蹭，許久後，輕笑道：「一定是我太笨，笨到老天爺都看不下去了，所以才把你送到了我的身邊。」

臉頰上的指腹微微一頓，而後傳來一聲輕笑。

「不是老天爺把我送到妳的身邊，而是妳來到了我的身邊，我們是彼此的救贖。」

湯圓睜眼，怔怔地看著微笑的元宵。是了，上輩子自己二十出頭便自殺身亡，元宵更早，十九歲就死了，如今雖然還沒到上次死亡的年紀，但很明顯命運已經改變，與他一起，她有自信，這一世肯定不會再是悲劇。

原來，這才是重生的真正意義。

是為了讓他們不再錯過，不再有遺憾。

怔然間，手中傳來溫熱的觸感，低頭看去，元宵修長的手指正與自己的交握，然後，十指緊扣。

——全書完

番外

長安醒來時，外頭一片雪亮。

自家主子自從成親後就徹底墮落了，過往每日都堅持早起練武的習慣已被放棄。奴才的作息一般是隨著主子，元宵晚了，長安自然也不會那麼早起。

他哆哆嗦嗦地套上外衣，對著雙手哈氣，推開窗戶，迎面撲來的冷氣讓殘留的瞌睡蟲立即跑得沒影兒。窗外鵝毛大雪鋪了一地，花草都被掩埋，只剩下一片潔淨的白。

今兒是元宵呢！

站在窗邊的長安平靜地欣賞雪景，早起的奴才正在清理積雪，他看著看著突然笑了出來。

「也不知道廚房打算怎麼辦，哈！」

王府最忌諱的一樣吃食就是湯圓，誰讓王妃叫這個名呢！可今兒偏偏是元宵，還是王爺的壽辰。一想到這，長安也待不住了，俐落地換好衣裳，直接竄到廚房去了。

湯圓知道今天是元宵的生辰，可要早起，她真的是有心無力。

日日被他鬧得身子疲累得緊，每每都是直接暈了過去，再醒時已然日上三竿。自從成親後，早起這個詞便徹底跟湯圓說了再見。

一開始她還堅持了幾天，可一來是真的累，二來是這府裡也沒有需要自己去請安的存在，在賢名和睡覺之間，現實的殘酷讓湯圓後來不得不選擇睡到自然醒。反正元宵都不起來，自己起來做什麼？

他現在是親王膽子變得更大，連早朝都一個月才去一次，好在皇上也不在意。只是煥王仍有心想招惹元宵，可礙於元宵手裡的軍隊，只能耍耍嘴上功夫；煥王都是如此，成王和太子當然不會不給面子，反正元宵也沒有機會爭奪皇位了。不過少了元宵後，成王、煥王和太子三人鬥得更厲害了。

情勢已和上輩子截然不同，湯圓早就不擔心元宵的死劫，每日被他拉著、鬧著，只知道醉生夢死。

今兒也是，她迷迷糊糊地睜開眼，意識尚未清醒，盯著大紅的帳頂發愣。上面的鴛鴦戲水圖活靈活現，還是自己成親後繡的，只是過程有點曲折，從夏天一直繡到了冬天，中間有幾個斷折處看著特別明顯，都是元宵在中途搗亂害的。

剛想到元宵，橫在腰間的手臂突然一個用力，直接把人攬進了懷裡，元宵親暱地用下巴蹭了蹭湯圓的頭頂，剛睡醒的聲音低沈又性感。

「怎麼醒了？這天還早又那麼冷，午間再起來吧。」

這還早？湯圓無言地看了窗外一眼。天都亮成這樣了。

現在元宵的容貌依然是精緻到妖豔的地步，只是人越發成熟後，浮於表面的囂張因著歲月沈澱到了骨子裡，整個人如同陳年好酒，聞著誘人，甚至能輕易醉人……

「還是說，妳昨晚的求饒是假的，嗯？」他再次把人往懷裡一帶，暗示性地胯間一頂。

明明是早上，湯圓的臉上卻染了晚霞，整個人都紅彤彤的。

元宵眼神一暗，立即翻身壓上。

唇上傳來熟悉的觸感，湯圓還未來得及反抗就已沈溺其中，雙手也不自覺地環上元宵的脖子……

紅裳和綠袖都沒有選擇外嫁，而是在王府內選個小子配了，成親後也在湯圓身邊當值，不過是從貼身的大丫鬟變成近身的姑姑。

兩人一左一右地站在門外，後面一列端著洗漱用品的小丫鬟們卻是站得遠遠的，確保她們聽不到裡面的談話。但就算兩人都成親了，聽到房裡的動靜還是會覺得不自在。

王爺成親後越發不要臉了。

嚶嚀求饒的女聲，低沈的喘氣聲，床間的咯吱聲，交會成羞人的晨時。

兩人面紅心跳地等了好久，終於，聲音漸歇，紅裳動了動站得有些發僵的雙腿，正準備敲門時，裡面便傳來了王爺的聲音。

「不必進來伺候了，把東西都放到溫泉去。」

寢室後面專門引了一處溫泉進來。

紅裳應了，然後和綠袖一起領著小丫鬟們進入旁邊的一道小門，走過並不長的甬道，已感受到撲面的熱氣。甬道盡頭是一個四方的湯池，小丫鬟們把東西依次放好，紅裳、綠袖則是在池子裡撒上新摘的花瓣。

雖是寒冬，因王妃沐浴、吃食都要用到花瓣，所以王爺特地學了西洋人的法子，弄了一間暖房，那裡面的溫度四季如春，各種花卉都有，每日清晨紅裳和綠袖都會專門去摘些備用。

把所有一切都佈置好後，兩人就又帶著小丫鬟們離開了。王爺不准別人看到王妃的身子，早上伺候時都一定穿好了裡衣，就連竹嬤嬤替王妃洗澡的活都被王爺搶去了。王爺為了學那一套法子，當初還拿長安來實驗呢！那段時間把長安折騰得見著王爺就躲。

屋裡燒了地龍並不冷，但元宵還是拿了條薄毯包住昏睡過去的湯圓，雙手一探把人打橫抱起，眸子裡是化不開的濃烈情感，而後又虔誠地在她額前印下了一吻，才抱著睡著的人兒往湯池而去。

湯圓被放進池子裡的時候就已經醒了，不過她沒有睜開眼，繼續裝睡讓元宵服侍。成親前便知道這人占有慾強，想不到成親後更甚，連竹嬤嬤和紅裳、綠袖都不准靠近；當然，他自己也做得很好，所有貼身伺候的人全是小廝，若非如此，湯圓肯定要鬧上一場的。

可以的話，元宵也希望湯圓來服侍自己，可是每次最後人都昏了，只有自己動手了，唉……

湯圓閉著眼享受著元宵的按摩。元宵是習武之人，力道拿捏得比竹嬤嬤更準，令她泛疼的雙腿在他靈活的雙手揉捏下舒服極了，不自覺地發出細細呻吟。

此時元宵是讓湯圓坐在小凳子上，整個身子都靠在自己懷裡，從上而下的視線把未著片縷的風景看得一清二楚。他本來就是強忍著，是心疼，也是怕她被折騰狠了鬧脾氣。這女人，看著軟，一旦發倔誰也制不住，可這會兒她居然跟隻小貓似地發出了哼聲。

他眼神暗了暗，沒有拆穿某個裝睡的傻姑娘，手裡的動作未停，繼續賣力地按摩，聽著懷裡的女子更加舒服地哼了哼，低頭親了親圓潤的耳垂，感受到她敏感地顫了下，還是死撐著不睜眼，不禁笑得更開了些。

先把人伺候舒服了，待會兒才好討利息不是嗎？

自己的娘子膚若凝脂、白瑩如玉，肌膚觸感更是滑不溜嘰，輕微用力就會泛紅，可情到深處總會控制不住力氣，令她身上總是布滿青痕，他看著又是心疼、又是自豪。這可是證明，證明她是自己媳婦！

如此一來，自然不願意別人看到，特別是嚐到她的好後，碰到更是不能忍受，連丫鬟都不可以，她只屬於他一個人。

湯圓的心思被元宵在自己身上移動的手牽動著。剛開始還挺正經的，怎麼好像越來越不對勁了？她身子甚至變得有些僵硬，最後在元宵的手準備靠向某個地方時一下子睜開了眼，一手拍開作怪的手，抬頭怒瞋。

「你做什麼！」話音剛落就皺了眉，她聲音沙啞，連自己都覺得難聽。

還沒尷尬就先害羞，然後又生氣了。嗓子沙啞也是他害的！再次抬頭怒瞪上方的人。結果元宵不疾不徐地伸出長臂，拿起旁邊的酒杯喝了一口，接著捏住她的下巴嘴對嘴地度了過去。

湯圓仰著腦袋，被迫吞了下去。

這酒不烈，也是由外藩進的酒，說是用葡萄釀的，並沒有多少酒性，女子喝了反而對身體好。

反覆幾次，湯圓被餵了好幾口葡萄酒，本就被池子泡得發紅的臉頰更加深紅，目光也變得迷離。雖然這酒不醉人，但湯圓一點酒量都沒有，如今已感覺有些輕飄飄的，腦袋甚至開始發暈。

元宵喉結動了動，發出一聲輕笑，低頭蹭了蹭她的臉頰。「醉了？」

豈料湯圓竟真的醉了，手一揮直接把元宵推開，然後從池中站了起來瞪著他。

因是在溫泉湯裡，並不冷，元宵不僅沒提醒她此時是光著身子，反而好整以暇地靠在池邊，欣賞著眼前的風景。

美人出浴，大抵就是這副模樣，特別是這個美人已經醉了，更是美豔不可方物。

湯圓愣愣地看著元宵，突然笑得像個孩子般，在水裡前行了幾步走到他的面前，就這麼笑嘻嘻地盯著他，渾身傻氣。

元宵沒動，笑等湯圓下一步的動作。不知道她酒醉以後會做什麼？

結果湯圓好似想起了什麼，眼睛突地瞪得溜圓，說得很是委屈。

「我忘了一件事，你不要生氣好不好？」

元宵還沒說話，湯圓就自己撲進他的懷裡求饒。他感受著美人的投懷送抱，很是享受地開始上下其手。

「妳忘了什麼？」

被元宵弄得有點舒服，湯圓腦子迷迷糊糊的，搖了搖腦袋才想起來。

「我昨晚本來就想跟你說的，可是你不給我機會，今早被你一鬧又給忘了！」先是指責了元宵一番，發現這人一點都沒有不好意思，甚至還擺出一副理所當然的模樣，也懶得跟他比誰更不要臉了，抿了抿小嘴，額頭抵著他的小聲道：「生辰快樂。」

元宵笑了，卻輕輕推開了湯圓，再次靠上了池邊。

「禮物呢？」

湯圓眨了眨眼睛。這個真沒有準備，本想親手替他做件衣裳的，可是根本就沒有時間嘛！想了好一陣才道：「今兒也是元宵呢，我去給你做湯圓吃怎麼樣？」

說做就做，湯圓抬步就要上去，但元宵怎麼可能放她走，長臂一伸就把人攔腰抱了回來，他點了點頭也是贊同。

「是呢，今天是該吃湯圓。」

說完就朝湯圓的脖子啃了過去——

長安望著廚房費盡心思做出來的湯圓，一心想看看主子會是什麼反應。

廚子們都等著承受東西呈上去後王爺的怒火，結果一夥人等了許久，上面一點反應都沒有。一個機靈的小子跑出去打探，回來後一臉莫名。

「王爺和王妃一直沒出門，也沒傳膳呢。」

眾人聞言紛紛抬頭望天。都已過午時了，咳，王爺和王妃感情真好。

長安摸了摸下巴。是不是該準備小主子的東西了？

王爺和王妃鶼鰈情深，自己這段日子實在無聊得緊。等小主子出來了，依王爺那醋勁，必然不會讓王妃分太多心思在小主子身上的；至於王爺本人嘛，眼裡、心裡除了王妃，不會再有別人了，到時候自己就可以陪著小主子長大，這樣的生活似乎還算不錯。

小主子啊，快點到這個世上來吧，雖然您有一雙不靠譜的父母，但是有一個很忠心的奴才在期待您的到來呢！

——全篇完

2016 線上書展
狗屋CASINO

精彩連三元 文創風 猴年不孤單

深情揪心的前世恩怨　高潮迭起的深宮鬥智／藍嵐

2 / 16 出版

文創風 378-380《不負相思》全套三冊

曾經，她也是真心地愛過他……
雖然只是他王府裡的奴婢，卻是他身邊女子中最受寵的一個；
他冷酷無情、心思難以捉摸，但偶然的溫柔又讓她飛蛾撲火，
在他身邊，她一顆芳心終究是錯付了，最後她只想求得自由，
可他連這點心願也不給，讓她落得被親近的人背叛，毒害而死……
愛過痛過那一回，姜蕙重生到十一歲時，雖是小姑娘的身體，卻有兩世的記憶，
活過來的她只想守住姜家平安，絕不讓自己再次經歷家破人亡的痛；
她小心翼翼、步步為營，看起來前世的失敗似乎可一一彌補，
怎知姜家才剛站穩了點，前世的冤家竟然意外現身，成了哥哥的同學 ?!
他分明不是重生，與她巧遇時卻格外注意她，
難道他倆之間的恩怨，也要從前生繼續糾纏到今生……

書展限定　**新書優惠75折**，訂單滿500元再送一張刮刮卡！

來到狗屋CASINO
給妳幸福DOUBLE！

♥幸福刮刮樂

購書每滿**500**元 就送**一張刮刮卡**，
買愈多送愈多，中獎率更高！

♥幸福大樂透

猴年猴賽雷，快來試手氣！買一本就能抽獎，
只要上網訂購且付款完成，系統會發e-mail給您，附上抽獎專用之流水編號，一本就送一組，買10本書就能抽10次，不須拆單，買愈多中獎機率愈大！**2016/3/10**在狗屋官網公布得獎名單，公布完即開始寄送，祝您幸運中大獎！！

★頭獎 HTC Desire 526G+ dual sim(1G/16G)..................共**1**名

可選擇喜愛的內容當作首頁，隨時更新，
800萬像素主相機及內置200萬像素鏡頭為妳捕捉精采時刻！

★二獎 Canon PIXMA MG2170多功能相片複合機..........共**1**名

日本製噴頭/墨水合一設計，外觀俐落，方便收納，
創意濾鏡特效列印將平凡照片變得超有趣～～

★三獎 SONY 5000mAh CP-V5 行動電源 共**5**名

色彩繽紛，纖薄時尚，隨身攜帶超輕巧，
5000mAh電池容量可讓手機完全充電兩次！

★肆獎 狗屋紅利金200元...................................共**10**名

粉絲必備狗屋紅利金，搬書回家還能省荷包，一舉兩得～～

★小叮嚀

(1) 請於訂購後兩日內完成付款，最後訂購於2016/3/3前完成付款才算有效訂單喔！
(2) 寄送時間：2/3前完成付款之訂單，會於2/5前依序寄出，
2/4之後的訂單將會在2/15上班日依序寄出。
(3) 如訂單上有尚未出版之書籍，會等到書出版後一併寄送。
活動期間親自至本社購買亦享有相同折扣，請先電話聯絡確認欲購書籍，以方便備書。
(4) 購書滿千元(含)以上免郵資，未滿千元郵資65元。
(5) 書展活動結束後，Q版鑰匙圈將恢復定價49元在官網上單獨販售。
(6) 特賣書籍因出書時間較久，雖經擦拭、整理，仍有褪色或整飾痕跡，故難免不如新書亮麗。
除缺頁、倒裝外無法換書，因實在無書可換，但一定會優先提供書況較良好的書給大家。
若有個人原因需要換書，需自付來回郵資。
(7) 各書籍庫存不一，若遇缺書情形可選擇換書或退款。
(8) 歡迎海外讀者參與(郵資另計)，請上網訂購或是mail至love小姐信箱
(love@doghouse.com.tw)詢問相關訊息。

狗屋．果樹有權修改優惠活動的實施權益及辦法。

情有靈犀·愛最無價／靈溪

2016年1月出版

藥香賢妻

易得無價寶，難得有情郎。
榮華富貴她可以不靠男人、自己掙得，幸福姻緣卻是可遇不可求的，
何況她要的還是在古代女人想都不敢想的「唯一」，
而他，竟願意……

文創風 365 1

她是現代女軍醫，莫名穿越到大齊王朝一個小吏家中。
生不出兒子的娘備受爹爹冷落，她這嫡女淪落成被人嫌棄的賠錢貨。
親娘軟弱，祖母刻薄，爹爹不喜，二娘厭惡，庶妹狠毒，
她更是被認為是一個和傻子差不多的呆子。
扮男裝溜出去行醫之後，意外地廣結善緣，
之後開藥廠，買農莊，置田舍，鬥二娘，懲庶妹，結權貴……
從此娘親重獲寵愛，祖母爹爹視若掌中寶，她從無人聞問到桃花大開……

文創風 366 2

嫁漢嫁漢穿衣吃飯，從古到今的道理就是女人得依靠男人，
但她可不這麼認為，買莊子、過好日子，她只想靠自己的能力，
要是都靠男人，男人便自覺可以在外面肆意妄為，
說納妾就納妾，說喝花酒就喝花酒，甚至回來還拿老婆、孩子出氣……
這種嫁啊，她還不如不嫁呢！
她靠自己的本事，就算不嫁，日子一樣過得舒服愜意啊……

文創風 367 3

想她薛無憂的名聲雖然被二娘搞壞，從此無人問津之外，
連閨譽名節都差點被個腦滿腸肥、心術不正的男人給壞了，
上回那個解籤大師還說她紅鸞星動，嫁個豬哥算什麼紅鸞星動啊！
幸好、萬幸！她的桃花運可不差，皇上竟將她賜婚給威武大將軍，
雖然不知對方喜不喜歡她，皇上指的婚也沒得挑，
但至少兩人曾打過照面，她覺得他看起來還算順眼……

文創風 368 4

雖然皇上將兩人湊對成了親，但兩人說好先當名義上的夫妻，
在外人面前演恩愛，私下各過各的、房門一關分床睡。
當個朋友一樣相處後，她發現，這男人還挺君子的，
雖然是個武將，凡事想得周到，也算體貼入微，對她照顧有加，
擔得起大男人的責任，卻沒有大男人那些把妻子當附屬的心態，
在他面前，她不用偽裝，可以盡情地做她自己，生活過得挺舒心的。
只是這人前恩愛夫妻的戲碼演久了，似乎是日久生情了？

文創風 369 5 完

歷劫歸來之後，原以為兩人會如之前那般恩愛，如膠似漆，
不料兩人竟走到和離這一步……
她不懂是他變了，還是自己哪兒錯了？她跟他究竟是怎麼了？
她死了心、瞞著他獨自生下孩子，打算這輩子就過著沒有他的日子之後，
這才發現他緊守的一樁秘密心事……
而且，他竟拿命來博回她的愛……

深情婉約的兒女情長　磅礴宏偉的宅門恩怨／迷之醉

2015年12月出版

錦繡重生

前生端莊嫻熟，卻落得家破人亡，誰也守護不了；
如今既然重生，就算只是個八歲孩子，也要想辦法撐起家族！
她堂堂侯府嫡女，無論前方有什麼阻礙，必要保這一世榮華安順——

文創風 355 1

父母誤中毒計，不久便撒手人寰，哥哥和她孤苦無依，
從侯府大房嫡子落得人人可欺，連護在身邊的丫鬟也被歹人害死……
江雲昭只覺忽冷忽熱，醒來時，發覺自己竟然回到八歲時，
那個父母安在、哥哥還是世子，雙胞弟弟正要舉辦百日宴的大日子；
在宛若夢中的前世裡，這一日過後，寧陽侯府就將落入衰敗之境，
她必須要在厄運重演之前盡力阻止，但自己只有八歲啊，
該怎麼讓父母、哥哥相信？
緊迫之時，她在後院又撞見不該見的事，遇上最不該遇的人——

文創風 356 2

以前只覺得江雲昭這姑娘雖然年紀小，卻思慮成熟、行事俐落，
有大家閨秀之風，又不如一般千金小姐彆扭無趣；
她好心幫了他一次，他世子爺自然要還這份人情，
但一來一往，他早已搞不清是真想還人情，還是想要和她在一起……
曾幾何時，她出落得楚楚動人，而他也成了皇上跟前的紅人，
他倆本該是天作之合，但她的好，似乎別人也看在眼裡，
而他的婚事又有皇太后操心，京城的名門貴女也對他「虎視眈眈」；
他雖然心有所屬，不過想要將心愛的人兒娶進門，似乎不是件容易的事，

文創風 357 3

廖鴻先終於得償所願，與心愛的昭兒結為夫妻；
但小倆口一成親就得面對難題——該不該回到永樂王府？
廖鴻先的父母早逝，永樂王頭銜被叔叔頂著，王府被嬸嬸霸著，
他雖然是未來的世子爺，卻始終過得烏煙瘴氣；
當初是江雲昭一句話點醒他，讓他離了那座龍潭虎穴，
可如今他們身分是世子和世子妃，怎可放著要繼承的王府不管？
為了守住屬於夫君的一切，江雲昭下定決心回到王府，
只是府裡人心險惡，她兩眼一抹黑，還沒理出頭緒，
府裡人有的鬧事、有的投誠、有的使計，她的小院裡好不熱鬧……

文創風 358 4 完

她說過，會自己顧好自己，做廖鴻先的後盾，讓他沒有後顧之憂，
所以即便王府裡有個霸道無理的王爺，以及成天只想使計害她的王妃，
還有對她不懷好意的近親遠親、妾室丫鬟，
她一概不理，只守著自己的小院子，過著不管事的小日子；
可她不願惹事，別人卻不會放過她——
一封莫名的詩社請帖，讓她和廖鴻先涉入了牽動朝廷上下的陰謀，
他倆雖然平安躲過暗算，但危機已經悄悄滲透進了永樂王府……

2015年12月出版

後妻

文創風 359～361

從江南閨秀到北方軍戶，
細數上門求親的人，簡直要踏破她家門檻；
可她卻相中了那個拖家帶口的新來軍戶，
唉，緣分這事可真真說不準啊～～

危難識真情 平淡見幸福／春月生

宋芸娘出生江南水鄉，是父母捧在掌心嬌寵的明珠，
怎知這種生活在她十五歲那年劃下了句點，
父親捲入貪墨案，遭到撤職不說，更落得全家被充軍北方的下場。
母親和弟弟又因挺不過充軍路途的艱苦，先後病逝，
她一下子像是從雲端跌到了地獄，再也不能翻身。
為了父親與幼弟，宋芸娘咬緊牙關，撐起了整個家，
他們沒有被殘酷的現實擊倒，在苦寒匱乏的北方軍堡開始新生活。
但那個新來的軍戶蕭靖北來了之後，一切好像有點不一樣了。
每回和他接觸，她的胸口總有異樣的悸動，
他對她的好，讓她即便是做後妻，也未曾覺得一絲委屈。
只是他的家人似乎沒有那麼歡迎她，三番兩次的小動作，
讓她在未過門前就吃了不少虧，多了不少煩心事。
此時韃靼來勢洶洶，大軍已然兵臨城下，張家堡岌岌可危，
再多的兒女情長，都得暫時擱在腦後……

2015年11月出版

寡妻怕夫纏

文創風 350～354

她自認心臟夠大顆，萬事處變不驚，
沒談過戀愛就出車禍穿越了沒關係！
一穿越就變成寡婦，還帶個拖油瓶也沒關係！
成日忙著賺錢謀生，還要應付難搞親戚統統沒關係！
但是那無緣相公竟還活著，甚至渴望與她再續前緣?!
這這這……大大有關係啊！

初試啼聲　驚豔四座／**灩灩清泉**

江又梅辛苦打拚大半生，一場車禍卻讓所有成就統統歸零，
不但上演荒謬的穿越戲碼，醒來還有個五歲男孩哭著喊她娘！
定睛一瞧才發現身處的屋子還真是家徒四壁，隨時都有斷糧危機……
也罷，山不轉路轉，寡婦身分雖悲哀，總比跟陌生男人生活自在，
更何況有個貼心小兒傍身，比前世孑然一身的處境溫暖太多了，
要知道，女強人的字典裡沒有「服輸」兩個字，
憑她聰明的商業頭腦、勤快的設計巧手，還怕翻不了身？
哪怕孤兒寡母日子大不易，她也能為自己、為兒子掙得一片天！

今宵美人嬌 下

國家圖書館出版品預行編目資料

今宵美人嬌 / 糖豆著. --
初版. -- 臺北市 : 狗屋, 2016.01
冊 ; 公分. --（文創風）
ISBN 978-986-328-544-1（下冊：平裝）. --

857.7　　104024665

著作者	糖豆
編輯	黃湘茹
校對	沈毓萍　許雯婷
發行所	狗屋出版社有限公司
地址	台北市104中山區龍江路71巷15號1樓
電話	02-2776-5889～0
發行字號	局版台業字845號
法律顧問	蕭雄淋律師
總經銷	知遠文化事業有限公司
電話	02-2664-8800
初版	2016年1月
國際書碼	ISBN-13　978-986-328-544-1
原著書名	**《一瘦解千愁》**，由北京晉江原創網絡科技有限公司授權出版

定價250元
狗屋劃撥帳號：19001626
網址：love.doghouse.com.tw　E-mail：love@doghouse.com.tw